小学館文庫

新・口中医桂助事件帖

ほうれん草異聞

和田はつ子

小学館

目次

主な登場人物

藤屋桂助……………〈いしゃ・は・くち〉を開業している口中医。
志保……………………桂助の妻。
鋼次……………………元房楊枝職人。桂助の助手をつとめる。
美鈴……………………鋼次の妻。夫婦で〈いしゃ・は・くち〉を手伝う。
お房……………………桂助の妹。呉服問屋〈藤屋〉の当主。
岸田金五………………鋼次の幼友達。巡査。
本橋十吾………………元仏師の入れ歯師。
川路利良………………警視庁大警視。
長与専斎………………文部省医務局長、東京医学校校長。
福沢諭吉………………慶應義塾創設者。

第一話　金木犀禍

一

〈いしゃ・は・くち〉の診療室の窓からは秋の七草が風にそよいで見える。枯れ葉色の芒《すすき》は言うに及ばず、落ち着いた赤紫色の葛《かずら》、薄桃色の撫子《なでしこ》、淡紅色《うすべに》の藤袴《ふじばかま》、紫の濃淡が美しい竜胆《りんどう》、桔梗《ききょう》が秋色に染まっているその中で、黄色の女郎花《おみなえし》が秋の陽《ひ》ざしにも似た独特の趣きを醸している。しっとりと風情のある秋の七草の姿はたおやかで清々《すがすが》しい秋の訪れを感じさせてくれていた。

「アサギマダラだわ」

志保《しほ》がふわふわと飛びながら藤袴の花に留まろうとしている蝶《ちょう》を指差した。アサギマダラは涼しげな浅葱《あさぎ》色を想《おも》わせる、白地に黒い筋と斑《まだら》の繊細な模様が際立っている美しい蝶である。桜餅《さくらもち》にも似た甘く魅惑的な藤袴の香りを好むことで知られている。

「あら、もう一匹も加わって、仲がいいのね」

志保は目を細めて藤袴の花に群れる二匹の蝶を見つめた。

「愛《いと》おしい命の画《え》だね」

この日、口中医藤屋桂助《ふじやけいすけ》は患者が途切れた束《つか》の間《ま》、妻の志保とともに窓からの眺めに見惚《みと》れていた。

「アメリカからここへ帰ってきたのも昨年の今時分でしたね」

ふと洩《も》らした志保の言葉に、

「無我夢中、あっという間の一年だった」

桂助はふうとため息をついた。

「わたしは虫歯削り機が前よりは使われるようになったのがとてもうれしいです」

志保は微笑《ほほえ》んだ。

桂助がアメリカで買い付け、苦労して日本に運んで来た足踏み式の虫歯削り機は、当初は診療用の黒い椅子と共に魔物のように恐れられて誰もその治療を受けようとはしなかった。歯を削ってその痕に詰め物を施す西洋式の治療は、虫歯を患えば遠からず抜歯となる従来の治療とは異なる、画期的な最新治療であったにもかかわらず、市井ではすぐには受け入れられなかったのである。

「渋沢《しぶさわ》様のお声がけは有難かったですね」

志保は豚一《ぶたいち》こと最後の将軍、徳川慶喜《とくがわよしのぶ》につき従って治療に訪れた渋沢栄一《えいいち》の厚意を口にした。慶喜の元家臣だった渋沢は明治政府の役職についていて、西洋式の治療に欠かせない麻酔を都合してくれるだけではなく、歯痛で苦しむ政府要人を〈いしゃ・

は・くち〉に紹介してくれている。そのおかげもあって、

「〈いしゃ・は・くち〉には新聞に名前の載っている偉《えれ》え役人が出入りしてる。藤屋桂助先生の特技は痛くない歯抜きだけじゃねえ、見慣れねえ見てくれやぶんぶんいう音は好かねえが、虫歯になってもいよいよお陀仏《だぶつ》になる前だったら、歯抜きをしなくてもいい技ってえのもあるんだってよ。こりゃあ、すげえ、桂助先生の腕、鬼に金棒だよ」

とか、

「その上、昔通り、金は払える額しかとらねえ。横浜辺りで異人の歯医者にやってもらうと目の玉が飛び出るほどだっていうのにな。ったく、桂助先生、神様、仏様だよ」

とか、または、

「俺たちは偉えお方たちと同じようにやってもらってんだぞ。だから、いいか、もうやたら歯を抜きたがるところへ行くんじゃねえぞ。そいつはきっとヤブ医者なんだから」

等の評判がそこかしこで広まっていた。

もっともこの手の評判はけむし長屋に住む、房楊枝《ふさようじ》職人兼桂助の助手の鋼次《こうじ》の吹《ふい》

聴《ちょう》によるものではあった。桂助と一緒に渡米して最新の虫歯削り術を学んだ鋼次はまた元のように房楊枝を作って売りつつ、〈いしゃ・は・くち〉で虫歯削りの施術をこなしている。

「しかし、まだ歯抜きの患者さんの方が断然多いです。ここまで悪くなる前に来てくれれば抜かずに済むと、口を酸っぱくして言っても、なかなか言うことを聞いてくれません。絶対聞いて欲しいことだというのに。そうすれば鋼さんも——」

桂助は続けかけて止《や》めた。

「御一新（明治維新）以降、世の中の変わり様《よう》は目まぐるしい、まるで異国が建物や食べ物、着る物、世にある物全てに押し寄せてきたみたいだという人もいます」

志保のこの言葉に、

「今はまだ鋼さんの房楊枝は変わりなく売れているようですが——」

桂助は案じる言葉を口にした。

柳などの小枝を七寸（約二十一センチ）ほどに切って一度よく乾かし、その先端を煮て木槌《きづち》で叩《たた》いて、針を並べた器具で梳《す》いて柔らかなブラシ状にしたものが房楊枝である。

「アメリカでもわたしたちは房楊枝一辺倒でしたがアメリカ人は歯ブラシを使ってい

ましたね。歯ブラシは西欧では百年近く前からあって、もちろん房楊枝とは異なる作り方でした。歯や歯茎に当たる部分は木ではなく動物の毛で耐久性はこちらの方がありました」

「それでしたら大丈夫。動物の毛は木よりもずっと高価なのできっと房楊枝は廃《すた》れません」

言い切った志保だったが、

「でも、わたしたちがアメリカに渡った時には考えられなかったほど、今この国は西洋が大流行《おおはやり》ですから、房楊枝なんてもう古い、高くても持ちがいい歯ブラシこそ西洋仕込みで新しい、これぞ文明開化そのものだなんていう人がいるかも――」

やや沈んだ顔で人差し指を額に当てて、

「いったい西洋の流行はどこまで行くのでしょうか？」

と続けた相手の言葉に頷《うなず》いた桂助にはまだ妻には伝えていない重大事があった。

何日か前にまず、以下のような英文の手紙が届いていた。

親愛なる藤屋桂助

わたしを覚えていてくれるとうれしい。開国後の幕末、横浜で開業していたわたしの許《もと》に、歯痛に苦しむキュートな妹さんに同行してきた熱心な歯治療のスペシャリストであった君のことは深く心に残っている。

わたしはルーラー（統治者）が代わってすぐ横浜を去ってドイツ、ベルリンに渡り、在独米国人医師会セクレタリーの任を果たしつつ、それに伴う社交の一端として、ビスマルク宰相等の歯の治療をこなしていた。その後、母国アメリカに戻り、オハイオ大学でD.D.S.（Doctor of Dental Surgery）の資格を得た。D.D.S.とは歯科医学に基づいて傷病、手術、診断、及び治療、公衆衛生を責務とする医療従事者のことだ。

実はこれは非常に重要な使命だとわたしは思っている。母国アメリカで発明された開業歯科医ホーレス・ウェルズによる笑気ガス麻酔は全世界を揺るがす画期的なものではあったが、目的は抜歯や歯の治療の痛みの緩和により、入れ歯を主とする多くの収益を得ることであった。新天地での成功、富の獲得が何よりとされているアメリカでは、たとえば缶詰工場建設等のラッシュと歯の治療で億万長者になることとが同じことのように考えられつつある。

わたしはかねてからこうしたフロンティアスピリットの負の部分に警鐘を鳴らすべきだと思っていた。もちろんドイツ、フランス、イギリスとてもこうした傾向は無きにしもあらずであったが、気鋭の外科医たちが歯科を外科と見做《みな》して真摯な姿勢で診療し、その結果を数々の書物に遺《のこ》そうとしている。

わたしはこうした外科としての歯科に学ぶべきだという想いを新たにした。歯科医師は実業家であってはならない。まず患者ありきなのである。

そんな折、慶應義塾《けいおうぎじゅく》という私塾の塾主であり、日本でのわたしの患者でもある福沢《ふくざわ》諭吉《ゆきち》君より、是非とも君を紹介してほしいと頼まれた。何でも藤屋桂助、君は日本でただ一人のD.D.S.に匹敵する存在であるとか——。政財界に多くの知己を持ちながら、人づくりである教育を生涯の目標と定めている福沢君のことだから、おそらく新生日本の医学、歯学教育に関わっての話であろうか。

どうか相談に乗ってやってほしい。

それといくらわたしが高邁《こうまい》な理想を掲げても、アメリカの歯科は虫歯削り機の改良をはじめとする医療器具、その何十倍も利益が上がる義歯材料の取引に明け暮れている。人の欲とはかくも凄《すさ》まじいものか——。そんなわけでわたしもそろそろ日本が懐かしくなってきたので、そちらへ向けて旅立つ計画を進めている。

日本でまた会おう。

ウイリアム・クラーク・ウエストレーキ

次に届いたのが福沢諭吉からのものであった。


初めてお手紙差し上げます。

ウエストレーキ先生からご紹介をいただいた福沢と申します。実は藤屋先生に折り入ってお願いいたしたいことがございます。かつて、わたしは緒方洪庵《おがたこうあん》先生の「適々斎塾《てきてきさいじゅく》（適塾）」の塾頭をさせていただいておりました。わたしの後を継いだのが長与専斎《ながよせんさい》君でした。現在、長与君は岩倉《いわくら》使節団にての西欧外遊を経て、彼《か》の地の医療制度や医学の実情を目の当たりにし、我が国の医制の制定作業に着手し、文部省医務局長、東京医学校の校長を兼任しています。

わたしは適塾で蘭学《らんがく》を学んだだけで医学は門外漢ですので、長与君が直面している課題には踏み込まず、長与君を紹介することに留《とど》まりたいと思っています。どうか長与君にご助言をお願いいたしたく存じます。

おって長与君よりお願いの文《ふみ》を届けさせていただきます。

どうかよろしくお願いいたします。

福沢諭吉

藤屋桂助先生

この手紙は五日ほど前に届いていた。これを読んだ桂助の目は、〝我が国の医制の制定作業〟という文言に釘付《くぎづ》けになった。

――これはたぶん――

「何かお悩みなのですか？」

志保が茶を淹《い》れてきた。

二

「そう見えますか？」

「ええ。そんなお顔、滅多になさらないもの――」

妻の案じる言葉には応えず桂助は無言で茶を啜《すす》った。

長与専斎からの長い文はさらにこの三日後に届いた。

突然、手紙を差し上げるご無礼をお許しください。

福沢先生よりご紹介いただいた長与と申します。すでに福沢先生よりお聞き及びとは存じますがご相談いたしたいことは〝我が国の医制の制定作業〟です。これをここ一年の間に成し遂げなければならないのです。

〝我が国の医制の制定作業〟は御一新後に兵部省《ひょうぶ》に出仕し、大日本帝国陸軍初代軍医総監になられた松本《まつもと》良順《りょうじゅん》先生のご意向でもあります。西洋に追いついていかなければこの国の前途が危ぶまれる昨今、市井の人々だけではなく、何よりも健やかな心身の持ち主の兵士たちが必要とされています。

開国後、松本先生はポンペ先生に、わたしは後任のマンスフィールド先生に、それぞれ長崎にて西洋医学を学びました。わたしたちはこの学びを〝我が国の医制の制定作業〟つまり、医業開業試験に活《い》かしたいと思っています。

すでに決定しているのは医者の九割が漢方医で占められているこの国に、西洋医学に長《た》けた医者を増やすべく、一年以内に医業開業試験を実施することです。すでに開業している漢方医には、一代限りの開業免許が与えられることになりました。また、すでに西洋医学を学んでいる者は試験が免除されます。

とはいえ、西洋医学をきちんと学ぶことができる学校は、長崎医学校とわたしが学長を務めている東京医学校だけです。ことは急ぐというのに、これだけでは数少ない西洋医しか輩出できません。

そこで受験資格ですが、西洋医学の修学は一年半としました。ただし試験はかなりの難易度です。というのはポンペ先生に学び、岩倉使節団に参加して西洋の医学校のカリキュラムでも確認した通り、以下のような試験科目を考えているからです。

窮理《きゅうり》（物理学）――これには数学の基礎が必要です。舎密《セイミ》（化学）、解剖学、生理学、外科学、内科学、薬物学、眼科学、産科学、口中科学、臨床試験

ちなみに窮理、舎密は一見医学とは無縁なようですが、医学は自然科学の一端であり、これを識《し》るには数学を基礎とする窮理、舎密の理解が必要とされるのだという考え方が西洋医学の真髄なのです。

基礎を含むこれらを学習して試験に臨むためには医科の私塾にて、または個人教授にて学ぶ他はありませんが、この点についてはあまり心配していません。開業試験のための私塾がいずれ増えるはずだからです。

ここまで読み進んで、ふうとため息をついた桂助は読み終えた分を志保に手渡した。志保は、

「まあ、医業開業試験が実施されるのですね。でもあなたはこれをお受けにならないでよろしいはず。だって従来の歯だけでなく口腔《こうくう》内の治療についてもアメリカであれだけ学んで最新の治療をしているのですもの。でもこれだけ世の中が変わってしまうと新政府のなさることの見当はつきません――」

不安そうにやや青ざめた顔色になった。

桂助は長与からの文の続きを読んだ。

内科が主である漢方医たちの抵抗は覚悟していますが、どうしたらいいかわからないのが口中医たちなのです。今までこの国の歯の治療といえば将軍、大名等の身分の高い方々だけが口中医の秘伝の技の恩恵に与《あずか》ってきました。民衆は抜くまで悪くした虫歯を歯医者や大道芸人に抜いてもらうしかなかったわけです。

時代は変わりました。民衆はもとより、特に兵士になる男子のための歯の治療を心がけなければなりません。多くはアメリカ人の歯医者が麻酔や虫歯削り機を駆使して、政府の高官や富裕層の治療を行っていますが、多くの人たちには届いていません。薬《やく》礼《れい》（治療費）が高額すぎることもありましょうし、歯医者が日本人ではないと人々は恐れをなすのです。

現在かつての口中医たちは仕えていた大名家に出仕しています。これも漢方医と同様に見做すので一代限りとなるでしょう。特に惜しいのは入れ歯師と組んで施される卓越した入れ歯の技です。

わたしはこうした口中医の長所を取り入れた次代の口中医を誕生させられないものかと強く思っています。

そのためには市井にあって痛くない歯抜き等を行う天才口中医でありながら、アメリカに渡って思う存分新しい施術を習得し、さらにそれを実践しているあなた、藤屋桂助先生に、医業開業試験の口中科学及び臨床実験の審査官の任をお引き受けいただきたいのです。

あなた以外この任に値する方はいないのです。

どうか、どうか、よろしくお願いいたします。

長与専斎

藤屋桂助先生

これに目を通した志保は無言で桂助を見た。桂助も無言だった。こうして長与専斎からの文はしばらくこのままになった。

そんなある夜、

「先生、桂助先生、大変だよお」

警察制度が少しずつ整ってきて、邏卒《らそつ》から巡査と呼び名の変わった金五《きんご》が〈いしや・は・くち〉の玄関の戸を激しく叩いた。

「あなた――」

「ん」

桂助は妻と共に玄関へと走って引き戸を開けた。

息を切らしている金五が背中に十四、五歳の少女を背負っている。

「酷《ひど》い怪我《けが》じゃないんだけど、歯、折れてんだよ」

「それは大変だ」

桂助は金五と背中の少女を診察室へと招き入れた。

診察台に横たえられた少女はぶるぶると震え、着物の胸元や裾は乱れていて、その顔は死人のように蒼白《そうはく》だった。

――これは――

志保と桂助は顔を見合わせた。

「おいら、見廻《みまわ》りしててこの娘が倒れてるのを見つけたんだ」

金五の言葉に、

「あ、金五さん、お腹空《なかす》いてない？　お気に入りのクッキー、今日どっさり作ったのよ。台所のいつものところにあるから食べてちょうだい」

志保に目配せされ、金五は診療室から追い出された。

「志保さん、お願いします」

桂助に促された志保が、まず大腿部《だいたいぶ》の擦り傷と下腹部に消毒を施そうとすると、

「嫌っ」

少女が身をよじった。そして、

「もう、あたし——」

身体《からだ》を起こし、

「大丈夫、帰ります」

掠《かす》れ声を出した。

少女の顔は青いだけではない。拳で何度か殴られた痕が腫れ上がっていて、両目がほとんど塞がり、右耳と唇から血を流している。

「顔の傷の手当てもしないといけません」

桂助はやや厳しい口調で引き留めて、再び診察台に横たえさせた。

手当ては志保がした。

「化膿《かのう》したりしないように消毒して薬は塗りました。今晩一晩、冷やしながらゆっくり休みましょうね」

志保の言葉かけに、

「でも、あたし、買って帰らないとおとっつぁんに叱られる」

少女は必死でやはり掠れた声で言い、起き上がろうとした。

「いったい何をこんな時間に買って帰ろうとしたのですか？」

桂助が訊《き》いた。

「お酒」

少女はぽつんと呟《つぶや》いた。

「お酒ってそんなにお父さんはお酒が好きなの？」

今度は志保が訊くと、

「屋根から落ちて大工の仕事ができなくなってからのおとっつぁん、あんなに浴びるほど飲んでは身体に毒なのに酒浸りなの。おとっつぁんの生き甲斐《がい》はもうお酒だけ」

少女は俯《うつむ》いた。

「お母さんは？」

続けて志保が訊いた。

「愛想をつかしてもう何年も前に出て行っちゃった」

応えた少女は、

「だからやっぱりあたしがお酒を買って戻らないと。おとっつぁん、また暴れてご近所に迷惑かけるかも。そのうち捕まって牢《ろう》へ入れられちゃう。そうなったらあたし、ひとりぼっち。お酒が切れると暴れ回った挙げ句、あたしを打《ぶ》ったり、蹴ったりするおとっつぁんでもあたしにはたった一人の親だもん。顔だって殴られ慣れてるから平気、平気」

自分の顔を探って腫れ上がり加減を確かめつつ、立ち上がりかけたが、

「あっ」

ガラス戸に映った自分の顔に、

「うわーっ、酷すぎる」

悲鳴を上げてその場にへたりこんだ。しばらくは興奮状態が続き、鎮めて眠らせるためにほんのわずかな量のエーテル麻酔が使われた。

三

少女は美音《みお》と名乗った。

「出て行ったおっかさん、三味線が上手で、そこに、おとっつぁんは惚《ほ》れたんだって。だからあたしは美音って名付けられたんだよ」

と言ったが、

「話を聞いてるとお父さん、心底酷い人ではないわ。きっと心配なさっているわ。ここにいて治療してるってこと、お父さんに伝えなきゃ」

志保の言葉には、

「駄目、駄目、それだけは駄目」

美音は頑《かたく》なに首を横に振って拒んだ。

「そんなこというんならあたし、こんな顔でもかまわないから、もうここを出る」

とも告げた。

その後、同じようなやりとりが、案じて日に一度は立ち寄る金五との間に繰り返された。

「こんな美味《おい》しいもん、食べたことないよ」

美音は志保のつくる三度の食事とクッキー等のおやつを残さず食べて、身体の傷だけではなく顔の腫れも次第に引いていった。

そして運び込まれてから七日ほど過ぎた朝、突然、いなくなった。蒲団《ふとん》の上には七寸ばかりの金木犀《きんもくせい》の一枝が残されていた。がっしりした小枝にしがみつくかのように咲いていた花はすでに枯れている。ただし甘く香しい芳香《かぐわ》はまだ残っていた。

「自分がされたこと、強がって気にしないふりをしていたけど、きっと相当堪《こら》えていたのね。あんな怖ろしくて酷いことがあったんですもの、心の傷は身体や顔の傷よりも深いはず。何としても引き留めてもうしばらく見守っていたかった」

志保が洩らすと、

「美音ちゃんをあんな目に遭わせた奴《やつ》らをおいら絶対許さない。それにこういうこと、このところ多いんだよね。おいら、とことん見廻って見張るぜ、絶対許せないっ」

いつものように、〈いしゃ・は・くち〉に立ち寄った金五はもぬけの空になった美音の病室で拳を固め唇を尖《とが》らせた。

それからほどなくして、

「先生、先生」

明け方の〈いしゃ・は・くち〉の玄関に再び金五が立った。今度は背中に誰も背負ってはいなかったが、

「とにかく大変なんだ、先生、来て。おいらが頼れるのは桂助先生だけなんだから」

叫ぶように告げた。

桂助と志保は金五に言われるままに往診の身支度を調《ととの》えると、なつめ長屋の木戸を入った。なつめ長屋は今の金五の住まいであった。

「いろいろ世話になってるおばちゃんの娘さんが大変な目に遭ったんだ」

金五は事情を告げて、

「おばちゃん、金五だよ。先生、来てくれた、開けるよ」

油障子を開けて中へ入ると、

「おゆみがおゆみが――」

年齢《とし》不相応に皺《しわ》の多い女が板敷から土間に飛び降りて、

「おゆみの母です。ど、どうしてこんなことがこの娘《こ》の身に――。お願いです、先生、どうか診《み》てやってください」

両手を合わせて桂助を拝んだ。

おゆみは板敷の奥で横たわっていた。周囲には真新しい箪笥《たんす》が置かれていて白無垢《しろむく》の花嫁衣装が衣桁《いこう》に広げられている。

「料亭松島屋《まつしまや》で仲居をしていて、あのお大尽《だいじん》の佐竹屋《さたけや》さんの跡取り息子に見初《みそ》められたんです。それはもう願ってもない玉の輿《こし》だってことになり、親戚一同大喜びで花嫁道具を揃《そろ》えるのを多少は助けてやろうって、皆張り切ってくれたんですが、この娘ときたら親戚の皆さんたちだって決して楽な暮らしをしてるわけじゃない、好意に甘えすぎるのはいけないって、健気《けなげ》にも仲居の仕事を増やして夜も働いてたんです」

喜びに溢《あふ》れたこれらの品々とは裏腹に、当のおゆみの目はぽっかりと虚《うつ》ろに天井を見上げている。着物の裾はところどころ血に染まっていた。

「仕事から戻ってきてすぐ近くの辻《つじ》でやられたっていうんだよ」

金五が説明した。

「白無垢が仕上がってきたばかりだっていうのに――」

おゆみの母親の目から涙が滴り落ちた。

「まずは手当てをさせてください」

桂助がおゆみの足元に座った。

「おゆみさんの手当てはわたしがいたします」

志保が言い、

「わたしは顔の方を診させていただきます」

桂助はおゆみの枕元に座り直した。

志保はてきぱきと処置を終えた。出産の時ほどではないが大きな裂傷ができていた。

「これは相当痛むはずです。痛みますか？」

志保はおゆみに問い掛けたが、相変わらずその目は天井を見上げたままであった。

おゆみは驚くほどの美貌であった。元札差《ふださし》で御一新後は金融業に転じた佐竹屋の跡取り息子に見初められただけのことはある。まず色白できめ細かな肌が文句なく美しい。花びらのような口元とすうっと通った細い鼻筋がはかなげでありながら、黒目がちな目はぱっちりと大きく、このように虚ろに見開かれてさえいなければ生き生きと輝いて、さぞかし誰もが魅せられたことだろう。

「顔に大きな傷ができていたり、腫れていないのは何よりなのですが」

桂助は両端が切れて血を滲《にじ》ませているおゆみの唇に指を当ててそっと開けた。血まみれの前歯が剝《む》きだしになった。

「前歯が三本、折れています」

「ええっ」

母親は絶句しかけて、

「治りますか？」

と続けた。

「今のところは折れた歯や歯茎の炎症を抑えます。落ち着いたところで歯を抜き、代わりに差し歯という処置を行います」

桂助の言葉に、

「この娘の笑顔に似合う真っ白な歯だったのに。どうしても抜かなくてはいけないんですか？　もったいない」

母親は呻《うめ》くように呟いた。

「歯が折れると歯の神経や根も傷つくので、そこから腐っていき、化膿が進んで大変なことになります。ですから一度抜くしかありません。わたしの診たところ娘さんの歯は砕けていないので残せて使えます。金属で歯根を作って、歯に差し込む差し歯の技で元通りになります。もちろん固いものでなければ嚙《か》むこともできます」

「よかった、目立つ歯なしにならず元に戻るんですね」

母親はほっと胸を撫《な》で下ろして、

「ありがとうございます、ありがとうございます」

再び桂助に手を合わせた。

そんな母親に、

「おばちゃんもおゆみさんも気にしてるのは見栄えだろうけど、この先生にかかれば大丈夫。前よか綺麗《きれい》な歯にしてくれること請け合いさ。だからもう気にすることあない。大八車《だいはちぐるま》に轢《ひ》かれたり、馬に蹴られたりすりゃ死ぬこともあるんだもん、命があるんだからさ」

金五は励ましの言葉を掛けて三人は長屋を後にした。

途中、金五は、

「増えてきてるんだよ、この手のこと」

憤懣《ふんまん》やる方ない表情を桂助たちに向けた。

「奉行所がなくなって、市中の治安を取締まる定町廻《じょうまちまわ》りの旦那たちもいなくなってしまいましたものね。患者さんたち、御一新前は家に鍵かけなくてもよかったのにっておっしゃってますね」

志保の言葉に、

「歯まで折られたっていうのは今度が初めてだけど、あるんだよね、ちょいちょいこの手のこと――」

金五の顔から怒りが噴き出た。

「新聞には載りませんね」

桂助は呟いて、

「まあ、事が事だけに家族や当人のためによかれと思って、ひた隠しにしてしまうことが多いのでしょう。実はおゆみさんと同じような目に遭って歯を折られ、乞われて差し歯治療をしたという話を入れ歯師の本橋《もとはし》さんから聞いています。傷つけられたのはやはり嫁入りが決まっている大店《おおだな》の娘さんであったとか――」

と続けた。

「それたぶん、地本《じほん》問屋泉林堂《せんりんどう》の娘だ。この娘も評判の小町娘でさ、店に花を飾るのが役目だったんだそうで、花よりも綺麗だっていうその娘を一目見ようと、読みもしねえくせに本を買いに来た奴もいたほどだった」

「その方はもう嫁がれたのですか？」

志保が訊いた。

「ん。当人も親たちも周囲も徹底して何事もなかったことにしたから。昼日中、琴の稽古の帰りに近道をして襲われた娘が倒れているのを見つけたのはおいらたちの仲間の一人なんだけど、そいつは上から強ーく口止めされたそうだよ。何だかなあ、その娘のためにはそれでよかったかもしれないけど、これでいいのかっておいら思う。その娘、このこと一生隠し通して生きていくんだろ？　そもそも御一新って身分の差がとっぱらわれて、皆が活き活き自由に前へ進める改革だったんじゃないのかな？　なのにこういうことについちゃ、狐《きつね》に拐《かどわ》かされてたなんて言ってた昔のまんま、何にも変わってない」

と金五が憤ると、

「女だからって自分のせいでもないのに隠したり恥じたりしなきゃ幸せになれないなんて、なんかおかしくないですか？」

志保も言い、二人の想いを聞いた桂助は、

「これほど理不尽なことが起きているのに、全ては闇に葬られているとはたしかに腑《ふ》に落ちません。隠されて、いい目を見ているのは心と身体に傷を負わされた娘さんたちではなく、こんな目に遭わせた下手人の方ですよ。許せません。新時代の瓦版だと言われている新聞はどうやら当てになりませんね」

きっぱりと言い切った。

「新聞って政府の瓦版みたいなもんさ。御一新の当初は、さぞかし皆が知らなきゃいけないことを公平に載せてくれるんだろうって思ってたけど。政府に都合の悪いことは伏せちゃうみたいだもん。上に言っても取り合ってくれず、忘れろの一言。逆らったら即刻免職だもん。だからおいら、瓦版屋たちが金になる噂話を聞きつけてきて、拐かした狐の正体はどこぞの誰だったなんて話を、節操なく垂れ流してた昔の方がまだよかったんじゃないかってしみじみ思ってる。こんな上が後ろ盾になって庇《かば》い立てしてる非道、何とか止《や》めさせなきゃいけない」

金五は力んだ。

四

一方、二人よりも前を歩いていて辻で立ち止まった志保は、

「美音ちゃん、どうしているかしら？　心配でならないわ」

金木犀の香りが漂ってくる方角を見ている。

「この香り、何だか金木犀の枝を置いていなくなった美音ちゃんみたいな気がする」

志保が呟くと、

「何が下手人探しの手がかりになるかわかりません。遠回りにはなりますが行ってみましょう」

桂助は金木犀の香りが漂ってくる方へと辻を曲がった。

「あ、でも、そっち、火事で焼けちゃってからは、お大尽たちが建てた新しいお屋敷ばかりだよ。美音ちゃんのおとっつぁんは大工だっていってたから、よくて広めの長屋住まいだもん、おいら、美音ちゃんの行方とは結びつかないと思うけど」

金五は洩らしたが、

「それでも桂助先生は見たものそっくり覚えてるだけのおいらとは違って、一体全体皆目わからない事柄でも、なぜか突然ぱぱっと閃《ひらめ》いて解決しちゃうこと多かったよな」

二人に従った。

「ここですね」

桂助が立ち止まり、

「ここ何度か前に見廻ってるけど、今時分じゃなかったから金木犀がこんなに咲いているお屋敷だなんて知らなかったよ」

金五も歩みを止めた。

桂助たちが立ち止まったのは真新しい西洋建築の邸宅であった。金木犀の逞《たくま》しいほどに強い芳香に包まれている。一丈(約三メートル)以上ある金木犀の木々が赤い煉《れん》瓦《が》造りの門の向こうに見える。枝先には橙色《だいだいいろ》の小花が多数集まって咲き誇っていて、心や身体の隅々にまで染み渡りそうな甘く強烈な芳香を放っていた。

「金木犀の花に包まれて家が建ってるみたいでちょっと気味悪い」

金五が洩らすと、

「たしかにね。前に〈いしゃ・は・くち〉の薬草園でも金木犀を植えようという話が出たけど、亡き父上から、医家は金木犀の効能である食欲増進や低血圧、不眠症の治療だけをしているわけではないからと止められたことがあったわ。人の嗅覚も金木犀の花の時期にはその香りのせいで鈍くなってしまい、全てが金木犀の匂いに思えては元も子もないからって。医家では匂いでそれぞれの薬草の強弱を嗅ぎ分けて、煎じる分量を決めるわけですものね。見事な金木犀だけど金五さんに賛成」

志保が頷いた。

ゆうに十年以上前、徳川幕府と薩摩《さつま》藩、長州《ちょうしゅう》藩等の外様の雄藩が対立、尊王攘夷《そんのうじょうい》が謳《うた》われていた最中《さなか》、身勝手な思い込みの強い不心得者に、突然命を奪われた志保の父は漢方、蘭方に通じていた腕のいい医者であった。

「このお屋敷の人はよほど金木犀が好きなんだ。それとそもそもおいら、金木犀がこんなにどっさり植えられてる様子、どこにも見かけたことない。金木犀林なんてないし――」

「それはそうよ」

金五の疑問には志保が応えた。

「金木犀は観賞のための庭木で有徳院《ゆうとくいん》（徳川吉宗《よしむね》）様の頃、清《しん》（中国）から渡ってきたとされているの。金木犀は雌雄異株で、渡ってきたのは雄株だけ。たまたまだったんでしょうけれど、その後、薬効があるのは花弁だとわかると、観賞と薬効を兼ねる花を沢山つける雄株のみが、挿し木で増やされていったの。雌株が無い以上種が落ちて増えることはないから、山野や林や森の中に金木犀が自生することはないのよ」

父に薬草学の手ほどきを受けた志保は〈いしゃ・は・くち〉の薬草園を任されていることもあり、草木に詳しかった。

「とするとこのお屋敷の金木犀はどこかから挿し木で増やして大きくなったものが運ばれてきたことになりますね。御一新からまだ十年は過ぎていないので、挿し木でここまで大きくなったとは到底考えられません」

桂助の言葉に、

「やはり金五さんの言う通り、よほどの金木犀好きということになるわね」

志保が頷いた時、六尺（約百八十センチ）を超える大男が三人の前に立ち塞がった。小袖に袴《はかま》を付けた書生の姿である。

「ここで何をしている？」

雷のような声が降ってきた。

「あ、大熊《おおくま》さんじゃないですか？」

志保は一瞬身が竦《すく》んだが金五は臆することなく、相撲取りのように屈強な相手を見上げた。大熊に見下ろされている痩せ型の金五は黒い上着と帽子にカーキ色のズボン、三尺警棒を手にしているにもかかわらず、子どもかおもちゃの兵隊のように見える。

「おいらですよ、無駄に手足が長くて蚊とんぼみたいに頼りない岸田《きしだ》金五です。邏卒だった頃、一緒だったじゃないですか、大熊さんと。大熊さんはおいらたちの憧れの的だったんですよ」

この金五の言葉に、

「そうだったか」

大熊は半信半疑ながら警戒を解いた。

「何しろ大熊さんの取締り件数ときたら群を抜いてましたから」

「そうか、そうか」

相手は相好を崩した。

「おいらたち、ただここで金木犀の匂いにうっとりしてただけなんですけど、咎《とが》になるんですか？」

金五はさらに、

「ここにいるのは市中に名の知られた口中医の藤屋桂助先生とその奥様です。おいらたちがさんざん取締まってる、常灯台を壊したり、喧嘩《けんか》、荷車、人力車の暴走、売られているあやしい飲食物だけではなく、市中を裸同然で歩いていたり、刺青《いれずみ》、肥桶《こえおけ》に蓋をしない汚穢屋《おわいや》、往来での子どもの大小便、女の理由なき断髪とも全く関わりはないお方なんです」

やや開き直った口調で言い募った。

一方、桂助は大熊の顔をじっと見ていた。

「ならばよかろう」

大熊はあっさりと頷いて、

「だが金輪際、この屋敷の前に立ち止まったりしてはならぬぞ」

ぎょろりと目を剝いての警告を忘れなかった。

三人は大熊たちに辞儀をしてこの場を離れた。屋敷が見えなくなったところで、

「怖かった、とても。でもどうしてこの時季限りの金木犀の匂いを楽しませてはくれないのでしょうね」

志保は頭を傾《かし》げた。

何日かして訪れた金五は、

「あの金木犀屋敷についてわかったことがあるよ」

診療の合間の桂助たちに告げた。

「天子様が東京へおいでになったのに従った、華族の司《つかさ》様の別邸なんだって。それを調べただけなのに早速、上から今後一切その調べはするなっていうお達しが来ちゃった——」

「調べの差し止めが出たとは。そうなると司家の別邸は限りなく不審だということになりますね」

桂助は応えた。

「そうそう。調べてみたけど京都のお公家《くげ》さんたちって、長く徳川様が治めてこられた間、ずっと貧乏だったわけでしょ。立派な家柄の司家だって同じ。それなのにあん

な凄《すご》い洋館を建てて別宅にしてるなんておかしい。それでおいら、念のため司様の本宅の方に行ってみたんだ。元あった大名家の下屋敷を少しばかり改築したもんだったよ。出てきた奉公人らしき人は〝お貸ししてるだけで他は当方は何も存じません〟って門前払いだった」

「誰に貸しているかは教えてくれなかったのでしょう？」

「ん、残念ながら」

「それはよかった」

「よかった、どうして？」

金五は不服そうな顔をした。

「だって金五さんがあそこを調べているとわかっただけで、調べを差し止められたということは、このまま突き進んでいれば危ないことになっていたかもしれませんから」

桂助はほっとした表情になった。

「それはまあ、言われてみればそんな気もする」

金五も知らずと頷いていて、

「そもそもが薩摩の足軽で元邏卒いや今は巡査っていうんだけど、あの大熊源太郎《げんたろう》右衛門《えもん》って、戊辰《ぼしん》戦争の時、旗係で天子様のお印、錦の御旗《みはた》を掲げ続けてたっていうのが自慢で自慢で、誰かれなしにその話をしてた。広げて進軍していた大勢の中の一人だっていうのにさ。けれどおいらたちの中じゃ、鍛錬の最中でもわざと馬鹿力にものを言わせて、自分より弱い者たちをいびるんで嫌われ者だったよ。あいつが邏卒を辞めた時は皆、始終いびられてた薩摩の連中も含めて喜んだ。だから、おいら、まさか、あいつがあんなところの見張りをしていたとは思いもしなかった。金と女に目がなかったあいつが、どう見ても別宅の留守番にしか見えない形《なり》でいたのが気にかかるよ」

「よほどうまみのあるお役目なのでしょうね」

「知りたいよね」

「ええ」

そんな話を交わしている二人に、

「そろそろこちらも美味しいものをいただきましょうよ」

志保が、焼き立てのマドレーヌと紅茶を盆に載せてきて、

「ところで、美音ちゃんのことはどうなったのです？　金五さん、金木犀屋敷のことよりも美音ちゃんの居所の方を先にお願いします。金木犀は金木犀でも元は美音ちゃんが残していった一枝の手がかりなんですから――」

やんわりと調べの軌道修正を促した。

五

美音と司邸の関わりが摑《つか》めぬまま何日か過ぎて、

「あなた、結構なお品が」

志保が、届けものがあったことを当惑気味に桂助に告げた。到来ものはビーフと称されている牛肉の塊と鰹節《かつおぶし》、風月堂《ふうげつどう》の懐中汁粉の詰め合わせで送り主はあの福沢諭吉であった。懐中汁粉は乾燥させた小豆餡《あずきあん》を最中《もなか》の皮で包んだもので、熱湯を注いでかきまわせせば即席の汁粉となる。懐中のいわれは携帯できるゆえである。

「戴くのでしたらお礼の手紙はお書きにならないと——」

ウエストレーキ、福沢諭吉、長与専斎、三人からの文を受け取った桂助が、まだ誰にも返事をしていないことを志保は知っていた。

「それはそうですが」

桂助の手はすぐには筆に伸びなかった。

「あちらはあなたが医業開業試験の試験官になることへの、さらなる念押しのつもりだと思います。あなたがあちらの頼み事に対して迷われているとしても、生ものも含まれていますからお返しするのは非礼では――」

ためらいがちに志保は言い添えた。

「たしかに」

頷いた桂助は諭吉に向けて礼状をしたためた。


本日大変結構な品々を賜りました。厚く御礼申し上げます。アメリカの思い出と日本の慣れ親しんだ味の数々を有難く賞味させていただきます。お心遣いありがとうございました。

長与専斎先生からの医業開業試験の試験官への推挙の件、誠に痛み入ります。とはいえわたくし、藤屋桂助は長与先生、松本良順先生方と異なり窮理、舎密《セイミ》なる学問に象徴される西洋医学教育を受けてはおりません。

また率直に申し上げまして、わたくしは日本の医者の資格、ひいては在り方について今しばらくの深慮の必要を感じております。理由は西洋流の医業開業試験による医者の誕生が真に望ましいと断じるだけの先見を持ち得ないからです。

またこれは私見にすぎませんが、文明開化の名の下、矢継ぎ早に法律や制度が目まぐるしく変わっていく中、医業開業試験が西洋医学一辺倒で行われることに一抹の疑問を払拭しきれません。

かつて、この国は漢方医学以外は邪道とされ、蘭方医学は蘭学習得という名目でまるで密貿易扱いでしたが、御一新後、双方の立場が逆転してしまいました。開国、そして徳川幕府に代わって明治政府が司る《つかさど》政《まつりごと》の理想――国益重視の富国強兵等――と、医学教育を含む医師や医行政の在り方を無理やり一致させていいのかという想いもあります。この国にはこの国ならではの医の在り方があるのではないかと思います。例えば、来日する西洋人の歯科医たちが驚愕《きょうがく》する歴史ある木床義歯《もくしょうぎし》の優れた技を伝えてきた入れ歯師や、口中を鼻、咽喉《のど》、耳につながる領域ととらえて治療をしてきた口中医たちの技を無視することはできません。入れ歯師や口中医を軽んじるのはいかがなものでしょうか。

もう少しゆっくり見極めてもよろしいと思いますがどうでしょうか？

福沢先生にはわたくしと同じアメリカ滞在のご経験があり、多民族によりなるアメリカ人同様、持って廻らない率直な意見交換を好まれると風の便りに聞き及び、ご無礼を承知での物言いをさせていただきました。

このような迷い多きわたくしが医業開業試験の試験官という、明確な決定事項に関わるのは適任ではありません。

藤屋桂助

福沢諭吉様

長与専斎に対しても以下の文をしたためた。

医業開業試験の試験官に、御推挙の件、市井の一介の口中医にすぎぬ我が身ゆえ大変光栄に存じます。

しかし、わたくしは口中医と称しておりましたがこれは自称にすぎず、徳川様や大名家の奥医師を務めていたわけではございません。ただ、患者さんたちへの必要に迫られて、虫歯や歯草《はくさ》に限らず、広く歯茎や舌、喉頭等の口中に近い部位の腫瘍や炎症を治療していただけのことでございます。渡米したのも歯抜きを減らして長寿を叶《かな》えるべく、世界における最先端の虫歯治療の技を身につけたいという、やはりこれも患者さんたちの必要に応えるためでした。

浅学非才《せんがくひさい》ゆえ、辞退させていただきたく存じます。

長与専斎先生

藤屋桂助

桂助はどちらの手紙にも断りを書いたつもりであった。

「何だかすっきりしたお顔――」

志保に指摘されて、

「実はどう断ったものかと少々憂鬱でした」

洩らした桂助は、

「久々にアメリカで食べたビーフステーキがいただけますね。今日本で栄養価の高い肉食が薦められているのはよいことなのですが、肉を噛み切り咀嚼《そしやく》するには揃った強い歯が必要で、今までのように抜くまで虫歯を放っておくようでは駄目です。丈夫な身体作りにはまず歯ありきなのですよ。それには日々、あの足踏み式虫歯削り機で前進あるのみです」

晴れ晴れとした表情で言い切った後、

「戴《いただ》きものだけ胃の腑におさめるのは少々気が引けますが――」

苦笑いを浮かべた。

「それなら、もう少し寒くなるのを待って、卵と牛乳、白砂糖でポッディング（プリン）を作ってお届けすることにしましょう。福沢先生は牛乳はビーフと並んで、たいそうコクがあって美味なうえ、滋養もあるとあちこちでおっしゃっているので、きっと美味しく召し上がってくださるはずです」

志保の言葉に、

「それはいい。よろしく頼みます」

桂助はほっとした表情になった。

「とりあえず結構な戴きものは大事にいただきましょう」

志保はビーフをステーキ用に切り分けて塩、胡椒《こしょう》の味付けを済ませ、乾いた布に包んだ鰹節と風月堂の懐中汁粉は棚の中に箱ごとしまった。

するとそこへ、

「先生、いる？　おいらだよ」

金五が顔を出した。

「おゆみさん、どうですか？」

「あんな目に遭ったんだもん、昨日今日で元気になるわけないよ」

「まあ、今はまだ折れた歯の周辺の腫れがおさまってきたところなので、そう治療を急ぐ必要はありませんが、もう少しして完全に炎症がなくなったら、折れた歯を抜かなければ差し歯の治療ができません」

　桂助は先行きを案じる目になった。

「あんな目に遭っただけではなく、あんなことも起きたのですものね」

　その時のことをまざまざと思い出した志保は顔を伏せた。

「酷すぎたわよね、いくら何でも」

　それが起きた時、桂助と志保、金五の三人はおゆみの長屋に往診で訪れていた。おゆみは青ざめた顔色に多少血の気を取り戻していた。差し歯の説明はもう何度目かだったが、

「よかった、よかった。これで元通りになる。祝言にだって間に合うよ。本当によかったね、おゆみ」

　母親が目頭を押さえると、

「よかった、おっかさん」

　おゆみが微笑んだ。

　このすぐ後のことだった。

「お邪魔しますよ」

油障子が音を立てて開くと、

「代筆屋も兼ねるよろず請負人です。佐竹屋さんから言付かってまいりました」

四十歳ほどののっぺりした顔の男が入ってきた。

「お嬢さんのお具合はいかがですか？」

男はありきたりの見舞いの言葉を口にした後、

「佐竹屋さんは破談になさりたいとのことです。ついてはわたしが持参したこの見舞金をお受け取りいただいて、ここにその旨承諾した、以後一切関わりなしとする文に、お名を頂戴いたしたくお願いいたします」

極めて慇懃無礼《いんぎんぶれい》な物言いで淡々と要件を告げた。

「そんなこと、聞いてませんよ」

顔を真っ赤にして母親は怒鳴り声を上げた。

「全ては佐竹屋さんが決められたことです」

相手はしごく冷静で、

「そちらではこうした一件がお嬢さんの身に起きたことを、佐竹屋さんに報《しら》せていないでしょう？　そちらも報せず、涼しい顔をして玉の輿に乗ろうとしていたのですから、佐竹屋さんが疵《きず》ものの花嫁に騙《だま》されて、押しかけられるのはご免だと、一方的に破談を決められても文句は言えないのではありませんか?」

と続けた。

六

「そ、そんなな、こちらはそんなつもりじゃ——」

母親が言葉を失いかけていると、

「お尋ねしたいことがあります」

おゆみが佐竹屋が寄越《よこ》してきたよろず請負人に向かって、

「ここにはあちらの旦那様、お内儀《かみ》さんだけではない、尚助《しょうすけ》さんの気持ちも込められているんですね」

か細い声ではあったがしっかりと念を押した。尚助はおゆみを見初めて、嫁にと望んだ佐竹屋の跡取り息子の名である。一瞬、よろず請負人は気圧《けお》されたかのようだったが、

「もちろん」

わざと上げづらで頷いて見せた。

「わかりました」

おゆみは蒲団の上に正座すると、

「おっかさん、書くものをお願い」

母親に硯《すずり》と筆を頼んだ。

「でも、これじゃ、あんまりじゃないか」

得心できない母親に、

「おっかさん、もう、いい。いいのよ」

おゆみは諭すように呟くと、渡された筆を走らせた。

相手にその紙を差し出す時、

「こんなもん――」

母親は金包みを突き返そうとしたが、

「それは困るんですよ。けじめにならないとまたわたしが届けに来る羽目になりますから」

よろず請負人は困惑していた。

「この仕事は信用第一です。こいつを納めてもらえないと、その旨も書いてあるこの紙も役に立ちません。どうか、わたしを助けると思ってこのまま納めてください。わたしだって今回のような仕事は辛《つら》いんですよ。おまんまの食い上げにならないために嫌々やってるんです」

よろず請負人は愚痴まじりに告げ、板敷の上の金包みをそのままにして、逃げるように長屋から出て行った。金包みを持って追いかけようとした母親は土間へ下りようとして躓《つまず》いて転び、そのままへたりこんでしまった。

「おっかさん」

咄嗟《とっさ》に駆け寄ったおゆみと動けなくなった母親は抱き合って泣くばかりであった。

これが志保の言った〝あんなこと、酷いこと〟の一部始終だった。転んだ時、足を痛めた母親は、足を引きずりつつ、おゆみの世話を続けている。

「悔しいけどいただいたもので何とか凌《しの》いでいます」

桂助たちが訪れると母親は唇を嚙んで、

「あの後、おゆみは〝ああ、もうこれで尚助さんとの縁は切れたのね。何もかもあたしが悪いのね〟と言い、それからはもう一言も言葉が出ないんです。食べ物だって白《さ》湯《ゆ》と薄いお粥《かゆ》をほんの少し啜《すす》るだけです。そのせいでどんどん痩せてしまって。このままではおゆみは――命に関わるのではと心配で。実はこの間、襷紐《たすきひも》を手にしたおゆみが梁《はり》をじっと見つめているのを見つけました。襷紐を取り上げて事なきを得ましたが、それからは包丁も隠しています。どうして、おゆみだけがこんな目に、自分で命を絶ちたいと思うほどの目に遭わなければならないんですか？」

精一杯の金切り声を上げた。

この時、桂助は、

「人は水と多少の滋養が摂《と》れていれば、身体に病がない限り命を失うことはありません。ただし、心の病が重すぎると心が身体を支えることができなくなるのです。わたしにできることは差し歯の治療で傷ついた心を前向きに癒すことだけです」

と応え、

「差し歯のことはあたしも時折、娘に言っています。綺麗に治せばきっと元に戻れるって。でもおゆみは首を横に振るばかりです。ですから今のおゆみに差し歯の治療は無理なんです」

母親は涙声になって、

「それにあたしたちは長屋住まいですからね、この経緯《いきさつ》はもう市中に知れ渡ってます。おゆみの玉の輿はさんざん羨ましがられた分、いざこんなことで駄目になると、いい気味だと思ってる人たちも結構いるんです。中にはおゆみが男たちを手玉に取るような大変な悪女で、玉の輿に乗り換えた報いで、遊び相手だった若い男からこんなことをされたんだとまことしやかな嘘《うそ》を言いふらすひともいます。仲居をしていた店からはとっくに暇をだされましたし。たしかに家でこうして半病人の暮らしをしているだけでは差し歯は要らないのかもしれません」

おゆみが置かれている様子を切々と訴え続けた。

「以前はどんな花よりも美しいと言われたおゆみが、同じ年ごろの娘さんたちよりずっと老け込んで、あの夜を境に萎《しお》れた花になっちまっているんです。前はきらきらと輝いていた瞳が今は抜け殻のように灰色です。それが親にはどんなに辛いか——。いいえ、おゆみの方が親のあたしよりもずっと辛いはずです」

こうした母親の話を桂助たちは往診のたびに聞いてきた。

「あの夜に傷ついたおゆみさんの心をかろうじて支えていたのは、嫁にと望んでくれた尚助さんだったのだと思う。それがあんな風に始末をつけられ完膚なきまでに傷ついてしまった。今のおゆみさんは将来も希望も何も見えない、感じられないんでしょうね」

志保がため息をつくと、

「もし志保さんがおゆみさんみたいな目に遭ったらどうする？　どうしたら前を向ける？」

金五が訊くと、

「約束されていた尚助さんとのことは一度、棚に上げておいて、まずはあの夜に遭ったことを忘れようとするんじゃなくて、思い出せるだけ思い出すと思う。お母さんは佐竹屋さんを恨んでるみたいだけど、これはありがちなことで不運の因《もと》ではないわ。さらなる不運に見舞われたのは襲われたあの夜のことゆえでしょ。一番悪いのはおゆみさんを襲った奴よ」

応えた志保は金五を見つめた。

「おいらもそう思ってる。そいつを捕まえればあの夜のことがきっかけで閉じてしまっていたおゆみさんの心を開かせることができる。自分がこうなったのは自分のせいじゃない、そいつが悪いんだとはっきり思えて、先に進めるんじゃないかと思うんだ」

金五はきっぱりと言い切る一方、

「そいつはとにかく市中で評判の美人ばかり狙ってる。でも前にも言った通り、皆、奴のやったことを隠して嫁入りしたりするんで、てんでそいつの尻尾が摑めないんだよ」

と言い、うーむと唸《うな》った。

「わたしも志保さんや金五さんの考えに賛成です。見た目の問題の差し歯は真の治療の手助けにしかなりませんから。それしか治療の手立てはないと言いきれます。そこでです、狙われるのは評判の美人ということでしたが、その方々について金五さんはどの程度知っているのでしょう？　是非詳しく知りたいものです。教えてください」

桂助の頼みに、

「巡査仲間に訊けばきっとかなりのことがわかると思うけど」

金五は探るように桂助を見つめて、

「それにどういう意味があるのか、桂助先生の目の付け所の理由を言っといてくれると話が早いと思うんだけどな」

と応えた。

「そもそも世間で評判になるのは、よほどの小町娘でない限り、楊枝屋の看板娘、吉《よし》原《わら》の遊女や芸妓《げいぎ》、茶屋娘などの玄人《くろうと》、半玄人の女の人たちです。この人たちは美貌を売ることが仕事なので置屋や店の主《あるじ》などが当人の美人ぶりを広めて世に報せています。それに釣られて男たちは通って来ると聞いています。そこで狙われた女の人たちの中に玄人、半玄人がいたか、どうかを知りたいのです。もし何人かいたとしたら、この手の下手人は、玄人、半玄人の美人たちと知り合える立場、または金があるということになります。こうしたあたりを調べればある程度絞り込めるのではないかと――」

「わかった、急いで訊いてくるよ」

こうして金五は市中で起きたこの手の事件について、巡査仲間が知っている事情や事柄を聞き込んできた。

「驚いちゃったのは遊女相手だからって、かなり無茶苦茶な遊び方を無理強いする、粋とはほど遠い男たちが御一新後増えてるってこと。〝襲撃ごっこ〟とか、〝お廻しお楽しみごっこ〟とかさ。〝終わったらしばらく死んだふりしてろ〟なんて注文まであるみたいで。それでもこの程度はまあ序の口で、金に物を言わせた薩長の田舎侍の乱行ってことになってる」

ここで金五は要点を書き留めたものを差し出した。
・明治五年　紅梅楼《こうばいろう》、牡丹花魁《ぼたんおいらん》の件
・明治六年から現在まで　巡査の耳に入った市井の美人娘たちの事故五件。大八車衝突　馬蹴りと調べ書きにはあり。

七

「一番大事だと思われる牡丹花魁の話からするね。花魁道中と身請けを前に、死んだ吉原の遊女が牡丹花魁。桂助先生たちは帰ってきてなかったから知らないだろうけど、稀代《きたい》の美女で凄い人気だった。だから死んだ時には新聞記事にもなった。病や事故じゃなく、自害だったしね」

金五の話に、

「御一新で吉原も変わったでしょうけど、徳川様の頃の吉原での最高の身請主は、目当ての花魁に、信じられないほど費用のかかる花魁道中をさせた後、これまた気の遠くなるような身請金を妓楼《ぎろう》に渡すと聞きました。亡き父上が志保はとかく世間知らずだから、同じ女でも苦界《くがい》に生きて幸薄い女たちがいることを知っておきなさいと、話してくれました」

志保が続けた。

遊女の最高位は人気で遊郭に大枚をもたらす花魁である。そして花魁が是非実現したいのが花魁道中だった。花魁が常にも増して華麗な化粧と結髪《けっぱつ》、これ以上はないと思われるほどの豪奢《ごうしゃ》な衣装に身を包んで、紅をさした禿《かぶろ》（花魁の雑用をする少女）を従え、三枚歯の下駄《げた》を履いて、ゆっくりゆっくり吉原中を練り歩くのが花魁道中であった。徳川の頃には最高に美しい吉原名物とされていた。

「牡丹花魁は花魁道中の後、身請けされることになっていたのでしょう。父上の話では花魁道中の後、遊女を身請けできるほどのお大尽は、たいてい大店中の大店のご老人か徳川様の頃はお大名ぐらいだろうと。今ではお大名ではなく政府の偉い薩長閥のお役人でしょうけど。牡丹花魁には添えなければ死ぬしかないと思い詰めるほどお好きな方がほかにおいでだったのかしら？」

志保は首を傾げた。

「聞いた話じゃ、牡丹花魁を身請けするのは薩摩の侍崩れの商人《あきんど》で三十代半ば、かなりやり手のお大尽でお互いぞっこんだったたって」

「それでは奥様がおいでだとかでは？」

「奥さんとはとっくに死に別れてて、遊女の身請けにありがちな囲い者にするためじゃなかった。だから牡丹花魁は晴れてそいつの奥さんになれたんだよね」

金五も首を傾げて、

「こいつのほかにいい男ができちゃって気が変わったたっていうの、考えられないことじゃないけどさあ――」

桂助の方を見た。

「可能性はあります。だが低いでしょう」

桂助はさらりと言ってのけて、

「ところでその牡丹花魁に付きまとっていた、しつこい客はいなかったのでしょうか？」

と金五に訊いた。

「あの頃は人気の絶頂だったからね、牡丹花魁。その手の客はわんさかいたと思うよ。一応、書き出してみたけどさ」

金五は百人はくだらない男たちの名を記した紙をポケットから出して桂助に渡した。

「圧倒的に多いのは政府のそこそこ偉い薩長の役人たち。何度も何度も通ってる。大店のご隠居、旦那、若旦那なんて揃って牡丹花魁狙いで紅梅楼に通ってる。しつこいといえば、これしつこいよ」

金五の言葉に、

「それ、父上流にいうと三世代の男たちの誰が花魁と懇《ねんご》ろになれるかっていう遊びなのではないかしら。陰湿なしつこさよりもおふざけという感じ。男の人たちには笑えても女のわたしとしてはとても笑えない」

志保は顔をしかめた。

「おや、大熊源太郎、三度上がるとありますね」

桂助は客たちの名を追っていた。

「これはこの間、金木犀の香るお屋敷でお会いした、あの大熊源太郎右衛門さんでは？」

金五に確かめると、

「おいらもそうかなって思ったんだけど、でも――。右衛門はついてないから途中まで同姓同名なんだって思うけど。だって、そうでしょ、お大尽ばかりが競ってる中にあいつが割り込んでるなんて、おかしいもん。巡査の身分じゃ、吉原の花魁となんて会うことだってできやしないはずだし」

「だから三度だけなのではないのでしょうか？」

「ってえことは、桂助先生はあのいけ好かない大熊源太郎右衛門がこの件につながってると？」

金五は思わず大声を上げた。

「異色の客ということになりますから調べてみる価値はあると思います」

と桂助は言い、

「これも父の受け売りですけれど、妓楼では花魁はお客の前に顔を出すまでに何度も通わせるそうです。妓楼によっても違うかもしれませんが、三度から五度通えば、お客は花魁の顔を拝めるということでした。薩長のお役人たちは何事もせっかちなので三度で対面できるよう、妓楼の主たちに命じていてもおかしくはないですよ」

志保が言い添えた。

「まさか、よりによってあの大熊の奴が泣き寝入りしてる娘たちを酷い目に遭わせてきた張本人だっていうの？」

金五は憤然とした。

「それにも可能性はあります。先ほどの件と並行して調べなければ。大熊源太郎右衛門さんの方はわたしがやります」

言い切った桂助を、

「でも、あのとりつくしまのない剣幕だったよ。やれるかなあ？　先生、あいつにこてんこてんにされちゃうかも」

金五は案じたが、

「大熊さんは左頬を腫らしていました。きっと夜も眠れぬほどの奥歯の歯痛で苦しんでいるにちがいありません。おそらく放っておいているでしょうから、今頃、高い熱が出ているはずです。わたしは廻り髪結いならぬ廻り口中医で、あの時も治療目的であの辺りを廻っていて、お会いしたと申し上げるつもりです。そして是非とも治療をさせてほしいと——」

桂助は妙案を示した。

ところがそんな桂助の試みも、金五が牡丹花魁が自害した真の理由の探索もその緒《ちょ》に就かず仕舞いとなった。

「先生、桂助先生」

金五が息せき切って〈いしゃ・は・くち〉に飛び込んできたが、

「あいにく夕方まで診療なのです。待ってもらえますか？」

と志保は言い、

「寒くなってきましたね。これでもいかがですか？」

志保は甘い物好きの金五のために、福沢諭吉から届けられた懐中汁粉を椀《わん》に入れ、湯を注いで金五に勧めた。

「これ一度だけ食べたことある。風月堂のだよね。じっくり時をかけて炊くコクのあるぜんざいなんかとは違う、あっさりしたいい味だよね。亡き父上のとこの到来物にあってすぐできちゃうのが驚きだった」

途中から金五は涙声になっていた。幼い頃両親を亡くした金五は育ててくれた祖母に死なれた後、徳川将軍の御側用人《おそばようにん》を務めた岸田《きしだ》正二郎《しょうじろう》の養子となり、世が世であれば岸田家の当主であったものが、がらりと時世が変わって、今は巡査の職にある。

「あそこまでのお役目にあった父上があんなとこで息を引き取ったなんて、もう、たまらない」

金五は薩長軍の江戸入りの直前、養父岸田とともに屋敷を逃れて長屋に潜み、その暮らしの中で老いて身体の弱った岸田は流行風邪《はやりかぜ》で命を落としていた。

「駄目よ、そんなこと言っちゃ。金五さんを今も天から見守ってる岸田様に叱られますよ。岸田様は忠義一筋、弱音なんて一度も吐いたことのない立派なお方でしたもの——」

たしなめた志保は、

「これ、岸田様のお供えに」

残っていた懐中汁粉を金五のポケットに入れた。

それからしばらくして、

「待たせましたね」

診療を終えた桂助が金五のいる応接室に入ってきた。

「何かありましたか?」

桂助の目に金五は奇妙に落ち着かなく映った。

「実はどうしてもこれからおいらと一緒に行ってほしいところがあるんだ」

場所を言うことをためらっている金五に、

「金五さんを信じてついて行きますが、いったいどこへ行くのですか?」

桂助は微笑みつつ訊いた。

「あの、首都警察、東京警視庁まで――」

「用向きは何です?」

「ある人が――どうしても桂助先生に――会いたいって言ってるんだよ。そうしないとどういえばいいのかな、あの大熊源太郎右衛門がどうして骸《むくろ》になっちゃったか、わからないままになっちゃうんだ」

金五は言葉に詰まりながら応えた。

八

「あの大きな体軀《たいく》で恐ろしげだった方が突然亡くなられたのですか？」

志保は驚きの声を上げた。

「ん。今朝、新橋《しんばし》ステーションの近くで見つかったんだ。頭から血を出して死んでたんだよ。通りかかった行商人が見つけて、屯所《とんしょ》の巡査に伝えたんだそうだ」

金五の不興げな呟きに、

「先ほどあの大熊源太郎右衛門さんがどうして骸になったか、わからないままになるとおっしゃいましたが、それはどういうことですか？」

桂助は訊いた。

「あのね」

金五は憤懣《ふんまん》を鎮めるために一息深呼吸してから、

「誰だってもう薄々わかってると思うけど、この市中、東京はさ、たとえ骸が転がっててもどうして死んだかなんてたいして調べないんだよね。身元がわかればその家に骸を届けるだけだし、わからなきゃ行き倒れってことで始末しちゃう。無縁墓に弔ってくれてるかどうかだって怪しいもんなんだ。奉行所があった徳川様の昔がなつかしいとおいら、思うことがある。夜更けてお大尽を襲う押し込みは減ってるっていうけど、どうだかね。何せ火盗改《かとうあらため》なんてお役もなくなっちゃったんだから。この手の悪い奴らがいなくなったとは到底思えないしさ。おいらたち巡査の仕事は、西洋人に対してみっともないって映ることを取締まれってことばかり。前にも言ったけど汚穢屋に往来を歩かせるなとか、刺青を隠して歩けとか、人のいるところで大人は言うに及ばず、子どもにも大小便をさせるなとか、女の断髪は理由を訊けとかだよ。あーあ、昔は友田《ともだ》の旦那と一緒に、不審な骸が出れば、殺しがどうか殺しなら下手人は誰かってとことん調べたのにな。それがお役目ってもんだったのに――。一応、番人たちが巡査の部下ってことになってるけどやってることはあんまりおいらたちと変わらない」

と続けた。

「ようは不審な骸が出ても不審かそうでないか、誰がどう判断して決めているかわからないわけですね」

桂助の指摘に、

「ん」

金五は大きく頷いて、

「噂じゃ、川路《かわじ》様がおいらたち巡査を束ねて警視庁ってものを作ったんだけど、まだ、鍛錬不足の馬みたいなもんで、よくは走れてないんだろうって。そんな時に、大熊源太郎右衛門の骸が出て、突然、巡査長がおいらに桂助先生を大警視様に会わせろって言ってきた。そうすりゃ、おまえが常日頃不満に思ってた不審な骸の死の因《もと》も突き止められるかもしれないって。それでここへお願いに来たんだよ。桂助先生とこんな偉い人に会うっていうの、公方様の御側用人だった岸田の父上に目通りした時以来だもんだから、父上の懐中汁粉が好きなことまで思い出しちゃって。とにかくこの通りです」

頭《こうべ》を深く垂れた。

「わかりました。お目にかかりに参りましょう」

こうして桂助は金五と共に鍛冶橋《かじばし》内にある警視庁へと向かった。

警視庁は他の政府機関同様、政府がこの国の西欧化を急速に推進するために招いたお雇い西洋人たちによって津山《つやま》藩松平《まつだいら》家上屋敷を改築、再利用された建築物であった。

釣瓶落《つるべお》としの秋の日はとっくに暮れていたにもかかわらず、現代の警視総監でもある初代大警視川路利良《としよし》は二人を待っていた。

「藤屋桂助殿、常日頃から口中医、いやD.D. S.としての貴殿のことは知っとおます」

薩摩訛《なま》りの川路は丁寧な物腰で桂助たちにソファーを勧めながら葉巻を手にした。

川路利良は制服に付いている幾つもの役職を示す飾りさえなければ、桂助とあまり変わらない年頃の血色のいい四十路《よそじ》男であった。一見温和そうに見える目の中に猜疑《さいぎ》と警戒を宿している。

「いかがです？」

「いえ、結構です」

桂助が首を横に振ると、

「煙草《たばこ》は歯に悪いんでごわしょうな」

川路は話の接《つ》ぎ穂をつくった。

「口中に着く頑固な煙草のヤニで、歯茎の血流が悪くなりますので、歯草、歯槽膿漏《しそうのうろう》の因の一つになります」

桂助は事実を伝えた。

「その都度磨いておればよかでしょう？」

川路はポケットから馬の毛でできた歯ブラシを取り出した。細長い房の部分がぎっしりと馬毛で詰まっている。

「何でもこいは百年ほど前にフランスで起きた、フランス革命に結果を出したナポレオンっちゅう、一兵卒上がりの皇帝が使っていたもんにあやかって真似《まね》たんでごわすよ。御一新後の今のこん国もこん頃のフランスのごとく、天子様を中心に諸外国に負けない強か国にならんといけませんから」

川路の話は煙草や歯ブラシを離れた。

「ところでわたしへの御用とは何でございましょうか？」

桂助は核心に迫った。

「元巡査大熊源太郎右衛門が骸になって新橋ステーションの近くで見つかったちゅう話は聞いておられましょうな？」

川路はおもねるように桂助を見つめた。

「もちろんです。わたしがあなた様にお目にかからないと大熊源太郎右衛門さんの死の因は突き止められないとのことでした」

桂助が応えると、

「これだから巡査長も巡査もいかん、話が正しく伝わっておらん」

じろりと睨《にら》まれた金五は、

「す、すみません」

びくっと肩を震わせた。

「それではわたしが改めてご説明いたそう」

「よろしくお願いいたします」

桂助は深く頭を垂れた。

「まずはわたしがどうしてこの椅子に座っているかの理由を話したい。わたしは薩摩の準士分、足軽に等しい最下級の武士の生まれでごわす。世がこのように大きく変わらなければこの場所もわたしの座る椅子もなかったでしょう。わたしは討幕の気運が高まる最中、長州との衝突となった禁門の変（蛤御門《はまぐりごもん》の変）で武功を立てた。それを薩摩軍上層部の西郷隆盛《さいごうたかもり》先生、大久保利通《おおくぼとしみち》先生に認められ、大いに引き立ててもらい、現在この椅子に座っているでごわす」

「わ、戦国の世さながらの大出世。薩摩、長州、下剋上《げこくじょう》――」

思わず口走った金五は今度はやや怒気を含んだ目を川路に向けられて、

「い、いけないっ」

慌てて口を両手で覆った。

「馬鹿者っ」

川路は一喝した。

「す、すみません」

金五はぶるぶると全身を震わせている。

「この場におられる理由の核心をまだ承っておりません。おそらくそれが一番肝心なのではないかと」

桂助は川路にさらなる話を促した。

すると川路は、

「ふふふ」

不敵にも見える笑みを洩らして、

「心配するな、わたしはこの程度のことで怒ったりはせぬわ」

とまずは金五の方を見て取り繕い、

「巡査よ、御一新を薩摩、長州の下剋上と言うてくれたがその言葉、遣唐使、千年の月日を経て御一新に今再びと返すぞ。わかるか？」

と応酬した。

「それ明治四年の十一月十二日にアメリカ合衆国、欧州諸国へ出発して、去年つまり明治六年九月十三日に帰ってきた総勢百七名の岩倉使節団のことだよね」

金五は臆しつつもすらすらと言葉を返した。

「まあ、いいだろう」

ふんと鼻で笑った川路は、

「わたしは天子様を中心とする中央集権国家を、先進諸国から誹《そし》りを受けない、堅固なものにするべく、西洋に倣え、組織を造れと上から言われていた。そのための見聞である外遊を経て、フランス警察こそ最もそれに適した組織であると確信した。フランスだけではなく先進国はどこも裁判があるが、特にフランスでは裁判を行う際に、徳川時代のお白洲《しらす》裁きにありがちな心証ではなく、証拠に重きをおいた近代的な法に基づいて下手人を捕らえ、罪を科していると知ったからだ」

薩摩弁ではない物言いで一度話を切ると、じっと桂助を見つめて、

「このフランス式は剖検《ぼうけん》（病理解剖）大事とも言われていて、これを実践するためには、捕縛や裁判の折には医者の骸検《あらた》めが欠かせない。どうかこの役目を貴殿に引き受けてほしい。貴殿の高い能力に基づく事件解決の数々については、残されていた旧南町奉行所の日誌によりすでに知っている。頼む、どうかお国のため、天子様のため、裁判医学官として奉職してもらいたい」

驚いたことに浅くはあったが頭を下げた。

「身に余る有難いお話ですが、わたしはそのような栄誉ある官職を拝する器ではございません。一介の口中医にすぎないからです。そもそも明治元年に軍事病院と一緒に

なった大病院（医学校）があるではありませんか？　そこで学業を修められた方こそふさわしいように思います」

桂助はあっさりと辞退した。

九

躱《かわ》された川路は、

「大病院だと？　あそこはこれからの医者はドイツに学ぶようにという方針で、英語とドイツ語の学習が主で臨床は二の次だ。ましてや経験がものを言う、裁判医学官に向く奴などいるはずもない、あんなところに頼っていたら市中の犯罪は一つも片付くまい」

苦々しく歯嚙みした。

そこで桂助は、

「大警視様はやはり、この市中の安全をお守りになりたいと切に思われているわけですね」

確かめて、

「もちろんだ」

相手が大きく頷くのを待って、

「でしたらわたしを医者巡査にしてください。ひいては大警視様のおっしゃるようにお国のため、天子様のためになるかもしれませんが、まずは残酷非道な目に遭わされた人たちの心の平穏のために、目の前の事件を解決に導くお手伝いをさせてほしいのです」

しごく穏やかに深く頭を垂れて頼んだ。

「何と巡査扱いでよいというのか？」

川路は目を剝いた。

「そのようにお願いします」

「ははははは」

川路は乾いた声で笑い、

「身分は取り払われた。今は誰もが分などわきまえず、どんな縁を辿《たど》ってでも上に行って出世しよう、富を得ようと懸命だ。そんな御時世に何とも変わった御仁《ごじん》じゃ。まあ、いいだろう。だが貴殿の勝手を許すにつけては一つ厳命を下す」

貫くような目線で桂助を見据えて、

「大熊源太郎右衛門の死の因を精査せよ。殺しならば、必ず捕らえよ。いつまでも天子様がおわすこの東の都、東京の民たちに無能呼ばわりされ、徳川の亡霊に取り憑《つ》かれていてはかなわんからな」

と言い、

「おい、巡査」

金五の方を向いて、

「おい、元幕臣の岸田正二郎の倅《せがれ》よな、おまえは。わたしは何でも知っている。捕らえられなければ元御側用人岸田の名折れになろうぞ」

と告げた。

こうしてやっと桂助と金五は大熊源太郎右衛門の骸を検めることを許された。但《ただ》し、結果はつぶさに書き記して川路まで提出しなければならない。

「検めは今晩中に済ませろって。大変なことになっちゃったね」

金五はため息こそついたものの、志保特製の洋風炊き込みご飯（ピラフ）を口に運ぶのに忙《せわ》しなかった。帰りが遅くなりそうな桂助たちのために、志保が洋風炊き込みご飯を握り飯にして届けにきてくれたのである。

骸検めのために帰るのは明け方になりそうだと桂助が話すと、

「ああ、でもよかった。わからないことだらけの怖い警視庁には関わりにならないに限るって、患者さんたちが口を揃えるので、もしかして牢にでもつながれてるんじゃないかって心配で——」

志保は洩らして、

「そうなんだね、おいらたち、普段、皆にはどうでもいいことばかり注意してるから、信頼全然ないんだよ」

同調した金五に、

「だからこそ、今は目の前の仕事に精進しましょう。その積み重ねしか信頼を得る道はないのですから」

桂助は半ば諌《いさ》める口調で骸検めの仕事を促した。

志保を見送った後、二人はやや年配の巡査に骸の安置室へと案内された。骸特有の腐敗臭がひどい。土間に横たえられた骸に筵《むしろ》が掛けてあるのは以前、番屋で目にしたことのある様子と変わらない。ただし番屋に運び込まれて検める骸は一体、多くても二体ほどだったが、だだっ広い安置室には何体もの骸が並べられていて、筵に番号が墨で書かれている。

「身元がわかっている骸で大熊源太郎右衛門――はと、骸番号八である」

骸管理の巡査は八と書かれた筵を指差し、

「骸は隣りの部屋へ運んで台の上で検めること。墨と筆、帳面はここにあるのを使え」

と言い残して去った。

二人は骸番号八が大熊であることを確かめた後、その巨体を手狭な隣室の台の上へと運んで着ていたものを脱がせた。桂助は筆と帳面を手にした。

「金五さん、あなたの一瞬にして見たものを覚える力は素晴らしいです。まずは見えていることを言葉にしてください」

「でも、おいら、見るだけだよ。見て、それがどうしてそうなのか、頭で考えるなんていう、桂助先生みたいなことはできないよ」

金五が頼りなげな物言いをすると、

「それでいいですから。以前のように自信を持って」

桂助は励ました。

「ん、わかった」

金五は見たままを口にしていく。

「頭の後ろの傷以外にも全身に赤い打ち身の痕、細かな擦り傷、顔まで腫れて擦れてる。両目にごく小さな血の痕。あ、でも首に絞められた痕はないよ。何かが落ちてきて押し潰された？　事故だったのかも。頭の傷にたかっているウジ虫の大きさは中程度でたいそうな腐敗臭あり」

筆を走らせて金五の言葉を書き取っていた桂助は、

「大熊源太郎右衛門さんが新橋ステーション近くで亡くなっているのが見つかったのは今日の朝です。うじ虫はそんなすぐにはわきません。今朝亡くなった骸にうじ虫がわくのはおかしいです。ということは大熊さんは今朝より前に死んでいたということになります。また生きている時に付いたと思われる、全身の赤い打ち身や擦り傷が頭の傷と一緒に付いたとは思えません。頭の傷の出血が少ないのも気になります。大熊さんは顔にまで擦り傷をつくる大きな重いものを息ができなくなるほど、矢継ぎ早に投げつけられて息が詰まって亡くなったものと思われます。頭の傷は後でつけたものでしょう。大熊源太郎右衛門さんは殺されたのです」

と言い切ると、

「そうなれば気になるところあるよね」

金五は唇を押し開けて口中を探った。舌に黒い染みが付いている。

「これは墨です」

「それならきっと、書いたものを咄嗟に飲み込んでたのかも」

桂助は喉の奥まで見たが手がかりになりそうなものは何も見当たらなかった。

「残念、何もない。しかし、大熊さんは何か隠したいことか伝えたいことがあったのかもしれない」

夜が明けてきた。

桂助たちは骸検めを調べ書にまとめて大警視の部屋の机の上に置いてから警視庁を出た。

「あれじゃ到底及第点、貰《もら》えないだろうな」

「そうですね。殺しとわかっただけで下手人を挙げられていませんから」

桂助は金五をあえて慰めなかった。

〈いしゃ・は・くち〉に戻ると、

「あなた、早朝、橋場《はしば》の浄花寺《じょうかじ》からこのようなものが――」

志保が届けられた手紙を見せた。

それには以下のように書かれていた。

紋黄袈裟田野逝くせや　　合掌　　浄花寺　蠟梅《ろうばい》

「これは田や野を飛ぶ紋黄蝶《もんきちょう》を袈裟《けさ》、仏に仕えて法衣を纏《まと》うご自身に例えていて、逝くせや、いずれは逝ってしまうだろう、蝶と同じで人の命ははかなく、修行の道は遠いという意味です。文字通りにとればのことですが――」

桂助の説明に、

「まさか文字通りじゃないっていうの？」

金五は首を傾げた。

「浄花寺はたしかに橋場にあります。でもどうしてこのようなものが菩提寺《ぼだいじ》でもない寺のご住職から届くのか、まるで見当がつかないのです。それと俳句にしては尻切れとんぼで和歌としても下の句がありませんし」

「わたしは蠟梅とお書きになっているのが気にかかります。会ったこともない相手にこのような名乗りをするものかしら？　たしかに蠟梅は冬の終わりを告げる、金木犀同様やや重めの格別な香りを放つ香り花ですけれど――」

　この志保の言葉に、

「そうだったのか――」

　桂助は手控帖《てびかえちょう》を開くと以下のように蠟梅和尚の手紙にあった〝紋黄袈裟田野逝くせや〟を平仮名にしてみた。

もんきけさたのいくせや

「わかったよ、おいらにも。言葉の並び替え遊びだ」

　金五はこれの隣りに次のように記した。

きんもくせいのさたけや

「これは、まあ何ということ」

　唖然《あぜん》とするばかりの志保に、

「金木犀とあの佐竹屋がつながるなんて」

興奮した金五は今にも飛び出して行こうとしている。

「そういえばおゆみさんの住む長屋とあの金木犀屋敷はそう遠くはありませんね。それとおゆみさんは殴られて歯を折られたというのに、美音ちゃんの方は顔立ちがわからなくなるほどでしたが歯は折られていませんでした——」

桂助は何か閃《ひらめ》いたかのように呟き、

「出かけてきます」

そんなはやる気持ちの金五とともに浄花寺へと向かった。

十

橋場にある浄花寺は昔から誰かれの別なく旅人を泊めて世話をしてきた、仏の慈悲を形で示してきた寺であった。代々の住職が庭や花を慈しみ丹精することに注力してきたおかげで、四季を問わず花が咲いていて訪れる人たちの目と心を和ませてきた。

今の時季は山門から可憐《かれん》で気品高い嵯峨《さが》天皇ゆかりの嵯峨菊が咲き誇っている。黄、白、朱、桃色、紫などの花火が青空に華を添えているかのような花姿で、京を想わせる優雅で繊細な情緒を醸し出していた。

「お邪魔いたします」

桂助たちは庫裡《くり》を訪ねたが蠟梅和尚なる住職の姿はなかった。

「ご住職様」

奥へ声を掛けたが応《いら》えはない。

「山門の前についてた轍《わだち》が裏門の方へつづいてるよ。裏手のお墓の方じゃない？　きっと野辺送りでもあったんだよ」

金五が言い出して二人は裏門へと回った。裏門の前には御者の乗った豪奢《ごうしゃ》な馬車がつけられている。

裏門を入ると小柄で痩せた住職の法衣姿が見えた。その周囲を白や桃色の花弁で囲まれ中央が明るい黄色の秋明菊《しゅうめいぎく》が取り囲んでいる。

正面に見えたのは羊毛を使った紫色のドレスに同色のボンネット帽子を被《かぶ》った、三十歳半ばの女性で、しきりに顔をハンカチで拭っている。手には真っ白なバラの花束を抱きかかえるようにして持っていた。そしてひとしきり泣き終えると、その花束を住職に手渡し、水晶の数珠をたぐりながら深々と頭を下げて裏門のある方へと歩いて行った。桂助たちは慌てて大きな松の木の陰に身を隠した。

馬車が走り去っていく音が聞こえなくなると、振り返った住職、蠟梅和尚が、

「その節はすっかりお世話をおかけいたしました」

桂助たちに向かって微笑みながら告げた。

「あの時は充分なお世話ができず残念でした。まさかあなたが嵯峨天皇ゆかりの菊で名高い浄花寺においでだったとは思ってもみませんでした」

この桂助の挨拶を、

「嵯峨菊とて元は秋明菊同様自生の野菊ですよ。変わりはありません」

相手はさらりと受け流した。

一度見たものは決して忘れない金五が目を瞠《みは》っていて、

「み、美音ちゃん」

やっと言葉が出た。

「お見事。たいていはこれで悟られぬものなのですが」

美音は青々と剃《そ》りあげている形のいい坊主頭をつるりと撫《な》でた。

「これさえさまざまな鬘《かつら》で隠してしまえばわたしだと気づかれることはないし、坊主頭になっていると拙僧だとは気づかれぬものなのですよ。ここへこうしておいでになったあなた方を除いては——」

「紋黄袈裟田野逝くせや、きんもくせいのさたけや。これを届けてきたあなたにはわたしたちに話したいことがあるはずです」

桂助は核心に切り込んだ。

「その前に、この花束がなにゆえ拙僧に託されるのか、お話ししなければなりません。それと拙僧の法名は美円《びえん》と申します。気恥ずかしい名ながらある方にお付けいただきました」

金五に担ぎ込まれた時は顔面の腫れがひどい状態の上、いなくなった時も完治はしていなかったので気がつかなかったが美円は役者のように整った面立ちの持ち主であった。

「どうぞこちらへ」

美円は本堂のある表門の方へと歩いていく。池が見えた。蓮《はす》の花が美しい池としても知られている。今はその時季ではないのだが、一瞬花畑のように見えたのは多数の花束が池の水面を漂っているからであった。よく見るとふわりふわりと浮いている花の種類はほとんどが菊で数知れなかった。

「ここには檀家《だんか》様がみえて、祥月命日、各年忌の供養をされています。当然花も添えられるでしょう。けれどもこの池に手向けられている花は、檀家の方々がお持ちになるものではないのです。裏門から入って本堂には立ち寄らない方々は檀家ではありません。死者はそれぞれの菩提寺で葬られはしたものの、決して成仏などするはずはないとお身内が案じて心を痛め、せめて魂だけにでも慰めや癒やしをと、真の供養をなさろうとおいでになるのです」

「先ほどお見かけした女の方もそのお一人ですか」

桂助は言った。

「そうです。あのお方は京の公家から薩摩の高官に嫁がれたお方で亡くされた娘さんのご供養をなさっています。娘さんの好きだった白バラを当寺の蓮池に手向けに三日にあげずおいでです」

「そこらへんに咲いてる菊や雑草の花なんかの束もあるよね」

金五の言葉に、

「それはもう。そもそも大切なお身内を亡くされた方々の気持ちに貴賤《きせん》はありません。大勢の親御さんが〝あの時、娘の恥と信じて隠したのが間違いだった〟とおっしゃいます。酷い目に遭った娘さんたちは傷を負ったままですから、嫁入りした先でさらに深く心を病み、身籠もっていてさえも自ら命を絶たれる方も少なくないのです」

美円はやや沈んだ声で応えた。

「その大切な方々の亡くなられようとは、自害や心を病んだ挙げ句の病死だったのではありませんか？」

桂助はずばりと切り込んだ。

「その通りです」

美円は大きく頷いた。

「そしてそれが御坊が若い娘のふりをして襲われた風を装って、あんなことまでして、わたしたちに美音と名乗った理由ですね」

「はい」

美円ははっきり応えて、

「それについては拙僧が紅梅楼の牡丹花魁と知り合った頃からの話になります。少し長くなりますがどうか、お聴きください」

と前置くと、

「拙僧は奥州《おうしゅう》の片田舎の百姓の四男です。いわゆる水呑《の》み百姓の家で食うや食わずの暮らしでしたから、いつも腹が空いていたことしか覚えていません。拙僧が故郷《くに》を出た年はとりわけ夏が寒くて作物が実らず、三人いた姉たちは一人残らず身売りされていきました。それでもわずかばかりの穀物は命がすり減るようになくなり、両親は遊郭から頼まれて買いに来る人買いに拙僧を託すことを思いついたのです。幼い頃から小柄でなよなよしていた拙僧は、女児と見間違われることが多かったからです。そして何より、そこそこ器量好《よ》しの女児の方が男児よりもずっと高く売れたのです。騙された人買いは気づかずに紅梅楼に拙僧を女児の値段で売りました。ところが風呂で裸にしてみると男児とわかり、当てが外れて損をした紅梅楼の主は、拙僧を京大坂廻りの人買いに売ろうとしました。拙僧は危なく、どこともしれない穴蔵のようなところに閉じ込められて、満足に飲み食いもさせてもらえず、子どもの小さな手が向いている絨毯《じゅうたん》作りなどを死ぬまで続けさせられるところだったんです」

そこで一度言葉を切った。

「その頃はまだ振袖新造《ふりそでしんぞう》だったにもかかわらず、牡丹花魁は〝人買いに売ればこの子は長くはきっと生きられない、この子の糊口《ここう》はあたしが必ず凌ぎますからここに置いてやってください〟と言ってくれて、拙僧を人買いに売らせなかったんです。今、こうして拙僧が生きていられるのは姐《ねえ》さんと慕っていた牡丹花魁のおかげです」

美円は目を瞬《しばたた》かせた。

「あなたは牡丹花魁が自死した理由をご存じですね」

桂助は核心に迫ろうとした。

「没落した旗本の生まれだった牡丹花魁は信心深い方で、両親兄弟姉妹の墓のあるこの浄花寺の前のご住職とも懇意でした。それで読み書きができて学ぶことが好きだった拙僧に僧侶になってはどうかと勧めてくれたのです。いつまでも女の子の形《なり》で誤魔化してもいられまいと。拙僧は自分の道を僧侶と決めました。実はこればかりは花魁にも話しておりませんでしたが、拙僧は仕方なく女の子のように髪を結っていたわけではないのです。女であればいいといつも想いました。拙僧は男に目を奪われる性質《たち》だったんです。この世にはそういう男たちもいますからね」

そこで美円は二人を交互にちらちらと見て微笑んでから、笑みを消して唇を噛みしめると、

「ですので、すでに家族と分かち合う人並みの幸せは諦めておりました。そんな拙僧に仏の弟子になるのは願ってもない生き方だったのです。先のご住職から円という名を頂きましたが、姐さんがどうしてもということで上に美とつけて法名は美円となりました。禿の時の名はよい声で鳴く鶉《うずら》が多い奥州の生まれにちなんでうずでしたが。そしていよいよ、丸坊主になる拙僧の禿としての最後の仕事が近づきました。拙僧はうずとして牡丹花魁の花魁道中に連なることになっていたんです。花魁の幸せを晴れがましく感じられることを、どれほど楽しみにしていたことか――ですが――」

ますます強く美円の形のいい唇が噛みしめられた。

十一

美円は話を続けた。

「花魁道中を十日後に控えたある夕方、支度に忙しくしていた花魁は昼過ぎて、どうしても自分で挨拶がしたいからと、他の妓楼を格の高い順に廻っていました。拙僧が付き添おうとすると、〝大丈夫よ、吉原の中でのことですもの〟と言って紅梅楼を出て行きました。ところがお客さんたちが押しかける夕方になっても戻りません。拙僧は必死で吉原の隅々まで探しました。見つけたのは羅生門河岸《らしょうもんがし》という、吉原では最下層の遊郭の裏手でした。倒れていた花魁は顔を殴られて着物の裾を乱されていたんです。命こそとられはしませんでしたが、それからの花魁は——もちろん、花魁道中も身請けの話も取り止めになりました。そうしてほしいと言ったのは花魁自身でしたが、たとえ不慮の事故だったとしても、これはもうそうするしかなかったんです。花魁は悲劇の階段を転げ落ちていきました。吉原とて、いや遊女同士の客取りの競争、そして見栄の張り合いから免れ得ない吉原だからこそ、これだけのことが起きてしまうと、花魁の身に起きたことは隠し立てなどできません。追い落とされるには恰好《かっこう》の醜聞でした。おまけに取り止めになった花魁道中と身請金の半分は花魁が負うこととなり、紅梅楼という吉原一の遊郭の花魁という身分ごと、格下の店に売られることになりました。何という無慈悲な――」

美円は端整な顔立ちを引きつらせた。

「牡丹花魁さんの自害は行く末を案じてのこととお考えですか？」

桂助は訊いた。

「いいえ」

美円はきっぱりと言い切った。

「そもそも拙僧は自害だとは思っておりません」

「となると誰かの手に掛かったっていうんだね」

金五の言葉に相手は大きく頷いて、

「これをご覧ください」

片袖から伽羅《きゃら》が香る巾着袋と紙片を出した。紙片には〝きんもくせいのさたけ〟とあった。

「えっ？　言葉の意味がわかっていたなら、なにゆえに〝紋黄袈裟田野逝くせ〟とだけ書いた手紙をわたしに送ってきたのですか」

桂助は驚きを隠せなかった。

「先生のお力をお借りしたかったからです。先生は奉行所の力不足を、ご自身の推理力で突き止めていらっしゃったこと、今は巡査の金五さんも助力してこられたという話を牡丹花魁から聞いておりましたからです。牡丹花魁の死は先生がアメリカにおられるときのことです。先生に花魁の死に関心を持っていただくにはどうしたらよいかと考えてのことでした」

申し訳ありませんでしたと美円は頭を下げた。

「花魁は身請けが決まってからというもの、しばしば主の許しを特別に得て吉原の外へ出ていくことがありました。わたしがついて行こうとすると、〝駄目だよ、可愛《かわい》いこぶでも野暮は野暮なんだから〟と主に止められたことから、相手は花魁道中までやらせてくださって身請けしてくれる愛《いと》しい男なのだと察していたんです。花魁が酷い目に遭った時も拙僧たちは、逢《あ》いに行くのはてっきりその男《ひと》のところだと思っていました。ですので花魁のあのような様子に驚いて待ち合わせていた男が逃げ出した上、何もかも取り止めにしたというのはどうにも腑に落ちないし、それが本当ならとても許せませんでした。そして花魁が借金のかたに他の店へ移る前日、一瓶の桂花陳酒が届きました。〝思い出のお酒〟と花魁は目を細めて飲み、急に苦しみ出して亡くなりました。これが殺しでなくて何なのでしょう？　でも駆けつけた巡査は自害だと決めつけて新聞にもそのように載ったんです」

「桂花陳酒は金木犀の花びらを白酒《パイチュー》に浸けてつくる酒で日本では味覚を刺激して唾液の分泌を促し、芳香による食欲増進薬と言われてきましたが、西洋では恋の媚薬《びやく》と見做されているようですね」

桂助が投げた恋の媚薬という言葉に、

「ですから拙僧は花魁の相手こそ、下手人だと思いました。そしてそれが誰なのか突き止めようとしました。骨董屋今昔堂《こっとうやこんじゃくどう》、それが相手の吉原での名ですが、これは本当の名ではありません。本名を隠していたのです」

美円は怖いほどに美しい怒り心頭に発した表情になった。

「紅梅楼の主なら知っているんじゃないの？」

金五が言うと、

「その頃拙者は禿のうずですよ。禿なんかに教えてくれるわけもありませんし、店主は相手から相応の違約金を取っていたはずです」

美円は鋭い目を向けてきた。

「しかし、御坊は無念の牡丹花魁さんの敵を突き止めようとしてきた。うずから美円になって寺に入った後も、仏典を読み解き経を唱える修行の間を縫って続けて来られたのですね。なかなかできないことです」

桂助はやや労《いたわ》るような口調で言った。

「何度も申しますが、牡丹花魁は拙僧の命の恩人ですから、報いは必ず相手に受けさせようと思いました。牡丹花魁の墓は前のご住職のご厚意でこの寺にあります。ですので、当初は拙僧も牡丹花魁があれほど想い入れた相手なのですから、墓前で心から詫《わ》びてほしいと思っていました」

「それではすまなくなったのはなぜです？」

「美女で評判の娘さんたちの身に、牡丹花魁に起きたのと変わらない悪夢が立て続けに起きたからです。拙僧は相手は味をしめたのだと思いました。許せなくなりました。けなげに働いて花嫁道具を揃えていたおゆみさんまであんな目に――。命こそとられないものの、起きたことを隠して嫁《か》してもいつもあの悪夢に悩まされ続け、心を病んで実家《さと》に戻るしかなかったり、思い詰めて川に飛び込んで命を絶ったり――。先ほどのドレスの方をごらんになっておわかりのように娘さんの受けた悲しみは、慈しみ育てたお身内にまで広がっているのです。これを黙って見過ごすことなどできようはずもありません」

頰を憤怒で紅潮させつつ美円は先を急いだ。

「花魁は生前、惚気《のろけ》気味にお相手は金木犀のような男《ひと》だと言っていました。〝花の時季だけではなくいつもよい香りがして惹《ひ》かれてしまうの〟と。それで、金木犀の植えられている屋敷を懸命に探しました。金木犀は咲いた花しか香らないので見つけるのに時がかかりました。あの金木犀屋敷に行き着いたのはつい最近のことです。ここだと確信したのは紅梅楼で見かけた今昔堂を名乗る男が、見上げるような大男に付き添われて出入りしているのを見かけたからです」

「だから〈いしゃ・は・くち〉を去る時に金木犀の枝を置いて行ったのですね。そして、先ほど見せてくださった紙片は御坊が殺された大熊源太郎右衛門さんの口中から取り出したものですね」

「ええ、そうです。拙僧は真相を摑むために、あの金木犀屋敷に下働きに化けて入り込みました。そして、今昔堂と名乗っていた男が佐竹屋だと知りました。ある日、あの大男が米蔵に呼ばれて、向かう途中、紙切れのようなものを口に含むのを見ました。そして中へ入ったとたん米俵の下敷きになるのも。事故かと思いましたが、大男が紙切れを口に入れるのも妙ですし、骸は他所《よそ》へ運んで始末するようにというのはおかしいです。命じられるままに、空の米俵に隠して捨てるのを大八車を曳《ひ》いて手伝いましたが、骸を大八車に載せる際、口の中を確かめて先ほどの紙切れを取り出しておきました。拙僧の役目は新橋ステーションまでで、その後、頭をぶつけて死んだ大男のことが新聞で報されたんです。今、思うと大男は巡査上がりの用心棒ではなく、佐竹屋を調べるための密偵を命じられていた巡査かもしれません。ですから殺されたのです。佐竹屋は御一新以降、廃された札差から金貸し専業になって上方にまで進出しただけあって、評判もよくないですし」

美円はやや冷ややかな眼差《まなざ》しを桂助たちに向けた。

「大男の死はどうせ事故ということで仕舞いにされるのでしょう？」

「そんなことはないよ」

金五は言い切って、

「どうして死んだかを徹底的に調べろって、おいらたち、警視庁で一番偉い川路大警視様に言われてるんだから」

と続けた。

「本当ですか？」

美円は桂助を見据えた。

「このところ立て続けに起きている若くて美しい娘さんたちが襲われる事件の真相を

摑んで、これ以上惨《むご》い目に遭う娘さんが増えないようにと、大警視は下手人逮捕を急がれています。おそらく大熊源太郎右衛門は大警視の命を受けていたのだと思います」

桂助も言い添えた。

すると美円は、

「ああ、やっとこれで牡丹花魁、佐竹屋の息子の毒牙から免れなかった娘さんたちの真の供養ができるのですね」

ほっと安堵《あんど》のため息を洩らした。

桂助たちはこの事実を報告書にしたためて大警視川路に伝えた。川路はただちに大勢の巡査を従えて金木犀屋敷を調べた。金木犀の香りに包まれているその屋敷からは多量の阿片《アヘン》が見つかった。阿片は秘密裏に上方の寒村で栽培したもので、それをイギリスに倣って清に売っていたのだと、佐竹屋の主は白状した。金木犀からは開花時に香りをとって強力な消臭剤とし、阿片の精製過程で生じる特有の匂いを消していたという。

佐竹屋の主の金左衛門《きんざえもん》は、

「商いは競い合いですよ。それにてまえどもは国を富ませようとしただけです。阿片禍だって買うのではなしに売るんですからこっちに害はないでしょ。してはいけないことと、いいことだってまだ曖昧なはずです。ようは薩長の皆さんの胸先三寸のご判断ではありませんか？」

と開き直り、悔悛の様子は微塵《みじん》もなかった。

息子尚助は、牡丹花魁に毒を盛った件と密偵だった大熊源太郎右衛門殺害を手伝った者たちの証言により死罪が確定した。もはやどんなに言葉を尽くしても死罪から免れられないと悟った尚助は、

「物心ついた時から金でできないことはなくて、何をしても退屈だった。やっと得た楽しみは女の身体と心を傷つけることだった。特に癒えない心の傷が何よりの好物だったよ。よだれが出るほどどね。どんなことよりも楽しかった。桂花陳酒を飲ませ花魁道中や身請け、玉の輿でとびきり幸せに酔わせておいて、どん底へ突き落とす。料理屋の仲居の分際でいくら俺が言い寄ったからって、俺様の嫁になろうなんてあつかましいにもほどがある。そもそも言い寄ったのだって、あいつの家が女たちを連れ込む金木犀屋敷に近くて縁を感じただけのことだよ。しかし、あいつもまさか、俺の家で可愛がられて夢心地の後に、よりによって当の俺が尾行《つけ》ていて、家のすぐ近くであんな目に遭わされるとは思ってもみなかったろうよ。だから思い切り殴って前歯をへし

折って仕置きしてやったのさ。どんな美人でも前歯なしじゃかたなしだろうさ。こんな面白い見世物は歌舞伎にだってないぜ」

　本音を赤裸々に語ったが、美円が僧侶の姿で牢にまで出向いて、

「実はあの世はございます。あなた様もあの世に行かれたら、今まで楽しまれていた分、とことん苦しめられましょう。ほら、見えませんか？　あなたが襲って地獄に落とした方々の姿が——。皆さん、地獄で手ぐすね引いてお待ちなのですよ。ご存じでしょうが地獄では何度でも地獄の炎で焼かれ、八つ裂きにされるのです」

　と囁《ささや》くと、突然、

「見える、見える、奴らが見える、うわーっ。消えろ、消えろ、うわーっ」

　叫び始めて以後我を失い、何を話しかけても、

「痛い、痛い、怖い、怖い」

　ぶつぶつと呟き続けていたという。

「わきまえのない強欲商人《あきんど》とその息子の残忍な女虐《いじ》めとはな。まさに欲と色の権化たちだ」

　呟いた川路は美円については言及しなかった。

「他家の法要の帰りに佐竹屋の蔵の前を通りかかった坊さんが、積んだ米俵を入って

きた大男めがけて落とすのを見たんだそうです」

と金五が告げると、

「ならばそれでよい」

明快に断じて、

「おそらく〝紋黄袈裟田野逝くせや〟は阿片売りの示し合わせだったと思われる。だから遊郭でそれと知らず仲立ちさせられていた牡丹花魁も、正体が知れてしまった大熊同様、念のため口封じされてしまったのだろう。おゆみなる仲居がそこまでは巻き込まれず、とにかく命があってよかった、何よりだった」

と言った。

一方、呼び出した巡査長には、

「岸田金五を一等巡査（警部補）に任じ、藤屋桂助を骸検視顧問と定める旨、当人たちに伝えよ。これは命令だ。警視庁は市中の治安を厳守できるという威信を万民に知らさねばならない。それには正義心の塊のようなあ奴らの力を頼まねばならない、そしてまたあの二人が関わっている坊主を調べよ。捕らえるためではない。大熊があのようになってしまった今、市中に潜む代わりがほしい。代わりが務まる奴なのかどうか、見極めたいのだ。よろしく頼む」

と命じた。

佐竹屋主の金左衛門は阿片密売の大罪が死罪に値したにもかかわらず、政府高官の口添えがあったのか、なぜか警視庁での罪は免れた。しかし、息子尚助の死罪を待たずに蔵もろとも大火で焼死した。

「こういうの、因果応報っていうのかな？　それとも誰かの火付け？」

一等巡査になった金五の問いに、

「あの夜は大風でしたし、あの大火で焼け残った元札差は一軒もなかったのですからそれはないでしょう」

骸検視顧問の桂助は淡々と応えた。

一方、この経緯を聞いたおゆみは、

「相手を見抜けなかったなんてあたしも馬鹿だったたんですね」

人が変わったかのようにさばさばと言ってのけた後、差し歯の施術のために桂助の抜歯を積極的に受けた。新聞は大々的に事件を報道、世の同情は襲われて人生を狂わせられた娘たちに集まり、おゆみの雇い主だった料理屋の主も解雇を取り消してきたが、当人は、

「あたし、自分の腕一本で稼げることがしたいんです。わりに手先が器用なんで洋服

作り、女の人のドレスを仕立てる修業がしたい。着てもみたいし」

迷いのない物言いをした。

これを桂助の往診に付き添っている志保から聞いた金五は、

「女の人って強いっ」

いたく驚いて感心した。

「それだけ女はずっと痛い目に遭って耐えてきたってことよ。その辺りのこと、男の人たちにもっとわかってほしいものだわ」

志保はさらりと言ってのけた。

第二話　バニラの花

一

　このところ〈いしゃ・は・くち〉は虫歯削りの患者も数多く訪れている。アメリカから戻ってきて診療室に虫歯削り機を据えたばかりの頃は、患者用の黒い椅子は削る音ともども魔物のように敬遠されて、閑古鳥が鳴き続けていたものだが、今では鋼次《こうじ》が手持ち無沙汰にならない数の患者が来ていた。

「虫歯削りはわたしより鋼さんの方が上手ですよ」

　そう言う桂助《けいすけ》は子どもの乳歯や、大人の歯でも抜けかかっていて残すことのできない虫歯や歯草《はくさ》（歯周病）に限って、西洋流のエーテル麻酔ではなく、従来通りの烏頭《うず》（トリカブトの主根）を主とする塗布麻酔を使っての抜歯を行っている。これには絶大な人気があり、虫歯削りは鋼次、桂助は塗布麻酔による抜歯と治療が分担されてきている。報酬はどんなに桂助の患者が多くても折半である。

「兄さんらしいわね」

　時折やってくる妹のお房《ふさ》がふと洩《も》らした。跡継ぎの桂助が医業に就いたこともあり、呉服問屋だった藤屋《ふじや》の跡を継いだお房はなかなかの辣腕《らつわん》で、徳川幕府の終焉《しゅうえん》後は家業を呉服問屋だけに留《とど》めず、収益を以前の倍以上に広げてきている。

「鋼次さんの今後のことどうしたものかって考えてもいるんでしょう？」

女実業家であるお房は近く施行される医術開業試験のことを承知している。

「入れ歯師の本橋《もとはし》さんのことも気にかかっているはず。医術開業は今看板を掲げている漢方医や蘭方医《らんぽうい》は一代限り。今、開業していない人や入れ歯師たちは、この限りではないのだから。漢方医、蘭方医だって一代限りの恩典を経た後は、たとえ医家の直系の跡継ぎでも、誰しもがこの難しい試験を受けなければならないんですものね」

そう言ってお房は桂助の目の前にぽんと数学、窮理《きゅうり》（物理学）、舎密《セイミ》（化学）の本を置いた。

「何と言ってもこれが難関よ。舎密っていうのはいろいろめんどうな英語の文字と数字がわんさか並んでるけど、ようは空で覚えてしまえば何とかなる。手習いのお師匠さんから仕込まれた、往来物（手紙）覚えと同じ。でも、数学と窮理は手強《てごわ》いのよね。頭の中に受け入れる下地を新しく作らなきゃならないんだもの、数学がわかんなきゃ、窮理もお手上げっていわれてるけど、そもそも数学って算術とは全然別物なのよ。あたしはもう絶対無理――」

お房は頭を抱えてみせて、

「兄さんなら理解できちゃうでしょうけど。鋼次さんや本橋さんはどうかしら?」

数式が並んでいる数学の本をぱらぱらとめくった。

「あたし、何も鋼次さんや本橋さんのことを侮ってるわけじゃないのよ。ただ二人ともあれだけ一芸に精進していると、もうそれだけで頭の中がいっぱいなんじゃないかって思う。商いのことしか頭に入んないあたしと同じで」

一気に話し終えると、

「ああ。喉が渇いた」

志保《しほ》が淹《い》れて、いい具合に冷めた煎茶を啜《すす》った。アメリカ暮らしを経験した桂助や志保たちはもっぱら珈琲《コーヒー》や紅茶だったが、客たちはたいてい日本ならではの緑茶を好んでいた。

「いろいろ、ありがとうございます」

志保は桂助の手元に淹れたての珈琲が入ったカップを置いて、お房に向かって頭を下げた。

無言でこれらの本をめくっていた桂助は、

「たしかにこれらの科目の試験に受かるためには、十割、つまり完全に理解している必要があるね。若い頭と気力があればやり遂げることはできると思うが――」

むずかしい表情になって、

「それにしても辞退してよかった。これだけのものをろくに理解もしていないで、試験官になるなんてとんでもない恥さらしになるところだった」

つい洩らすと、

「それ、どういうこと？」

早速、お房は身を乗り出してきたので、仕方なく桂助はウエストレーキ、福沢諭吉《ふくざわゆきち》、長与専斎《ながよせんさい》からの書状について話した。

「どうして兄さん、断っちゃったのよ」

お房の唇が尖《とが》った。かなり真剣に怒った時の癖であった。

「医業開業試験の実施は、今後の日本の医療の在り方を決める最重要な事柄じゃないの。その試験に関わってほしいと言われて、あっさり断るなんて信じられない。あたしも横浜でお世話になったあのウエストレーキ先生は、セント・ジョージ・エリオット先生と並んで論文が認められるほどのお方だし、福沢先生は多方面に人脈がおありで、長与専斎先生は医療官僚の天辺《てっぺん》へまっしぐらってとこなのよ」

「相変わらずお房は地獄耳だな」

呆《あき》れる桂助に構わず、

「そんなお歴々にその試験の試験官になってほしいって、頼まれたっていうのに、もう、もう、勿体《もったい》ないったらないっ、兄さんの馬鹿っ」

お房は歯嚙《はが》みした。

「だが、長与先生たちが長崎でポンペ先生に窮理や舎密を習っていた間、わたしはアメリカで虫歯を抜かなくてすむという画期的な歯科治療の研鑽《けんさん》を積んでいた。まるで異なる経験をしてきている。双方の交わる点があるとはどうしても思えないんだ」

桂助は苦笑した。

「それは決めつけよ。今、医療行政を握っている人と懇意にしてさえいれば、双方ともどこかに一致点が見出《みいだ》せるかもしれないじゃないの。ったく兄さんたら頑固者なんだから」

お房は桂助を軽く睨《にら》んだ。

するとそこへ、

「あの、あなた、また戴き物をしてしまいました」

志保が重そうな大きな箱を抱えて部屋に入ってきた。

「また福沢先生からです」

志保がテーブルの上に置いた箱の蓋を、お房が開けた。

「あら、ラムネじゃないの」

　歓声を上げた。

　底が尖った薄青緑色のきゅうり瓶は中身がラムネである証《あかし》であった。福沢の筆は以下のように説明している。


　イギリスのレモネードが転訛《てんか》してのラムネなるもの、レモネードより味が甘すぎず、酸っぱすぎず、あっさりしつつもしゃっきりしていて皆の好むところのようです。瓶の栓を開けて中身が噴き出すのも一興なのでしょう。

　以前は神戸の居留地より取り寄せられていた高嶺《たかね》の花だったようですが、少し前に日本でのラムネ製造の許可が下り、こうしてお届けすることができます。

　本当は今のような晩秋ではなく、夏場に飲むのが美味なのだとは思いますが、夏場の井戸水では残念ながら、よくは冷えません。思いっきり冷やすための氷は、まだまだボストンから輸入している状態なので高額すぎて、ラムネ冷やしごときに使うことなどできません。

　というわけで酔狂と思《おぼ》し召して、時季はずれの晩秋のラムネをお楽しみいただければ幸いです。

福沢諭吉

藤屋桂助先生

「またっていうことは前にも戴き物をしたのね？」

お房は桂助にではなく志保に訊《き》いた。

「ええ、実は——」

志保はビーフの塊と懐中汁粉を挙げた。

「それでいて兄さん断ったの？」

お房は詰問調になった。

桂助は無言で、

「前の時はお断りする前でした」

代わって志保が答えた。すると突然、

「ああ、そう」

お房の顔に笑みが宿った。

「それなら大丈夫、福沢先生、まだ退《ひ》かない気だから。さすが福沢先生の押せ押せよ。長与先生、どうしても何とか兄さんに引き受けてほしくて、福沢先生に泣きつかんばかりなんだと思う。いいわよ、兄さん、いい風を吹かせたわね」

打って変わったお房の上機嫌に、

「おまえの言ってることはさっぱりわからないな」

桂助はまた苦く笑った。

「ようは駆け引きってことですか？」

志保の言葉に、

「その通り、これで兄さんはいやいや引き受けたってことになるから、いろいろ自分の意見を言えるのよ。窮理や舎密の試験の合格点についても、年齢別にすることだって提案できるってわけよ。あるいは窮理か数学、どっちかを選んで受けられるとか、患者を何年も診《み》てきて経験を積んできた人に限っては二科目とも免除とか、もっとある、試験官による推薦の枠をつくって、該当する人は試験免除とかも――、そうしたら鋼次さんや本橋さんだって――」

お房は嬉々《きき》として現時点では桂助が優勢だと口にした。

ところが、桂助は、やや声を荒らげつつ、

「おまえの言ってるのは不正もしくはそれに近い」

と言い放ち、

「わたしに引き受ける気は毛頭ないよ」

やれやれといった表情になり、

「ラムネは好きなだけ持ち帰って、おとっつぁん、おっかさんにも飲んでもらってほしい」

お房の帰宅を促した。

二

今、鋼次が虫歯削り機を使っている部屋は以前、桂助が治療処としていたところで、お房が桂助夫婦のために増築してくれた、渡り廊下を通ってすぐの個室が、歯抜き名人桂助の治療室になっている。元の〈いしゃ・は・くち〉が手狭だったせいで二人の治療室は離れている。

桂助が目の前に座っている抜歯したばかりの女の子に、

「よく我慢したね。明日またここへ来て、抜いた痕を綺麗《きれい》にしようね。それから抜いた痕はそっとしておいて、舌の先でいじったりしちゃ駄目だよ。血の味が口の中にするかもしれないけどこれも我慢して」

と優しく諭すように言った。

「ん」

女の子は大きく頷《うなず》いて、

「あたし、ちょっとも痛くなかった。やっぱり先生、痛くない歯抜きの先生なんだね。ありがとう」

にっこり笑って診療室を出て行った。

入れ替わるように、

「桂さん、大変だよ。実はさあ、今――」

鋼次が桂助の診療室の引き戸を開けて顔を出した。このところの鋼次は虫歯削りを受けに通ってくる患者の数が安定しているせいもあって、目尻の皺《しわ》は目立つようになったものの、しごく明るく闊達《かったつ》だった。その鋼次が珍しく緊張の面持ちでいる。

「腹を刺された爺《じい》さんが入ってきたんだよ。今、玄関で倒れてる」

鋼次は溜《た》めていた息を吐き出すかのように言った。

鋼次の言葉が終わる前に、桂助は渡り廊下を走り出した。

玄関では志保が行き倒れのように見える老爺《ろうや》の介抱をしていた。血が流れ出る腹部の傷に片手を強く当てて止血を続けている。

「すぐに奥へと運びましょう」

桂助は鋼次と一緒に老爺を治療室まで運んだ。手に付いた血を簡単に拭った志保が急いで蒲団《ふとん》を敷く。

桂助はしばらく入念に老爺の腹部の傷を診《み》てから、言った。

「内臓に達していなかったのが幸いしました。あとほんの少し深かったら大変でした。志保さんの手当てもよかったのでしょう。もうあまり出血はしていません。とはいえ消毒して傷を縫う必要はあります。ただ――」

桂助はすり切れてくたびれた襤褸《ぼろ》に近い上着とズボン、汚れたメリヤスのシャツを着ている老爺の様子を見た。目が肉に埋まって見えにくいほどの皺深さで、手入れの行き届いていない白髪はもじゃもじゃと絡まっている。

「どう見ても行き倒れの年寄りだぜ」

鋼次が言った。

「問題は傷を縫うのに麻酔を使えるかどうかです。麻酔が強すぎて亡くなったという例は歯の治療以外にも聞いていますからね。といってここまでの傷ですと縫わないわけにはいきませんし」

と桂助が呟《つぶや》いた時、

「麻酔ってえのだけは止《や》めといてほしいよな」

あろうことか、老爺は目を開けて、はっきり言葉を発した。

「縫うならこのままでやってくれ」

老爺は桂助を見据えた。

「わたしは口中医ですので腹部の傷を縫ったことはまだありません。口中はそれほど敏感ではないので、できた傷を縫うのはそれほど痛くないのですが、腹部となると、抓《つね》っても痛い肌の肉に針を突き刺し続けるのですからかなり痛いですよ。そうだ、麻酔を扱える、信頼のおける外科専門の先生をお呼びしましょう」

桂助が傍《そば》を離れかけると、

「それには及ばない」

短軀《たんく》の老爺のどこにそんな力があったのかと思われるほどの力で、桂助の白衣の袖を摑《つか》むと、びりっと破れる音がした。

「爺《じじい》っ」

鋼次が小さく叫んだ。

老爺にその声は聞こえなかったらしく、

「俺はここであんたにやってもらいたんだよ。他所《よそ》の奴《やつ》にやってもらうんならこのまま死んだ方がましだ。痛みを堪《こら》える自信はある。かまわないでやってくれ。ぐずぐずしてないで早く頼むよ」

枕に頭を落としたまま目を閉じた。

「つたく、へらず口を叩《たた》くイキのいい爺だ」

呆《あき》れる鋼次に、

「ご本人の希望です、仕方ありません」

桂助は志保に患部の消毒を頼んだ後、鋼次には老爺の両脚を、志保には両手を押さえるよう頼むと、外科針に糸を通した。

「大丈夫なのかい？」

鋼次は不安そうだったが、

「元を正せば歯抜きを含めて口中の施術は外科ですから」

桂助は老爺の腹部の傷を縫い始めた。この間、相手は顔も顰《しか》めず、ぴくりとも身体《からだ》を動かさなかったが、腋《わき》の下には夥《おびただ》しい冷や汗が吹き出していた。縫合が終わると、

「一つだけ訊いておきたいことがあります。その傷はどこでつけられたものですか？」

桂助は尋ねた。

誰の目にも老爺の腹部の傷は刃物によるものと思われた。武士から刀を召し上げる

という廃刀令の施行が噂《うわさ》されていて、巡査たちは刃物による殺傷事件の取締りに余念がなかった。武士ならずとも、市井での刃物と思われる殺傷は届け出が義務づけられている。

「子どもの頃、今時分は枯れた雑草を刈る手伝いをした。それがなつかしくて、つい長い草丈の雑草が茂る空き地に入り込んじまった。それがこの有様よ。枯草の葉先はよく切れるからねえ」

とだけ老爺は応えた。

「なるほど。では痛み止めの薬を飲んでお休みください。よく眠れますから回復が早まります」

桂助は勧めたが、

「要らねえよ、そんなもん。俺は薬なんぞなくても眠れる」

そう言ってのけた老爺はすぐに高鼾《たかいびき》で眠り込んでしまった。

「桂さん」

志保が淹れてくれた珈琲を啜《すす》りながら鋼次は声を潜めた。

「あれ、ちょっとまずいんじゃないのかい？」

「あの傷のことですか？」

「そもそもうちは口中治療だろう？　それだけでもとやかく言われそうなのに、刃物による傷に違いないってわかってて黙ってるのはさ――」

意外にも鋼次は心配性であった。

「届けて、傷を負って助けをもとめてきた方を治療したと申し上げたとして、口中医の分際で外科を行うのはよろしくないと咎《とが》められたらどうします？　それに何よりあの状態の方にあれこれ訊くのは酷ですよ」

桂助は言い切り、

「たしかに今はよくわからない、西洋流に近づこうとする、建前ばかりが罷《まか》り通っていますよね。それにあのお爺さん、ああいうご気性ですもの、傷が癒えたらどんなに止めても出て行くと思いますから、どうかこのままで――、ねえ鋼次さん」

初恋の相手だった志保に微笑《ほほえ》まれて、

「ま、仕方ねえか」

鋼次は首を縦に振った。

このような経緯《いきさつ》となったので翌日、金五《きんご》が訪れてもこの話には誰も触れなかった。

もっとも金五は話を聞くよりも話したいことがあるらしく、桂助と鋼次の治療が終わるまでそわそわと落ち着かなかった。

「まさかまた、大警視の川路《かわじ》様のお呼び出しではないでしょうね」

志保が案じると、

「東京は広いことは広いけどそう始終、骸《むくろ》は出ないよ」

と金五は応えて、勧められたラムネを三本も立て続けに飲んだ。それでも眉間の皺は寄ったままである。

「何か悩み事でもあるの？」

志保は気になった。

「志保さん、おいら父親になれると思う？」

一瞬耳を疑った志保だったが、

「まあ。おめでたい話じゃないの」

微笑みが顔全体に広がっていく。

「それでお相手はどんな方？」

「お相手って？」

「だってお相手がいなければ父親にはなれないでしょうが。生まれるのはいつ？」

「相手はいないしもう生まれてる。十歳ぐらいの男の子。正太《しょうた》っていうんだ。おいらんちがある長屋の木戸の前を行ったり来たりしてて腹空《す》かしてたから、うちに入れて飯食わしてやったんだ。孤児《みなしご》で尼寺にいたらしい」

「金五さん、それだけで見も知らない子の父親になろうとしてるの？」

志保は首を傾《かし》げた。金五には志保にもはかりしれない、善良が過ぎての不思議な一面がある。

「巡査って国の法律だけじゃなしに市中の人たちを守る仕事だろう。だったらおいらが路頭に迷ってる正太を守ってやりたいなって思ったんだ。それに正太の正、父上の岸田正二郎《きしだしょうじろう》の正と同じ字だしさ。賢くてきりっとした顔立ちもどことなく父上に似てるし——」

金五は嬉々として語った。

「それでもやはり自分は父親になれるだろうかって悩んでるじゃないの？」

痛いところを突かれた金五だったが、

「巡査の仕事って朝早くから夜遅くまでなんだよね。朝は何とかなる。だけど寺子屋が終わった後は正太、ひとりぼっちでしょ。だからおいらが帰るまでここに置いてもらえないだろうかって、お願いに来たんだ。この通り」

志保に向けて真顔で頭を下げた。

三

「その子を預かるって言ってもご存じの通り、うちは桂助さんと鋼さんが診療をしてて、わたしも手伝っているのよ。なかなか相手はできないわよ」

志保は消極的な断りを口にした。だが金五は、

「かまう必要はないよ。あ、でも志保さん特製の美味《おい》しいお八つはあげてよね。おいらね、正太にここで三人が歯で苦しむ人たちを懸命に助ける姿を見せたいんだ。正太はもう大きいんで、手伝いだってできるし、桂助先生や鋼次兄貴の仕事を見ていろいろ感じるはずだと思う。尼寺でいやいやさせられてたのとは違うってわからせたいんだよ。あいつなら、本堂や廊下、庭の掃除とかの嫌なもんじゃなくて、得意な読み書きや学問できっと身を立てられる」

熱く語った。

「それでもねえ――」

志保の頭に引っかかっていたのは渡り廊下の向こうの部屋にいる老爺のことであっ

た。正太という子どもを〈いしゃ・は・くち〉で預かったら、不審な傷を負った老爺のことも知られてしまうのではないか？　そして金五に伝えてしまう。これだけは困ると志保は思った。金五が巡査で今は目こぼしなどという配慮はない時代である。秘しておけるとはとても考えられない。

「うちは手狭なので――」

志保は苦しい言い訳を続けた。

「何もここに置いて泊めてやってくれって言ってるんじゃないよ。おいら、毎日迎えに来る」

金五はやっと自分の頼みが聞き入れられそうもないことに気づいた。

「クッキーやケーキなんかのわたしが得意のお菓子なら、金五さんの家まで届けるようにするし、着替えも桂助さんの古くなったのを子ども向きに縫い直すわ。それじゃ駄目？」

「ようはよく素性もわかんない孤児をここへは連れて来ないでくれってことだね」

金五がむくれた時、

「金五、おまえ、いい加減にしろよ、志保さんに甘えるのは」

治療を終えて部屋に入ってきた鋼次が、割って入った。

「兄貴までそんなに冷たいのかよ？」

金五の眉も上がっている。

「大体、おまえ一等巡査になってから態度でかいぞ。一等とやらになったんだっておまえの力じゃないだろうに。桂さんが川路っていうお偉いさんに見込まれちまって、骸検視顧問なんてやつをやるってことになったからだろう？　そのうえ、ここは桂さんと志保さんの家なんだし、おまえの頼み事は図々《ずうずう》しすぎる。俺だって小さいのにうろうろされてちゃ、仕事が手につかない。患者さんたちだって迷惑だろ。おまえの言ってることはこの〈いしゃ・は・くち〉の営業妨害だよ」

鋼次はアメリカ流の歯に衣《きぬ》着せない主張を畳みかけた。もちろん、刃物による深手を負った老爺の存在を隠し通したいがゆえである。遅れて話に加わった桂助は、

「金五さんがそこまで熱心に考えている正太君とやらにわたしは会ってみたいですね。口中の様子も気にかかります。遅くともそろそろ乳歯が生え替わる頃でしょうし、歯痛があるとなかなか学びも進まないものでしょうから」

と言い、

「桂さん」

鋼次は大慌てになり、

「あなたらしいわ」

志保は冷や汗を掻《か》きつつ微笑《ほほえ》んだ。

「さすが桂助先生、そう言ってくれると思ったけど、おいら、ありがてえったらない」

金五は固めた拳で熱くなりかけた両目を拭って、

「実は正太を連れてきてて外に待たせてるんだよ」

思わず、鋼次と志保は目と目を見合わせた。とんだことになったと鋼次の目は語り、

志保は同調する代わりに、目を伏せた。

「正太をここに入れていいんだね」

相好を崩した金五は一度外に出て早速、正太なる少年と一緒に入ってきた。

「正太と言います。よろしくお願いします」

子どもにしては大人びていて物静かな印象の正太は礼儀正しかった。尼寺での厳しい教えによるものなのか、生来の真面目《まじめ》さゆえなのか、少なくともその目は秋空のように綺麗に澄んでいた。

「わたしが藤屋《ふじや》桂助です。ここは口中の治療をするところなので、ちょうど患者さんも途切れたところですし、あなたの口中を拝見しましょう。君ぐらいの時期には場合

にもよりますが乳歯を切除しないと、一生使う大人の歯に影響が出ることもあるので。それだけではなく、乳歯とはいえ虫歯を長く放っておくのも身体によくありません」

桂助はたとえ相手が子どもであっても大人に対するのと同じように説明をする。

「お願いします」

正太は応えて、

「それではどうぞ。鋼さんと金五さんはここで待っていてください」

桂助の言葉に、大丈夫かよと鋼次の目が志保を見た。志保の方は考えがありますと落ち着き払った目で応える。

桂助は自分の治療室へと案内するべく、渡り廊下を正太と共に渡った。

「こちらですよ」

志保はすいすいと桂助たちを追い越して老爺が眠っている部屋の隣室に立った。

「こちらです」

その部屋の前には治療室の札が掛かっていた。志保が前もって掛け換えたのである。中には治療に必要な往診用鞄《かばん》が置かれている。

こうして正太の口中検診が始まった。

「ぐらぐらしてまだ抜けずにいる乳歯が多いですね。まるで自然に抜けようとしているのをそっと宥《なだ》めているかのようですが」

桂助はやや不審そうに正太を見た。

「尼寺の子たちはぐらぐら歯は糸を結んで尼さんに引っ張ってもらって抜いています」

正太はややバツの悪そうな顔になった。

「そうでしょうね。ぐらぐら歯がなくなった後、新しい歯が生えてくるのはすぐではないにしろ、そう長い先ではありません。その間、歯茎が歯の代わりをしますから、ぐらぐら歯で嚙《か》むよりもずっと楽なはずです」

「でも、抜いた歯は尼寺の天井裏に放り投げることになってるんです。自分の家ではないので誰の歯だかわからなくなって――」

正太の言葉が詰まった。

「あなたは自分の家の天井裏に抜けた歯を納めたいのですね」

「そうしないと死んだ父上ともっと遠く離れてしまうような気がして」

「あなたはお父さんが亡くなったので尼寺で育つことになったのですね」

「六歳の時でした」

「その時のことを覚えていますか」

「ええ、しっかりと。御一新でお役がなくなった旗本家の家臣だった父上は商人《あきんど》にな
ろうとしたのですが、借金のかたに大事なものを取られてしまったので死ぬしかなか
ったんです。大事なものとは、冷たくて美味しくて病みつきになるというアイスクリ
ンという西洋菓子の作り方と、ありったけのお金を叩《はた》いて造った馬鹿高い、アイスク
リン作りの器械だったと聞いています、外で遊んでいて帰ってみたら、縁先で父上が
腹を切って果てていました。世に嗤《わら》われている武士の商法の末路です」
「あなたはよほどお父さんが好きだったのですね」
「ええ、母上は俺を産んですぐ死んで、ずっと父上と二人で生きてきたんで」
「あなたの気持ちはよくわかります。でも先ほど申し上げた通り、子どもの歯を抜か
ないと大人の歯は丈夫に生えてきません。ひいては大人にもなれないのです。亡くな
ったお父さんを想《おも》う気持ちはわかりますが、どうか治療を受けてください。あなたの
将来のためです」
　すると正太の澄み切っていた目が灰色に淀《よど》んで、
「俺に将来なんてないんです。父上があんなことになってからというもの、仇《かたき》をとる
ことばかり考えてきました。でも父上は武士らしく、誰も責めずに〝己の不明を恥じ
る〟とだけ書き残していたので、なかなか相手が見つかりませんでした。仇討ちは禁

止されたので、事を果たしたら俺は遅かれ早かれ、死罪になるんですから」

張りのある声で淡々と続けた。

その時である。廊下の障子が開いた。

「誰かしら？　鋼次さん？」

志保が声をかけると、その瞬間、

「あなたは——」

隣室で眠っているはずの老爺が血が滲《にじ》み出ている腹の傷の縫い痕を押さえたまま、障子と一緒に畳の上に倒れ込んだ。障子は老爺を乗せたまま血に染まりかけている。

「生きているぞ」

老爺は正太を見ていた。

「生きていたのか」

青ざめた正太はどこかほっとした様子で目を合わせなかった。

「だから俺の勝ちだな、小僧」

老爺はせせら笑って気を失った。

「そんな、大丈夫ですか？」

と言いながら、桂助は老爺に近寄り、脈を取った。ふと横を見ると、正太の姿はなかった。

「桂さん、いったい——」

「先生、正太がとんでもない無礼を？」

おそらく挨拶もなく血相を変えて走り出て行く正太を見たのだろう、鋼次と金五が駆けつけてきた。

四

「大丈夫。急に動かれたので傷が開いただけですから。今すぐまた縫合しなおします」

志保が傍《そば》にあった晒《さらし》で老爺の血まみれの腹部を隠した。既に血で汚れた障子は桂助が縁側の奥に隠してある。

桂助は老爺に覆い被《かぶ》さるようにして、なるべく傷痕を見せないようにして手当てに当たった。

「つたく、世話の焼ける爺さんだよな」

鋼次が蒲団を運んできた。

「こんな身体でどうして起き上がって歩いたんでしょうね。何かよほど気になることがあったのかしら？」

志保は首を傾げた。

「それより、どうしてこのお爺さんがここにいて、ここにいたはずの正太が出てっちまったんだろ？」

金五に問い掛けられた桂助は、

「正太さんの口中には抜かなくてはならない乳歯が何本もありました。抜歯と聞いて正太さんは少しばかり怖《お》じ気《け》づいたのではないかと思います」

話を逸《そ》らし、方便を用いた。

「あいつのことだから先生の言うことを素直に聞いたと思うけど。だったらどうしてあんなに怖い顔して出てっちまったんだろ。ちゃんとおいらの長屋へ戻っているんだろうか」

金五が案じると、

「正太さんは賢明だとわたしは信じます」

言い切った桂助は決して老爺が〝生きているぞ〟と言い、正太が〝生きていたのか〟と返したことは口にしなかった。桂助の裡《うち》でもまだ完全には整理がついていなかったのである。

縫合を済ませた後、老爺は高熱を発した。

「腹の傷の熱？」

鋼次の問いに、

「それもありますが気になっていることがあります」

桂助は老爺の腫れている右頬をじっと見つめて、

「鋼さん、口を開けるのを手伝ってください。志保さんもお願いします」

と頼んだ。

「承知」

鋼次は老爺の口を思い切り大きく開けて広げ、その中を志保が手燭《てしょく》で照らしていく。

「こりゃ、ひでえ」

鋼次は老爺が吐き出す臭い息に顔を顰めた。

上下とも歯が酷《ひど》くすり減っている。そのせいもあって虫歯に冒されている何本かの奥歯はぽっかりと空いた真っ黒な穴のように見える。歯草に罹《かか》っている歯茎は緩んでところどころ血を滲ませている。

「豚一《ぶたいち》の時よか酷いぜ」

鋼次は悲鳴をあげかけた。

豚一というのは徳川幕府最後の将軍徳川慶喜《よしのぶ》のあだ名で、一時、政争に倦《あ》いて市井に遊んだ際、鋼次の長屋の居候だった。甘い物好きゆえ虫歯とは縁が切れず、政権を天皇に返上した後は、心労も手伝ってさらに虫歯を悪化させて痛みで眠れず、元臣下で現政府役人の渋沢栄一《しぶさわえいいち》がこれを見かねた。その渋沢に付き添われて静岡から出てきた慶喜が、〈いしゃ・は・くち〉に治療に通ってきていた時期もあった。

桂助は老爺の残り少ない白い歯をピンセットで交互に動かしてみて、

「よかった、これらの歯は鋼さんの虫歯削りで助けられます」

うれしそうに告げた。一方、鋼次は腕組みをして、

「そうは言っても桂さん、この虫歯だって相当深いぜ。痛みを感じる部分に届いてる。ってえことは特別に麻酔を使っての削りってことになるけど、この爺さん、麻酔嫌いだろ。暴れられたりしたらどうにもなんないよ。かといって麻酔なしでやって、ちょっとでも痛いって動かれたら、虫歯削りの歯は凄《すご》く早く回転するから、あっという間に口の中をばっさり切っちゃいかねないよ。俺はまだそんなしくじりしたことないけど、嫌な予感がする。顔まで切っちゃうかも。あーあ、いやんなっちまう、この偏屈爺相手に治療なんてできるのかね」

絶望に似たため息をついたが、

「でも、お腹《なか》の傷を縫うときはぴくりとも動かずじっと我慢していらしたから、その点は――」

と志保が言うと、

「腹と口中では痛みが違う」

鋼次の言葉に、

「解熱後の処置は鋼さんに一肌脱いでもらうこととして、右頬が腫れたのは間違いなく右奥歯の虫歯の化膿だと思われますので、高熱はそれもあってのことでしょう。まずは熱を下げることです」

そう言い切った桂助は、

「鋼さん、あれをどう思います？」

渋沢が手土産代わりにと置いていった、西洋の解熱剤を使うことを検討しようとした。高熱が続いて死に到《いた》ることもあるマラリアにも効き目があるという。

「そりゃ、駄目だろうよ」

老爺の枕元から鋼次は離れられない。またしても白衣の袖を摑まれていたからである。

「爺さんの耳は地獄耳だよ」

「それでは――」

仕方なく桂助たちは高熱に効き目のある麻黄湯《まおうとう》を煎じて飲ませ、ひたすら冷たい井戸水に浸して絞った手拭いを取り替え続けて額を冷やした。

譫言《うわごと》で老爺は、

「ぬるい、生ぬるい。もっと冷たいのがいい」

と言い、

「どこまで勝手な奴だ。たぶん物乞いか、浮浪者なんだろうけど、よくこれで仲間たちとやってけるな」

鋼次は呆れた。

「はて、鋼さんが思い込んでいるような男《ひと》ではないかもしれませんよ」

桂助が言うと、

「へえ、そうじゃないっていう理由は？　重い歯草のなりかけなんて、ろくに房楊枝《ふさようじ》も買えねえ、使えねえ、そのうちに使うなんてことも忘れちまってるからじゃないのか？」

鋼次はややムキになった。

「歯の磨《す》り減り方が年齢とはいえ並外れていることです。この点が慶喜様の場合とは決定的に違います。虫歯でわかりにくいかもしれませんが、前歯や犬歯まで細くなっています。これはよくよく身体も心も無理に無理を重ねている人の磨り減り方です。物乞いや浮浪している方々にここまでの磨り減りを診たことはありません。よほどの心労を背負いつつ、なにくそと自分を叱咤《しった》激励しながら、がむしゃらに身体を酷使して仕事をなさってきた方の口中です。もっとも房楊枝を使わないで、虫歯や歯草を病んだのは、ずぼら癖がついてしまったせいかもしれませんが、むしろそれほど忙しい毎日を送ってきたことの証かもしれません」

桂助は常と変わらず淡々と診たてを口にした。

老爺の高熱は三日三晩続き、四日目にやっと下がり始めた。志保が主に看病にあたり、桂助、鋼次は治療の合間を縫ってこれを助けた。三人交替で仮眠をとった三日間であった。

時折訪れる金五は、

「正太、こっちへ来てない？」

長屋に戻らない少年をひたすら案じていた。老爺のことなど忘れてしまったかのように一切何も訊かず、言わずに帰っていく。

「そりゃあ、何より、よかった、助かった」

鋼次はチョコレートクッキーを美味そうに頬張った。

「ああやって、桂さんと俺と志保さん、三人で治療してると、アメリカに行く前を思い出してなつかしい——あれやこれやあったけど何とかなってよかったよな」

鋼次が目を潤ませると、

「たしかに時がゆっくりと流れてましたよね」

志保もしみじみとした笑顔になった。

「思い出もいいですけどそれにどっぷりひたっては駄目だと、自分に言い聞かせることにしています」

桂助もチョコクッキーを齧《かじ》って紅茶を啜った。

「桂さんの方からそう言ってくれるとありがてえ限りだよ。ところで、あの爺さん、ちょいと怪しかねえか？」

「怪しいとは？」

桂助は小首を傾げた。

「桂さんは爺さんの歯の傷みから察して物乞いでも浮浪者でもねえって言ったろ。そうなるといったい誰なんだってことにならないか？」

「たしかにそうね」

志保は不安そうに頷《うなず》いた。

「桂さん、あの爺さんのこと〝よほどの心労を背負いつつ、なにくそと自分を叱咤激励しながら、がむしゃらに身体を酷使して仕事をなさってきた方の口中です〟って言ったよね。その心労って、身体の酷使っていったい何なんだよ。あの年齢《とし》でたしかにあの力、治りの良さ、俺は驚きを通り越して絶対怪しいと睨んだ。あいつはただ者じゃねえ。そこいらのコソ泥でもねえ。御一新前の火盗改《かとうあらため》が追ってた盗賊の頭《かしら》みてえな、大悪党じゃねえかって気がする。金五じゃ頼りねえから上役に言って、警視庁の牢屋《ろうや》に引き取ってもらうのが一番だと思う。このままだと手下がここへ来て何をされるかわからねえ」

鋼次は真剣そのものの表情で言った。

五

「ですけど鋼さん、あの屈強なお爺さんが大盗賊の首領だったとして、腹を刺されてどうしてうちのような外科でもない〈いしゃ・は・くち〉に飛び込んできたのです？　手下がもう少し適切な外科の医者を探すのでは？　蘭方医や外科は御一新以来大流行ですから」

　桂助の反論に、

「それは、ここに狙いをつけて――」

　鋼次が言いかけた。

「相手は盗賊ということなのでしょう？　うちにいったい何のお宝があるというんです？」

　桂助は大笑いして、

「あるとしたら苦労してアメリカから運んできた、あの虫歯削り機でしょう。とはいえあれは虫歯削りの熟練者がいない限り、容易に使えるものではありません。その上まだまだ虫歯を削って治そうという患者さんは少ないです」

　と続けた。

「それでも前に金五の奴の幼馴染み《おさななじ》といい仲になって、邪魔になったってことで殺した役人がここに涼しい顔で入院してたじゃないか」

　なおも鋼次が言い募ると、

「釘《くぎ》で口中を始終傷つけて似非《えせ》患者を装っていた人もいましたけれど、あのお爺さんはあの人とは違う」

志保は珍しく言い切って、

「ちょっと様子を見てきますね。そろそろ重湯をさしあげなければならないんです」

立ち上がった。


「何やら頼み事がおありとのことです」

と、戻ってきた志保が二人に告げた。

「どうせ、桂さんだけに頼みたいんだろ」

鋼次は動こうとしない。

「いいえ、あのまだまだイキのいいおっさんも一緒にって」

「俺がおっさん――」

鋼次はぷっとふくれはしたが、満更でもなさそうに桂助と共に老爺の病室に入った。

「一つ訊きたいことがある」

老爺はすでに蒲団の上に起き上がっていた。

「厠《かわや》へも一人で行けるようになっている。ここいらで仕事に戻りたいのだが、口中とやら、歯や歯茎が酷く悪いと聞いている」

老爺は桂助に探るような目を向けた。

「申し上げた通りです」

桂助は応えた。

「嘘《うそ》、偽りはないだろうな」

「はい」

「このまま放っておくと歯で死ぬというのも本当か？　丈夫が何よりの取り柄ゆえ、流行病《はやりやまい》にはまず罹らぬ自信がある。だが卒中や心の臓の発作には敵《かな》わない。歯でそのような病になるのか？」

「あなたのように始終働きづめで歯を健やかに保つことにこれほど無頓着ならば、口中の悪玉が頭や五臓六腑《ごぞうろっぷ》をも冒すことはあり得ます。幸いにもこの手の病を免れてもこのまま口中をかまわずにいれば、あと五年の内に歯無しになります。そうなると言葉が不明瞭になるだけではなく、粥《かゆ》状のものしか食べられなくなり、それでも今まで通り働いていれば栄養不足で流行病を得て、やはり亡くなるでしょう」

桂助はきっぱりと言い切った。

「歯や歯茎を治せば長生きできると？」

「はい。ただし口中は食べるたびに悪玉を駆除しなければなりませんので、努力を怠ることはできません」

さらなる辛口な物言いをしたが、

「わかった。ではここにしばらくこうしていて治してもらうことに決めた。ついては筆と墨と紙を頼むぞ」

老爺の言葉に、鋼次の目は〝いよいよ腹心に報《しら》せるんだ〟と伝えたげに興味津々に輝いた。

志保が揃《そろ》えると、老爺は筆を取ってさらさらと一筆書き記した。達筆であった。

牽牛花翁《けんぎゅうかおう》

「これを横浜は元町《もとまち》の中島《なかじま》氷会社まで届けてくれないか。そこのまだイキのいいおっさんよ」

老爺は嫌とは言わせない鋭い目でぎょろりと鋼次の方を見た。

「何だよ、これ」

鋼次は目を丸くした。

「何だ、医者のところに奉公している上、いい年齢《とし》をしてそんなことも知らんのか」

老爺は容赦なく、

「牽牛星にちなんだ雅号か何かですか？」

志保の言葉も、

「牽牛がいけすかない彦星とは限らん。七夕、七夕と愛《め》でられてきたが、そもそもあんな色恋話はくだらん」

切って捨てた。

「牽牛子《けんごし》なら知っています。生薬で朝顔の種ですね。清《しん》に、病を得たお百姓が水牛に導かれて朝顔の花の種に行き当たり、これを煎じて飲んで快癒したという謂《い》われがあります」

「ほう、知っていたか。わしの家は赤貧洗うがごとしの貧しさで、薬一つ買えずにいた。そんな時この話を聞いて深く心に沁《し》みた。教えてくれた人が重い病の母親に高価な薬を都合してくれた医者だったからな。以降この時の感謝を忘れまいと、雅号というか、またの名にしている。早く横浜へ行ってこの紙を渡してきてくれ」

老爺は鋼次に向かって顎をしゃくった。

「やってらんない」

まず鋼次はそう言い捨てると、

「牽牛花翁さんとやら、こんな持って廻《まわ》った言い方で無駄骨を折らせなくても、持ち合わせがないけど、治療を受けたいと正直に言ったらどうなんだい？　この藤屋桂助先生は貧乏人にも分け隔てはない。まずは治療で薬礼《やくれい》は二の次にしてくれる。どうせあんたはその中島氷会社の倉庫番の爺さんかなんかなんだろう？　それとも中島氷会社なんて市中で有名な牛鍋屋の中島屋にあやかっての法螺《ほら》かよ」

強い口調でまくしたてた。

「鋼さん、そこまでは言い過ぎよ」

志保は窘《たしな》め、桂助は珍しく鋼次を見据えたが、

「あはははは」

老爺は大声で笑って、

「いいねえ、ここにいさせてもらえるおかげで虫歯や歯茎の腫れが引いて、こうして気持ちよく笑えるっていうのも――」

さらに笑い続けて、

「まだまだイキのいいおっさんよ、頼むから騙《だま》されたと思って横浜の中島氷会社で牽牛花翁の名を言ってくれ。きっと横浜へ行ったのも、これからわしの治療をするのも

いい話だったと思ってくれるだろうからさ、ものは試しだよ」

押しの強い説得をした。

「鋼さん、わたしからも頼みます」

桂助に耳元で、

「ひょっとしたら親身なお身内が見つかるかもしれないし」

などと囁《ささや》かれて、頭を下げられた鋼次は、

「仕方ねえ。ぷんぷん香水とやらを匂わせてる異人女と、うじゃうじゃしてでかいだけの外国船でも見てくるか」

支度をして〈いしゃ・は・くち〉を出て行った。


その翌朝、志保は馬車が家の前で止まる音を聞いた。桂助とトーストとハムエッグ、珈琲の朝食を済ませた頃であった。

「どなたかしら」

志保は当惑気味で玄関口に出た。馬車を使うのは途方もないお大尽《だいじん》か、政府高官とほぼ決まっていたからである。

「俺だよ、戻ったよ」

鋼次の声がした。いつものように大声ではなく躊躇《ためら》いが感じられた。

「お邪魔いたします」

鋼次の背後には、極上の生地が使われているフロックコート姿の四十歳ほどの見栄えのいい男が立っている。

「あのさ、この人——」

言いかけた鋼次の後を、

「沼田洋之助《ぬまたようのすけ》と申します。こちら様でお世話をいただいております、中島喜兵衛《きへえ》が主《あるじ》の中島氷会社で大番頭を務めております。本日、気持ちばかりのご挨拶を持参いたしました。治療費や入院費はまた別におっしゃってくださいませ」

自己紹介も兼ねて淀みない口調で続け、分厚さでそれとわかる充分すぎる謝礼を、四角いビスケットの缶に載せて差し出した。

とりあえず受け取った志保は、

「あのあの——」

当惑の極みに達しつつ、

「わたしは〈いしゃ・は・くち〉を開業しております藤屋桂助の家内で志保と言います、中島様にお会いになられますか」

やっと挨拶の言葉が出た。

「案じに案じておりました折、こうして連絡をいただけたのですから是非とも」

「どうぞこちらへ」

こうして大番頭の沼田は靴を脱いで、東京一の牛鍋屋店主にして、パン、バター、ビスケットなども手がけ、さらに国産の氷販売をも一手に行っているという、大成金の病室へと急いだ。

六

「おまえか」

中島喜兵衛はそっけない物言いをした。

「奉公人一同、旦那様の神出鬼没ぶりにははらはらさせられております。富士山麓など、日本中を氷をもとめてお一人で行かれ、連絡もくださらないので、どこぞで具合を悪くされていないかと案じられてなりませんでした」

「結果が出ないうちは援軍は要らない。報せなどするものか」

喜兵衛はふんと鼻で笑った。

「アメリカ氷に代わる北海氷を売り出されて成功なさっているではありませんか？」

アメリカ氷とはボストンから遠路運ばれてくる高額な輸入氷であった。

「おまえたちはもう、これでいいというのか？」

「今、当店《うち》は潤っています。何より氷なしでは保存がむずかしい牛肉や牛乳の販売を、一手に握ることができつつあります」

「しかし、中島氷会社が得た北海氷の使用権は限られている。使用権が切れれば中島氷会社は立ちゆかなくなるぞ。いいか、商いはな、常に先を見越して動かねばしくじる。今、北海氷の成功に助けられているうちに、これに代わる氷を見つけ出しておかねばならない」

喜兵衛は言い切って、

「おまえはもう帰れ。帰ってさらなる氷の使い途《みち》を皆と考えろ。〝アイスクリン〟の時のように、二度と鳶《とんび》に油揚げをかっさらわれるなよ。あれは返す返すも惜しい、悔しいっ。さあ、帰った、帰った――」

素っ気なく沼田を病室から追い出してしまった。

「あのようなご気性ゆえ、ご迷惑をおかけしていることと存じますが、口中の病の治療が終わるまで、主の中島喜兵衛をくれぐれもよろしくお願いいたします」

沼田は深々と桂助たちに頭《こうべ》を垂れて帰って行った。

「先ほど中島屋のビスケットをいただきました。お茶でも淹れましょう。中島様も召し上がりますか？」

志保に勧められた喜兵衛は、

「俺は紅茶だけでいい。中島屋《うち》はビスケットは今一つだからな。それにあんた、歯にくっつくビスケットは虫歯や歯草に悪いそうじゃないか」

などとへらず口を叩いた。

「ありがてえ」

馬車で揺られてきた鋼次は立て続けに紅茶を三杯飲んだ。

「横浜には何度か行って成金の頭みたいな中島屋は知ってたけど、中島氷会社はようは氷の倉庫だった。俺は別の店だって思ってたから、切り出して運んできた北海氷を倉庫に納めたり、出荷したりしてる人たちに、牽牛花翁って名、知ってるかって聞いて廻った。誰も知らなかった。やっぱり騙《だま》された、とんだ法螺話だって猛烈に腹が立ったけど、氷人夫たちが氷が溶けるのを少しでも防ぐために敷く特殊な紙やら、おがくずやらを見てるのは面白かった。そのうちにあの沼田って人が見廻りに来て、誰かがこの人に牽牛花翁と書いた紙を持ってる奴がいるって伝えてくれて、それはそれはってことになり、沼田さんは平身低頭、昨日の晩は宿やら豪華な洋食やらたいへんなもてなしをしてもらった。牽牛花翁っていう爺さんの自称は、牛鍋屋の親玉から中島屋を大きくしてきたからだってさ。それだとわかりやすい。そして早朝、日本に帰ってきてから初めて乗った馬車で、沼田さんと一緒に戻ってきたってわけさ。アメリカじゃ、馬車は結構誰でも気楽に乗ってるぜ、なんて教えたら感心された。まあ、あの爺、いや中島さんの言った通り、悪くはない横浜行きだったよ」

鋼次はこの経緯を満足そうに話した後、菓子盆に盛られたビスケットを一つ摘《つ》まんで、

「固すぎる、それに小麦粉臭い。もっとバターが入ってねえと。志保さんのクッキーの方が断然美味しい。沼田さんはよく売れてるって言ってたけど珍しいせいだけなんじゃねえかな？　ま、そのうち売れなくなるよ」

二つ目には手を出さなかった。

「あのこれ、いただいてよいものなのでしょうか？」

志保は紙幣の入った分厚い封筒の方をちらと見た。

「結構、今月も苦しいのでしょう？」

桂助の言葉に、

「精一杯やりくりはしているのですけれど」

志保が項垂《うなだ》れた。

「仕方ないよ、痛くない歯抜きや虫歯削りの治療代、払えそうもない人からは取ってないの、昔と同じなんだから。御一新後でもこればかりは変わってねえ。爺さん、中島さんは大金持ちなんだし、滅多にない棚ぼたってことで貰《もら》っといていいんじゃねえの？」

鋼次がさらりと言ってのけ、

「それでは有難くいただきましょう」

桂助は頷いて微笑んだ。

喜兵衛はというと、

「ここの三度の飯は美味い」

珍しく褒め言葉を口にして、桂助や鋼次の治療を文句を言わずに受け続けた。もっとも、麻酔は相変わらず受け付けなかった。

桂助の痛みの少ない抜歯はともかく、鋼次の麻酔なしの虫歯削りは、きりきり苛《さいな》まれる相当の痛みを伴うはずであったが、喜兵衛は平然と耐えた。桂助たちが案じる言

葉を口にすると、

「これしきの痛みなぞ気にならない。歯無しになるよりましだと脅したのはそっちだぞ。それにこの痛みとは比べようもない途方もない痛手を繰り返して、やっと這《は》い上がってきたんだ」

と自分の事業の話をした。

「ここまでになられるにはさぞかしご苦労が多かったことでしょうね」

喜兵衛と二人だけの時、桂助は訊いてみた。

「横浜村に港が開けると飛び立つ思いで三河《みかわ》から出てきた。あそこにはいくらでも金が埋まっている気がした。一番はじめに目を付けたのは牛肉食い、牛鍋と牛の乳だった。政府やあの福沢諭吉が牛肉を食べたり、牛乳を飲んだりすればこの国も西洋に追いつくと喧伝《けんでん》していたからだ。いわばこいつは国策だ。牛を沢山輸入したさ。ところが食肉にするための場所がない。人には後ろ指をさされたが、いち早く生きている牛を肉に加工するための工場を建てた。牛を食べなければ時代に遅れるとも言われて牛肉はどんどん売れた。だがな――」

「牛疫禍《ぎゅうえきか》ですね」

外国から入ってきた牛疫と呼ばれる牛特有の病が食肉用の牛だけではなく、使役用の牛まで冒し致死させるとあって、罹った牛たちが大量に処分されたことを桂助は聞いていた。

「その通り。わしはたいそうなお宝を失った。それでもその時はまだ多少の余力はあったんで、残った雌牛の乳でバターなんぞをつくってはみたが、まだバターはそれほど売れるものではなかった。粉っぽいビスケットにいたっては あの風月堂《ふうげつどう》に勝てる味など出せるはずもなく、このままでは先細りすると思った。そのうちにそこかしこに牛鍋屋ができて、牛肉の卸屋たちや牛鍋屋は肉の保存に四苦八苦するようになっていることに気がついた。氷といえばボストン、アメリカ商人がボストンから運んでくる氷を、俺も目が飛び出るような額で買っていた。これを何とかできないものかと考えた。それで富士の裾野やら諏訪《すわ》湖など、とにかく一人で日本全国を歩いて氷を探した。だが、どこの氷も運ぶ途中で溶けてしまう。痛手に次ぐ痛手だったが、すっからかんになって、もう駄目かと思った時、見つけたのが北海道の氷だった。こうしてやっと誰もが知ってる北海氷と中島氷会社が生まれた」

ここまで話したところで、喜兵衛は感慨深げにため息をつき、

「商人《あきんど》にとって痛手は痛みよりもよほど身体に響くものだ」

からからと笑った。

「ところで。中島屋の事業を北海氷一本に絞らないのはなぜですか？　保存に氷が必要な牛鍋屋を何軒も持たれているのはわかりますが、時とともにバターやビスケットなどはそれを専門とする店が必ず出てくるはずです」

桂助は訊かずにはいられなかった。

「今後も北海氷の売り上げ好調が続くとは限らないからだ」

喜兵衛はややしかめ面になった。

「どうしてです？　厳寒の地の氷は毎年自然にできるものでしょうから、尽きることはないでしょうに」

「まだ、わしが北海氷を売り出していなかった頃のことだ。ある男が重い流行病に罹り、高い熱が続いて明日をもしれなくなった。その男は学問に優れ、多くの弟子たちからの信望も厚く、慕われていた。とにもかくにも男の頭を冷やさねばならなかったが、ボストン氷はすぐには手に入らない。弟子たちは市中をかけまわり、知人という知人を訪ねて氷を都合しようとした。幸いにもある大名の一人が酔狂でアメリカから買った小型の製氷機を持っていて、これを使いこなせるその道の大家の先生にも力を貸してもらい、人の手による氷ができあがった。おかげでその男は九死に一生を得た。人は食べずには生きられないし、とかく美味いものに目がないが、もっと切に願うのは罹った病で死なないことだろう。高熱の際、氷は薬にも増して効き目がある。この使い途は北海氷の強敵だ」

ここで一度言葉を切った喜兵衛は、

「天然の氷はどうしても高い。それで今は中島氷会社でいい商売ができているが、いつかは製氷機に取って代わられる。何せアメリカでは製氷機が二十年以上前に試作されているんだからな。いずれ日本にも製氷機時代が来る。こいつは大きな獲物だ。もちろんその波には乗り遅れないようにはするつもりだが、万が一の場合はバターやビスケットなどの食物《くいもの》商いで凌《しの》ぐことになるかもしれない。商いは水物でいつ行き詰まるかわからない。だから商う品は多いほどいいんだ。しかしそのためにはバターはともかく、中島屋のあのビスケットの味だけはどうにかしなければなるまいな。どうもあの沼田は食物の味の醍醐味《だいごみ》がわかっていない。困ったものだ」

喜兵衛は真顔で言った。

七

「大変なご苦労の末の大成なのですね。そして今後も今の事業をさらに充実させようと意気込んでおられる。その気迫には驚かされます」

　と桂助は応えたものの、その実、あの正太が出て行ってしまった時の、〝生きているぞ〟と喜兵衛が凄み、正太が〝生きていたのか〟とたじろいだやりとりが耳に残って離れないでいた。

　すると喜兵衛は、

「あんたが気になっているのはあの時のことだろう」

　幾分声を潜めた。

「はい」

　桂助は相手を見つめた。

「実はこの〈いしゃ・は・くち〉のこととあんたのことは知っていた。教えてくれたのは福沢諭吉先生だ。流行病で死にかけて、親しい大名の持ち物だった製氷機に助けられたというのは福沢先生なのだ。ある伝手《つて》からこの話を洩《も》れ聞いて先生に目通り願って以降、親しくさせてもらっている。あれだけの人なのに身分はもとより、学問のあるなしでも相手を差別しない。そのうえ、この国をよくするにはとにかく人探し、人育てだとおっしゃる、たいした人物だ。だからあんたのことも知っていたんだ。〝アメリカ帰りで主に歯や口の中を診る医者が聖堂近くにいる。人の病について熟知していて、腕は外国人のお雇い医者を入れても、今のこの国で十指に入る〃ってとても褒めていた。わしのような仕事ぶりでは敵も多い。〃聖堂近くで困ったことになった時は〈いしゃ・は・くち〉を頼りなさい〃と教えてくださったんだ」

「恐れ入りました」

桂助は知らずと頭を垂れていた。

「なのでこの近くであの小僧に腹を刺された時は真っ先にあんたのことを思い出した。福沢先生の言う通りだったが、先生はあんたについてこうもおっしゃった。〃昔から医者だけではなく、ご公儀の取締りを助けて隠れている悪を暴き、治安の維持にも一役買っているとのことです。まあよろず相談受け付けます、といったところでしょうか。なかなか頼もしい活躍ぶりのようですよ〃ともね」

喜兵衛はここで意味ありげに目をぱちぱちさせた。

「あの時のことを話されたいのですね」

桂助は水を向けた。

「そうだ。隣の部屋で耳にした子どもの声に聞き覚えがあった。腹を刺した小僧のものだ。その時は〃父の仇、覚悟しろ〃と小僧は何度も叫んで脇差を振り回して襲い掛かってきた。躱《かわ》したつもりだったが除《よ》け損ねて刺された。そもそもあの時、わしは

〝生きているぞ〟と小僧に言ったが、小僧から〝生きていたのか？〟と聞かれる筋はない。あんな子どもに襲われて刺された理由が未《いま》だにわからん」

　喜兵衛は首を傾げた。

「信じます」

　桂助は言い切った。

「ほう、わしの言葉を信じてくれるのか？」

「ええ。なぜならあなたは決して巡査を呼ぼうとせず、警察の世話にもなろうとしなかったからです」

「それは今、警察などたいして当てにならないからだよ」

　喜兵衛はぶすりと応えて伏し目になり、

「それに、わしはたった一人の自分の子を幼くして病で亡くしている。子どもに情があるんだ」

　しょんぼりと肩を落としてみせた。

「とはいえ、刺したあの子、正太といいますが、あなたの子ではありません。今やあなたにとっての子どもは事業でしょう。子どもを使う敵に心当たりがあるのなら、今後のご自分の事業を守るためにも報せて、その子を捕らえ、黒幕が誰かを突き止めるはずです」

桂助が言い切ると、

「たしかに福沢先生の言う通り、あんたの人を見る目は確かのようだ。よろず相談の力を確かめたりして悪かったな」

喜兵衛は破顔一笑して、

「まあ、わしの思い当たる連中は子どもは使わんがな——。刺したのが子どもでなければ急所をやられてあの世行き、今、こうしてあんたとも話をしていない」

と続け、

「そこであんたに改めて頼みたい。あの小僧はおそらく尾行《つけ》ていたのだろうが、どうして、わしを狙ったのかを知りたい、調べてほしい」

「当人は自刃した父親の仇《かたき》だと言っていました。父は、アイスクリンを売り出そうとして騙され、全財産を注ぎこんだ上、作り方や器械を奪われたといいます。思い当たることはありませんか？」

桂助の言葉に、

「あんたはわしが汚いやり方をしていて、それを忘れていると疑っているのか？」

喜兵衛は目を剝《む》いた。

「疑ってはいません。アイスクリンは横浜の馬車道《ばしゃみち》で売り出されて話題になっています。牛乳と砂糖、卵を合わせて冷やし固めたものが、舌の上でそろりと溶ける食感の醍醐味がたまらないのです。わたしもアメリカで時折味わいましたが、たしかに素晴らしく美味しい西洋菓子です。もしあなたがこれの作り方を知っていて、器械を入手していたとしたら、北海氷のように大々的に売り出すはずだからです。あなたは正太さんのお父さんの仇ではあり得ません」

「疑いが晴れてよかった」

喜兵衛は胸を撫《な》でおろしたが、

「しかしまだ、あの小僧、正太とやらのわしへの疑いは晴れていない。ここは何としても我が身を潔白にして、中島氷会社の潔白を示すためにも、父親を騙して死なせた悪人を探し出してほしい」

初めて桂助に頭を下げた。

「それにはもう一度、正太さんに関わる話を聞くのが一番なのですが、あいにく行方がまだわかっていません。となると番頭の沼田洋之助さんにお話を伺わねばなりませんね」

と切り出した。

「なに、まだ疑っているのか？　沼田は食物の味に鈍感で気もたいして利かないが悪いことはできない奴だ」

喜兵衛は不満をあらわにした。

「一度お見掛けしただけですが、わたしもそう思いました。ですから、手掛かりがほしいだけです。正太さんが仇はあなただけと思い込んだ理由を知ることができるかもと――」

「よし、わかった。早速、沼田をここへ呼ぼう」

こうしてこの日の夕方、桂助は主の命とあって横浜駅から汽車に飛び乗って訪れた番頭と向かい合うことになった。

「沼田もわしが一緒の方が心強かろう」

喜兵衛は同席したがったが、

「逆ですよ、それは。あなたがいては沼田さんは固く口を閉ざすでしょうから。立ち聞きもいけません。あなたはその間、持ち前の辛抱強さで鋼さんの虫歯削りの治療を受けていてください」

桂助は巧みに制した。

「今からわたしがする話にお心当たりがあることと思います」

桂助はまずは正太が喜兵衛を刺したことを話した。

「やはり」

すでに沼田の顔は蒼白《そうはく》である。

「旦那様はあの通りのお方なので牛の角で頭を突かれかけて額に傷を負ったり、氷の切り出しを手伝っていて指を傷つけてしまうようなことは、今までに多々ありました。ですが、この東京で腹に傷を負うとしたら考えられることは一つです。この先またいつ狙われるのかと思うと、てまえはいてもたってもいられません。ああ、しかしそんな理由で旦那様が命を落としかけていたとは――、まだ子どもだというのに罪を犯してしまったとは――」

沼田は頭を抱えた。

「知っていることをお話しいただけますね」

「旦那様は閃《ひらめ》き、気力、胆力に秀でた稀《まれ》なる商才の持ち主です。何事も自分一人の力で切り開いていくというやり方も我儘《わがまま》と見做《みな》す向きもありますが、てまえは好きですし、尊敬もしています。ただそんな旦那様と非才なてまえとでは開きがありすぎて、常に役に立てていないという申しわけなさがありました。食品の開発を任されておりますが、てまえは味に鈍感だと見做されています。旦那様ときたら牛肉の良し悪《あ》しにはじまって、味を瞬時に見極める力さえあるのですから、とても敵《かな》いません。それでもこれぞというものを商品にしたい、旦那様に褒めて貰いたいという望みはあります」

「それがアイスクリンだったわけですね」

「ええ。大橋栄二郎《おおはしえいじろう》という士族が、アイスクリン作りとそれに欠かせない器械の輸入に熱心に取り組まれていました。美味しいアイスクリンの秘訣《ひけつ》もご存じでした。てまえはこのお方と契約を結んで、どこよりも先に、アイスクリンという途方もなく美味な氷菓子を中島氷会社から売り出す計画を立てました。北海氷にアイスクリンの二頭立ての商いは鬼に金棒だとも思いました。旦那様もきっとそう思われるはずです。旦那様に内密にしたのは、何より旦那様をあっと大きく喜ばせたかったからです」

ここで沼田は一息入れた。

八

「ところが大橋様は契約寸前になってこのような断りの文を送ってきたんです」

沼田は上着のポケットから文を出して桂助に渡した。それには次のように書かれていた。

何度もお運びいただいた上、結構なお話をいただき恐悦至極に存じます。誠に心苦しいことながら、本日この文をお届けいたします。アイスクリン作りの書、器械の譲渡を含む、わたくしを雇っていただく件は勝手ながら、なかったことにさせていただきたく存じます。

事情は好条件をもとめてのことではありません。あくまで個人的な心情と思《おぼ》し召しくださいませ。誠に申し訳ございませんでした。

大橋栄二郎

中島氷会社

沼田洋之助様

文からは微《かす》かではあったが食欲をそそる甘い匂いが漂ってきて、桂助の鼻をふっと掠《かす》めた。

「これは――」

嗅いだことのあるいい匂いなのだが、咄嗟《とっさ》にその名が出てこなかった桂助は、

「志保さん、志保さん」

共にアメリカで出合った匂いの名が知りたくて妻を呼んだ。

「ちょうど珈琲を淹れたところでした」

珈琲茶碗《ぢゃわん》の載った盆を運んできた志保は、

「これも焼き立てです。珈琲に合いますよ」

薄い狐《きつね》色のクッキーが入った菓子皿を二人の間に置いた。焼き立てのクッキーからは珈琲の強い匂いに負けない甘く、特別感のある香りが漂っている。

桂助は手を伸ばして一口齧ると、

「ああ、これだ、これ。あなたも是非召し上がってみてください」

やや強引に沼田にも勧めた。口にした沼田は、

「たしかにこれですね」

大きく頷いて、

「これでもあります」

小さな紙包みをポケットから取り出した。乾いて茶色く細いものは草木のサヤのように見える。

「ここでバニラビーンズ入りのクッキーを味わえるとは、正直思ってもみませんでした」

沼田はぎらりと商人の目を光らせた。

「どこで入手されたんですか？　まさかここで栽培しているわけではありませんよね」

ランの科で蔓《つる》性の植物であるバニラは西洋菓子、特にアイスクリンには欠かせない香料である。ただしその原産はメキシコや中央アメリカであり、生育にはとにかく暑い気候が必要であった。

「あちらから持ち帰ったものです。使っているうちに減ってきましたので、尽きてしまったら残念です。何しろバニラは思わず抱きしめたくなるほど甘くいい香りですから」

志保の言葉に、

「そうです、そうです」

繰り返し頷いた沼田は、

「輸入ばかりでは高すぎるので、何とかしてこの国でも育てて香りを得たいと思っていたんですが、大橋様から譲られることになっていた、アイスクリンやバニラについて書かれたものがないとどうにもなりません。大橋様はバニラの要であるキュアリングについてもご存じのようでした」

無念そうに続けた。

温室で暑さを保つ苦労をしてバニラを育てても、実の入ったサヤはそのままでは少しも香らない。このサヤを適度に温めて酵素活性を高め、香りを促進させる一方、微生物が繁殖しなくなるまで緩やかに乾燥させるのがキュアリングであった。

「ところで、どうして正太さんのお父さんはそんなにいろいろアイスクリンについて詳しかったのでしょうか？　何度か話されたのなら何か思い出すことはありませんか？」

桂助は訊かずにはいられなかった。

「そうですねえ、そうおっしゃられても、とにかく時が経《た》ってしまっていますし、商いにしようとしていたアイスクリンに関わる話なら覚えているのですが、その他のことは特には何も――」

沼田は頭を抱え、

「どんなことでもいいんです」

桂助は粘った。

「そうだ」

沼田は、はたと両手を打ち合わせて、

「咸臨丸《かんりんまる》」

と言った。

万延《まんえん》元（一八六〇）年、日米修好通商条約の批准書交換のために渡米する使節団の護衛として付き従ったのが咸臨丸の乗組員たちであった。

「咸臨丸は徳川の、いや日本国の守りの強さと威信をアメリカに思い知らせたのだと。ああ、それから、大橋様は咸臨丸の総督だったという木村摂津守《きむらせっつのかみ》様のことをなつかしそうに話していました。いつも訥弁《とつべん》な大橋様がこの時は雄弁でした」

木村摂津守喜毅《よしたけ》は七代続いて浜御殿《はまごてん》奉行を務めた旗本の血筋である。

「その方と大橋様との関わりは？」

「伺ったような気もしますが覚えていないのは応えていただけなかったからかと。そしててまえどもとの仕事に結びつくアイスクリンの話に戻るのが常でした。たいそう熱心な話しぶりで何度聞いてもひきこまれました」

「どうして大橋様はアイスクリンにそれほど執着なさっていたのでしょう？」

「とにかくこのうえなく美味と絶賛されていました。匙《さじ》で掬《すく》ってすっと舌の上に載せると、その心地よい冷たさで舌も口の中も極楽になるのだと――。正直てまえがこれほどアイスクリンの売り出しに夢中になったのは、大橋様のなさるお話があまりに素晴らしかったからです」

「あなたは大橋様が話されていたアイスクリンの醍醐味を味わったことがありますか？」

桂助のこの問いに、

「アイスクリンが馬車道で売られていると聞いて、先を越されたと悔しく思い、敵情視察に出かけて食べました。舌触りは大橋様の褒めていた通りでしたが、見かけは崩れた豆腐のようで風味は甘い玉子焼きに似ていました。今一つ――。これはまだまだ大橋様が話していた絶妙な味に向けて美味しく改良できると思いました」

沼田は一言一言噛み締めるように言った。

「大変参考になりました。ありがとうございました」

桂助が礼を言って締め括《くく》ると、

「旦那様から、あなた様からの問いには包み隠さず何でも話すようにと。このようなお話でよろしゅうございますか？」

沼田は少しばかり首を傾げた。

「もちろんです」

　桂助は大きく頷いた。

　沼田が帰った後、喜兵衛は、

「虫歯削りの痛みに耐えた褒美に話してくれ」

　沼田との話の内容を知りたがったので、桂助はアイスクリンについての話をした。

「ふーん、大工の手間賃の半日分だというアイスクリンなど、薩長政府の役人どもや富裕な商人たちやその妻子の酔狂で、砂糖入りの氷の欠片《かけら》など、たいして美味くもあるまいと思い込んでいたのは大間違いだった」

　自身の独断を反省して、

「密《ひそ》かにアイスクリン売り出しを計画していた沼田とて、根っからの馬鹿舌であったわけではなさそうだ」

　と言い添えた。

　この後、桂助は以下のような手紙を福沢諭吉に向けてしたためた。

　前略
　先日、中島喜兵衛様が腹を切られた状態でわたしの病院に駆け込んでこられました。

現在、中島様の治療をいたしております。その際、治療とは別件で中島様から依頼を受けました。

ついては先生への率直なお願い事でお便りいたしました。

かつて、先生が咸臨丸乗船の折、同船した大橋栄二郎という幕臣にお心当たりはございませんか？

大橋様は咸臨丸と総督木村摂津守喜毅様を懐かしんでいたということでした。

これが中島様が今回負われた腹部の傷と関わっているようにわたしには思われてなりません。

なお、大橋様は帰国後、御一新を迎えた後、計画していたアイスクリン作りの仕事に踏み出すこともなく、幼子を遺《のこ》して自害されています。

大橋様についてご存じであればどうか、何なりとお報せください。よろしくお願い申し上げます。

草々

藤屋桂助

福沢諭吉先生

追伸
渡米中、数えるほどではありましたがパーティーなる大宴会の折、わたしはアイスクリンを口にしています。アイスクリンはアメリカでも貴重なデザート、冷菓子で高価なものです。これについてもご存じのことがあれば、ご教示くださいますようお願い申し上げます。

桂助は書き上げたこの手紙を一日躊躇《ためら》ってから福沢に届けた。躊躇ったのは再三贈答を受けながら、すでに先の手紙であのように医業開業試験に関わることを断っておいて、今更の頼み事に非礼を感じていたからである。
とはいえ、桂助はどうしても中島喜兵衛襲撃の謎に迫りたかった。

九

十日ほどして福沢から返事があった。
大変お待たせいたしましたと申し上げるべきでしょう。なぜなら、木村芥舟《かいしゅう》とわたしは詩文を通じて時を過ごす、親しい間柄だからです。

あなたのお手紙にすぐお返事できなかったのは、慶應義塾の講義以外にも煩雑な日々を送るわたしがなかなか旧友を訪ねられなかったゆえです。ちなみに芥舟とは御一新後、政府の役職への就任の誘いを退けて隠遁《いんとん》した、咸臨丸総督木村摂津守喜毅の雅号です。

芥舟とは幕府存続のために随伴船である咸臨丸に乗船して遣米使節の守りとなり、労苦を共にした仲です。あのサンフランシスコまでの航海中、芥舟が総督としてどれほど見事に他の乗船員たちを率いていたかは言葉に尽くせません。裏表のない実直で一貫した信念の持ち主です。アメリカ人の医者や水夫たちからも敬意を払われていたほどですから。

本題に入ります。

大橋というのは自分の従者だった大橋栄二郎であると芥舟は言っています。帰国後、徳川が倒れて版籍奉還、廃藩置県を経て各大名家に象徴される武士の時代は終わりつつあります。大名職と同時に糧を失いつつも、慶喜様に倣って隠遁という筋を通している芥舟は、何かと暮らしに困っています。そんな中でも、咸臨丸で自分のために生死の間を彷徨《さまよ》った大橋殿はどうしているのかと気にかけていたとのことでした。

芥舟は大橋殿の自害の理由を知らなければ供養にはならないとも言っています。おそらくこれが中島喜兵衛さんが負わされた怪我《けが》とも関わっているものと思われます。

芥舟は、咸臨丸船上で水夫に化けていた薩摩《さつま》の忍びと思われる手練《てだ》れに命を狙われ斬りつけられました。それを身を挺《てい》して庇ったのが大橋殿で、その際に重い傷を負ったのです。一時は命も危ぶまれる様子でした。しかし幸運にも同船していた、一人のアメリカ人医師の指導の下、松前伊豆守《まつまえいずのかみ》様がお遣わしになった、雇い名医の見習い、――たしか田中秀安《たなかひでやす》という名でした――が不眠不休で懸命な治療を行った結果、大橋殿の命が救われたのです。

このようにして得たせっかくの命をむざむざ、こともあろうに自害で絶ったことを芥舟は悲しんでいます。どうかこの件、是非ともご究明ください。

福沢諭吉

藤屋桂助様

追伸
なお、アイスクリンについては遣米使節団はワシントン上陸のためのアメリカ政府からの迎船フィラデルフィア号船上での歓迎会で、咸臨丸の乗組員であるわたしたちはサンフランシスコのホテルで賞味いたしました。
もうこの頃には大橋殿も恢復《かいふく》されていてそれでも多少の熱はおありだったので、きっとアイスクリンはたいそう美味であったことでしょう。わたしも大病を経験して氷の世話になり、砕いて口に含ませてもらったことがあるのでよくわかります。いわばアイスクリンはわたしたち咸臨丸乗組員一同の決死の、そして晴れがましい思い出の味でもあり続けているのです。ちなみに馬車道で売られているアイスクリンはわたしが帰国後、義塾の弟子にその美味しさを熱く熱く語ったのがきっかけで、それならと試作した国産第一号です。

この文を読んだ桂助は大要を沼田に書き記した後、以下の一文を添えた。

そちらは大橋様と、アイスクリンの詳しい作り方と器械の譲渡を条件に、契約をする予定だったとおっしゃいましたよね。渡米中のわたしが知る限り、アイスクリンの製造機はすでに発明されてはいましたが、歯科の虫歯削り機か、それ以上に高額でした。輸入ともなるとさらに値の張ることでしょう。
大橋様はその代金をどのようにして用意されたのでしょうか?

返事の文はすぐ届いた。

大橋殿が頼られた先はお身内、おそらく亡き奥様のお実家《さと》ではないかと思います。恥を忍んで金策をしたとおっしゃっていましたから。お実家は神田《かんだ》の上白壁町《かみしろかべちょう》の質屋しるし草です。お役に立てば幸いです。

沼田洋之助

藤屋桂助様

早速、桂助は質屋しるし草にこの経緯《いきさつ》を伝えて、訪れたいという願いの手紙をだした。十日が過ぎても返事がないので、桂助は訪ねることにした。

ところが上白壁町まで来てはみたものの、質屋しるし草のあった場所はざんぎりという看板の西洋よろず屋に変わっていた。ちなみにざんぎりとは三年ほど前に出された散髪令にちなんだ新語であった。散髪令はちょんまげを落としてざんぎり頭にするようにとの政府の決定で、〝ざんぎり頭を叩いてみれば文明開化の音がする〟という流行語も生まれていた。

桂助はざんぎりの中へと入った。

壁には東京遷都の際の明治天皇の江戸城入場の様子を描いた版画が掛けてある。法被《はっぴ》姿の男たちの集団が酒給と書かれた扇子をこれみよがしに広げながら、幾つもの酒樽《さかだる》を大事に抱え持っている。御酒頂戴とある旗も見えた。

「この時は俺たちに酒三千樽が振舞われて、さすが天子様ってことで皆いい気分だったよ」

店主と思われるざんぎり頭の四十絡みの男が迎えてくれた。

「こいつはちょいとくたびれちまってるがフランス製のマントっていうやつで、下に着てるのはイギリス製のチョッキなんだ。そのせいでここいらでは西洋かぶれって言われちまってますけどね。天下は文明開化でざんぎり頭ってことになりゃあ、縞木綿《しま》のお仕着せなんぞじゃ、当世、商いになんねえんですよ」

店主は半ば自慢げに言い添えた。

桂助は店内を見廻した。

目を引くのは古着の背広やフロックコート、帽子、ドレス、レースの襟の類である。毛布や絨毯《じゅうたん》といった生活、室内用品もあった。

「日本に来てる異人さんたちが国に帰る時、青い目の奥さんたちが売ってくれるんでさ。今はまだ使えるから、こっちで売って、お故郷《くに》で新品を買う方が安いからって。しっかりしたもんですよ」

アメリカの富豪にして病院の経営者だったブラウン夫妻の邸宅で、桂助たちがディナーをもてなされた時に使われていた、花が描かれた陶製の皿やティーカップ、砂糖壺《つぼ》によく似た品々が目に入った。蓋のつまみを志保の好きなバラに模してある砂糖壺が気になって見ていると、

「そいつはちょっとねえ」

店主は首を傾げて、蓋を開けて、砂糖壺を桂助の方へと差し出した。

「匂いますね」

嗅いだ空の砂糖壺からはバニラの匂いがした。

「そうでしょ。染みついてるこれが難でこいつは売れませんや。ここに砂糖を入れといて煮魚なぞに使ったらえらいことになる、牡丹餅《ぼたもち》の餡《あん》を煮たらどうなるんだって言われちまってね。御一新以後、いくら洋食がもてはやされてるからって、まだまだ家じゃ今まで通りですから。この妙な匂いは勘弁なんですよ。理由《わけ》ありなんでお安くしときますよ」

店主は指で売値を示し、

「いただきましょう」

即座に桂助は買うことに決めて、

「ところで一つお聞きしたいことがあるのです」

代金を支払ってから、以前の店主について心当たりを聞いた。

「しるし草っていう質屋でしょう？　そういや、何日か前にしるし草宛ての手紙が来てましたっけ。まだあるんですよ、こういうこと。忙しかったんでまだ読んでません。差出人がお客さんでしたらあいすいません。で、お尋ねの件とは？」

店主は一応は頭を下げて桂助の言葉を待った。

桂助は手紙に記した通りではなく、しるし草についてだけ訊くことにした。

「しるし草はどこかへ引っ越しされたのでしょうか？」

「お客さん、しるし草の身内の人？」

相手はやや気まずそうに訊き返した。

「いえ、どうしてもしるし草の方に教えてほしいことがありまして――」

「ああ、それなら」

ほっと息をついた店主は、

「昔気質《むかしかたぎ》の老舗《しにせ》の質屋が食うか食われるかのこのご時世に乗れず、借金も嵩《かさ》んでとうとうここを売ったという、まあ、当世ありふれた話ですよ」

と告げた。

「ご家族はどこへ行かれたかわかりますか？」

「年齢《とし》のいっていた主夫婦が相次いで亡くなったので、娘さんが店を畳んで売り、借金を返すことにしたって、新しくここを買った大家から聞いただけだよ」

「大家さんの住んでいるところを教えてください」

桂助はすかさず訊いた。

十

大家から聞いた、光恵寺《こうけいじ》は谷中《やなか》の寺町の一角にあった。山門を入った桂助は、菊や秋の野の花が手向けられて、水子供養の地蔵がいくつも並んでいる様子を目にした。庫裡《くり》の前まで歩くと名乗って訪れを告げた。

「湯島《ゆしま》は聖堂近くの口中医藤屋桂助と申します。どうしてもお尋ねしなければならないことがあってまいりました」

「藤屋桂助様？」

庫裡の扉が開いて三十歳半ばの清々《すがすが》しくはあったがやや疲れた表情の尼僧が困惑顔で迎えた。

「月照《げっしょう》と申します、どうぞ」

桂助は本堂へと招き入れられた。

寒々とした印象を受けたのは、観音像などの仏像や仏具が見当たらずがらんとしていたからであった。

「廃仏毀釈《はいぶつきしゃく》でこの有様に？」

思わず口にすると、

「ええ」

とだけ相手は応えた。

廃仏毀釈とは明治政府が出した神仏分離令に反応し、仏を第一とする仏教はふさわしくないとして主に仏像の破壊、没収が行なわれた運動であった。

「何とかして、身寄りのない子どもたちの住処《すみか》としてここだけは残したいと思っています。つい最近亡くなられた先代ご住職善香尼《ぜんこうに》様の願いでもありましたし。やっと何とかお許しがいただけそうです」

月照尼はふうと安堵《あんど》の息をつきかけて、

「申しわけございません。お尋ねになりたい用向きがおありでしたね。何でしょうか？」

「少し長くなりますが、よろしいでしょうか」

桂助はこの光恵寺を訪れた理由を話した。

すると相手は、

「まず申し上げますと、大橋栄二郎様は拙尼《せつに》の亡くなった姉の夫、義兄《あに》です」

と言ってから、

「これは義兄が生きていたら、決して誰にも話してなどほしくない事柄ではあると思います。けれども、それがわからなくては救われない方たちがいるのでは話さなくてはなりません。実は義兄が自害する前に最後に会ったのが拙尼なのです。義兄の話は何とも救いのない切ないものでした」

覚悟を示した。

「大橋様は亡き奥様のお実家、質屋しるし草に多額の借金をしていたと聞いています」

「ええ。両親が借金までしてお貸ししたのです。両親は姉が命と引き換えにこの世に遺した孫の男児に想《おも》いがありました。それもあって姉の葬式の後は、一度も会っていない大橋様に頭を下げられると断れなかったんだと思います。大橋家はお武家、うちは質屋でしたので両親には引け目がずっとあって、この頼みを断ったら一生、孫の顔は見られないと思ったのでしょう。お金の用途は新事業とのことで、詳しいことは言いませんでした。拙尼が知ったのは義兄に最後に会った時です」

「大橋様がお実家においでになった時、ご両親は？」

「御一新後は商いが左前になっていましたが、それでも、今に大橋様が新事業に成功して孫を連れて会いに来てくれると信じていました。ですけれど、何の便りもなく、こちらから催促がましいことは言い出しにくく——、何しろ嫁ぎ先を身分違いと崇《あが》めていた一方、商人の見栄や外聞も持ち合わせていた昔気質の両親でしたので」

「あなたはどのような想いでしたか？」

「義兄のために借金をした相手からの催促が届くたびに、奉公人たち一人、また一人と暇を出すこととなり、正直、拙尼はいてもたってもいられませんでした。そのうちに両親が相次いで流行病であっという間に亡くなり、その時は義兄を恨みました」

「大橋さんには報せたのですか？」

「いいえ。報せたくないほど恨んでいたのだと思います。今思えば両親は血を分けた孫の顔を最後に一目見たかったのかもしれないと悔やまれますが。ただし、食べる物、米や味噌《みそ》にまで不自由するような惨《みじ》めな暮らしを味わう前に、立て続いて逝ったのはよかったのかもしれないと思うこともございます」

「ご両親が亡くなったと聞いて大橋様は？」

「風の便りに両親のことを耳にしたからとおっしゃり、線香を上げ丁寧に位牌《いはい》に手を合わせてくださいました。そして、ご自分の事業の失敗について話をされました」

「是非助力したいという向きもあり、前途は約束されていたはずですが」

「義兄はその幸運を断った理由から話しはじめました。若い頃、咸臨丸乗船の際、命を救ってくださった方々に恩返しをしなければならないというのです。その方々というのは二人ともお医者様で、一人はアメリカ人、もう一人は日本人でした。日本人の方は田中秀安さんというお名前でした。この方が義兄を訪ねてこられて、薬の処方の良し悪しを政府が決めるようになってきていて、医者各々の裁量ではなくなった。このままでは医者として生きていくのさえも、むずかしくなるのではないかと思うと危機感を切々と話されたそうです。そこで義兄は一緒にやらないかと、アイスクリン作りに田中様をお誘いすることになったのだとか。義兄は〝アイスクリンを初めて一緒に食べた田中先生との縁が絶対、全てだとその時は思った〟と言っていました」

「それで好条件の話を断ったのですね」

「すでにアイスクリン製造機の手配が名の知れた、評判のいい貿易商の一人に決められていたので、〝それも断るのは辛かった〟と義兄は言っていました」

「しかし、機械などの高額なものの輸入はよほど気をつけないと——」

「田中先生のお話では義兄を咸臨丸で助けたもう一人のお医者さんがアメリカ人で、医者の傍ら貿易にも関わっているとのことでした。結局、義兄は田中先生にアイスクリン作りに必要なお金を全て託してしまったんです。すると、ぷつんと田中先生からの便りは来なくなったそうです。〝それでも半年以上待った。騙されたのではない、あの田中先生が騙すはずがないと思いたくて待った〟と義兄は苦笑いしていました。自分を嗤《わら》っているようでもあって、この時、拙尼はもしかしたらと思いました。そしてその通りになったのです」

「それで正太さんをあなたが引き取った。あなたが血縁だとわかれば正太さんの孤児《みなしご》という寂しさはあそこまでではなかったはずです。自分を叔母《おば》だと名乗らなかったのはお立場あってのことですね」

「善香尼様に、義兄へのおさまらない恨みを打ち明けた際、〝その手の心の闇は一生消えないでしょう〟と言われて、自分から出家を決めました。仏様の弟子になって修行を積めば、家や両親を義兄に奪われたと思わずにすむだろうと。恨みを抱いたままの人生は辛いものですから。孤児たちの世話はわたしの修行の一つでした。どの子も血縁の愛に飢えています。義兄の死後、引き取った正太に血縁を名乗らなかったのは、正太だけを特別扱いすることはできなかったからです」

月照尼はそこで声を詰まらせたが、自身を励ますようにして先を続けた。

「世話をしたり手習いを教えたりして始終一緒にいる拙尼が血縁だとわかれば、正太の心に甘えが生まれてしまいます。父親の轍《てつ》は踏まないでほしい、正太にだけはしっかり前を向いて自分に厳しく生きてほしいと思いました。どの子よりも拙尼は正太に厳しく接しました。善香尼様に行きすぎだとお叱りをいただくことさえありました。まだまだ恨みの煩悩から解き放たれていないと。子どもに罪はないというのに拙尼は鬼であったのかもしれません。それであの子はとうとう耐え切れずに出て行ってしまったんです。そしてとうとうあのようなことを。父親の敵と見做して見当違いな相手を刺したというのは甥《おい》の正太のことなのでしょう？」

話し終えた月照尼の頬から一筋の涙が流れ落ちた。

「よくお話しくださいました。ありがとうございます」

桂助は礼を述べ、光恵寺を出ると〈いしゃ・は・くち〉へと急ぎ、この事実を中島喜兵衛に伝えると、

「そうだったのか。それでは全てはわしの思い違いよな。転んだ弾みにやはり腹が枯枝にでも刺さったんだろうさ。巡査や警察とは関わりなし。よかった、よかった」

喜兵衛は豪快に笑った。

それからすぐ、

「よかった、よかったよぉ」

喜色満面で訪れた金五は、

「正太ね、浄花寺の美円《びえん》さんのとこで預かってくれてた。子どもたちの見守り役をかって出てる美円さん、たまたま、ぶらぶらしてた正太を見つけて、声かけていろいろ話を聞いてたんだって。やっと落ち着いてきて、もう少ししたら、おいらんとこへ帰りたいって言ってるらしいんだよね。だからまずは会いに行ってくる」

そう告げてすぐに出て行った。

それを聞いた鋼次は、

「爺さん、刺された時、金五に助けられなくてよかったよ。金五ときたら、傷の様子とかで絶対、人の仕業だと見破る。あいつ妙に生真面目なとこあるから、正太がやったってわかったら悩みに悩むだろ。一応、巡査は罪人を捕まえるのが役目でもあるし。正太を牢屋に入れなきゃなんねえのは応えるだろうしさ、わかってて見逃すなんてこともあいつにはできっこない。だから爺さんもああ言ってることだし、ここは爺さんの傷と正太とは関わりなしってことで、金五には内緒、内緒。万事解決、めでたし、めでたし」

勢いよく横手を打った。

「金五さんの方はそれでいいとしても、月照尼が血を分けた叔母さんだということは伝えたいですね」

桂助も浄花寺に行き、正太に伝えた。父親の自害の真相や喜兵衛の寛容なはからい等全てを聞いた正太は、

「この御恩一生忘れません」

唇を噛み締めて涙をこらえた。

「帰るのは光恵寺の月照尼様のところです。俺のこと想ってくれてた祖父様《じじさま》、祖母様《ばばさま》のお墓にも参るつもりです。そして父上が叶《かな》えたくても叶えられなかったアイスクリンの夢、俺が叶えたい。実はずっと俺、捨てられなかったんだ、父上が遺したアイスクリンの作り方の写し——。父上を騙した恩人とかいう奴にお金と作り方を渡す時、どうしても写しを残しておかずにはいられなかったんだ。それ、光恵寺の行李《こうり》の中に

まだあるんだよ。ああ、でも。これはてっきりやり手で知られている中島喜兵衛さんにはめられたと思い込んでしまったんだ」

と言って項垂れた。

こうした事情を知った喜兵衛は、

「前のことなどどうでもよろしい。小僧、でかしたぞ。アイスクリンの作り方の写しは金や器械に勝るお宝だ。アイスクリンはきっとまだまだ伸びる。美味《うま》くなって安くなって沢山売れる。沼田の言う通り、今後は北海氷とこいつを中島氷会社の目玉にするぞ。よしっ」

横浜から沼田を呼びつけ、まずは正太に頼んでアイスクリンの作り方を見せてもらう手はずを整えた。

さらに喜兵衛は、

「小僧の持っている作り方の写しとの交換はこれでどうだろうか？　中島氷会社が小僧のいる寺の土地の一部を借りるんだ。当面は国産バニラ作りの技を磨くのだ」

とアイスクリンの味の絶妙な決め手となるバニラの国内栽培を実現するために、光恵寺に大きな温室を建てる案を打ち出した。

「光恵寺に地代を払えば、苦しい台所事情も少しは緩むだろう。バニラ栽培に他の子どもたちも加わってもらってもいい。そして、いずれは沼田の指導の下、小僧や子どもたちがアイスクリン作りをするのだ」

喜兵衛は満面の笑顔になった。

この時、桂助はこっそり、

「あなたがたいした子ども好きであることはわかっていました。お子さんを亡くされたという話は、わたしを試すためだとおっしゃった時から――」

喜兵衛に耳打ちした。

「そいつはこれだ」

喜兵衛は笑い顔のまま人差し指を唇に当てた。

一方、草木にくわしい志保は、

「それはいい考えだわ。バニラの蔓は五丈（十五メートル）以上もあるのですから、お寺くらい大きなところでないと、その蔓を這わす木が入るぐらいの一年中高温の大きな大きな温室は造れないでしょう。そうやってまでとにかく花を咲かせないと、香りになるサヤはできないのですから。ああ、でもわたし中島様のお考えに水を差すつもりは毛頭ないのですよ。大変なもののお世話こそ、上手くいった時の嬉《うれ》しさはひとしおです」

バニラ作りの難しさに触れてしまい慌てて言い改めた。鋼次は志保の指摘に激励の意を持たせるために、

「なるほど、なるほど。これでますます、万事解決、めでたし、めでたし、言うことなしだな」

さらに横手を打った。

「正太、いなくなっちゃうのかあ。おいら、血縁ってわけじゃないからなあ——」

居合わせていた金五はどこか寂しそうだった。

「あのね、バニラの花ってランの花に似てとても綺麗《きれい》なんだけれど、咲くのがたった一日なんですって。わたしまだ見たことないから是非見てみたいわ。金五さんもそれ、見たくない？　一日中今か今かとじっと見ていることになるかもしれないけど、皆で一緒に見に行きましょうよ。お弁当はピーナツバターサンドなんかのいろいろなサンドウイッチにして——」

志保が微笑んで誘いの言葉を口にすると、

「ん、おいらも絶対見たい」

やっと金五の顔が明るくなった。

第三話　ほうれん草異聞

一

書斎の桂助《けいすけ》が声のした方を振り返ると、盆に紅茶と、パウンドケーキを載せた志保《しほ》が入ってきていた。

「ご精が出ますね」

「一休みしてください。実はご相談したいことがあるんです」

志保はテーブルの上に茶菓を並べて椅子に腰を下ろすと、桂助が読んでいる分厚い窮理《きゅうり》の入門書をちらと見た。これはお房《ふさ》の手土産だった。

「ずいぶんむずかしそうな本を熱心に読んでるんですね。さすがです」

ふうと感心のため息をついた。

「とても興味深いですよ、窮理は」

そう告げた桂助は窓の外に見えている柿の木に目を転じた。晩秋近くとあって熟しきった柿の実が幾つか地面に落ちている。

「今、また一つ落ちました。わたしは実った実が落ちるのは当然だとずっと思っていましたが、実はこれには理由があるのです。ニュートンという窮理学者は、あの小さなリンゴの実が落ちるのを見ていて何故《なぜ》かと考え、物には互いに引き合う力、万有引力というそうですが、その存在を発見したのだそうです。これが窮理の基礎です。そして、また窮理の素晴らしさ、偉大さは、ニュートンがあの小さなリンゴの実が落ちるのを見て考えたように、はかりしれない想像力、空想力で自然科学上の真実に迫ろうとしている点です。わたしはすっかり引き込まれてしまいました。ね、なかなか面白いと思いませんか？」

常にない多弁で志保に共感をもとめたが、

「ええ、まあ」

志保は言葉を濁して紅茶を啜《すす》った。

「ところであなたの相談というのは何ですか？」

桂助は好物の干しアンズがたっぷりと入ったパウンドケーキにフォークを使った。

「ほうれん草のことです」

志保は切り出した。

〈いしゃ・は・くち〉の薬草園の一部は帰国後、バラやコスモスなどの花壇や、珍しすぎて売られていないハーブ類や西洋野菜を主とする自家菜園にも利用されている。

桂助も志保も渡米時の思い出を、世話になったブラウン夫妻の厚情と共に忘れたくなかった。

「冷え込むと軟らかくて味も深いほうれん草はこれから春までが食べ頃です。今、種を蒔《ま》くと一月ほどで収穫できます」

さらに志保は続けた。

「そういえば日本に帰ってきてから、うちでほうれん草のソテーを食べていません」

桂助は洩《も》らし、

「たしか、ほうれん草のスープはあなたの好物だったはずです。なぜ栽培を躊躇《ためら》うのですか?」

首を傾《かし》げた。

「お浸しや胡麻和《ごまあ》えは食膳に出しています。ただし青物屋さんでもとめたほうれん草で作っています。もちろん自分で育てた方が新鮮ですし、倹約にもなります。けれどもわたしが今迷っているのは東洋種か西洋種、どっちの種のほうれん草を蒔くべきかなのです」

「よほど味が違うのですか?」

「お忘れですか? アメリカにいる時作ったお浸しは、たっぷりの湯で茹《ゆ》でてもアクが酷《ひど》くて、とても食べられたものではなかったでしょう? ところがバターで炒《いた》めたり、ホワイトソースと合わせてスープにすると絶品。それでわたしはほうれん草には二種あって各々、適した料理が違うのだとわかりました。それで帰国後は希少で少々お高いのですけれど、アクの少ない東洋種のほうれん草で、菜を作ってきました。でもそろそろ、アメリカのほうれん草料理もなつかしく思われています。桂助さんだってお好きでしょう？」

「でしたら東洋種、西洋種の両方を植えれば済むことでは？」

桂助はまた首を斜めに傾けた。

「鋼《こう》さん流に言えばこれで万事解決、めでたし、めでたしでは？」

と微笑《ほほえ》んだ。

「そうは行きません」

志保は真顔で、

「そんなことをしたら東洋種と西洋種が混じってしまいます。どんな味になるのか、どんな料理にすればよいのか、見当もつきません。菜園の端と端に分けて種を蒔いて育てることも考えましたが、ほうれん草は風が雄花から雌花へ花粉を運ぶのですぐに交雑してしまいます」

思い詰めた口調で続けた。

すると桂助は意外にも珍しくからからと笑って、

「それはもう仕方のないことですよ。ほうれん草の交雑はまさに今の和洋ごちゃまぜの日本のようなものなのですから。時の流れに逆らうことはできません。それに牛肉を味噌《みそ》で食べる牛鍋同様、交雑のほうれん草にだって美味《おい》しい食べ方が見つかるかもしれません。それでも一度か二度は交雑していないほうれん草を味わいたいので、離れた場所、そうですねえ、菜園と家の表とかに離して蒔き分けるのはどうですか？で、種蒔きには是非とも参加させてください」

ほうれん草の種蒔きの手伝いを買って出た。

こうして志保は桂助の助けを得て東洋種、西洋種それぞれのほうれん草を菜園と家の表の急ごしらえの花壇に蒔いて育てた。

ほどなくして寒さを武器に、生き生きと丸い葉を大きく広げた西洋種のほうれん草を収穫した志保は、

「速水《はやみ》宗太郎《そうたろう》様の奥様公子《さとこ》様にこの珍しいほうれん草を差し上げますとお知らせしたところ、今日ここへおいでになるとおっしゃっておられます。もう、そろそろおいでになる頃です」

エプロンを外した。

「速水宗太郎ってあの速水万之助《まんのすけ》と関わりあるの？」

居合わせていた鋼次《こうじ》が訊《き》いた。

「ええ。万之助様は宗太郎先生のお父様です」

志保が応えると、

「すげえ」

鋼次はのけぞった。

速水商店は幕末から御一新の動乱期に財をなした店であった。機を見るのに敏だった現当主の速水万之助は元の海運業に止《とど》まらず、薩長《さっちょう》政府の伝手《つて》を巧みに辿《たど》って不動産売買、変わったところでは競馬、相撲、花火、外国からのサーカス団招致などにまで多方面に商いを広げている。築いた財は大袈裟《おおげさ》にも小国の国家予算の十分の一には届くだろうとまで言われている。西洋からのサーカス団は猛獣のライオン、虎、巨大な象を伴ってきていて、これらの動物たちの芸が喝采を浴びていた。

「公子さんはあなたのお弟子さんでしたね」

桂助は思い出した。

志保は虫歯削り機を使っての治療希望者が今ほどでない頃から、文明開化の時流を踏まえてささやかな西洋菓子教室を開いていた。正確には〝アメリカのお菓子教室〟である。このチラシを〈いしゃ・は・くち〉の待合室に置いてみたところ、何人か、習いに訪れる主婦や若い女性が集まってきていた。その一人が速水公子なのだったが、

「どうか、このことは誰にも話さないでください」

そう志保に口止めした公子は他の人たちの前では川瀬美津子《かわせみつこ》と名乗っていた。

「公子さんのお話はね。〝わたしにこちらのことを教えてくれたのは奉公人の君江《きみえ》なのです。抜かなければならないほど悪くなった歯を、痛くない歯抜きで有名な桂助先生に抜いていただきに訪れて、偶然、教室のチラシを見たんだそうです。そうでなければわたしは志保先生の許《もと》へ楽しく伺うことなどできはしませんでした。今でも主人や義父《ちち》には内緒なのです。義父が大事な方々とのおつきあいで必要になるだろうからと勧める、ダンスのお稽古に週二回通っていることになっているんです。ですから、絶対に誰にも知られたくないんです。とても残念だと思っていますが、仕上げたお菓子を持ち帰らないのもそのためです。とにかく用心しないと〟なのです。なので、君江さんが治療でいらしても公子さんがここへおいでになっていることは内緒ですよ。公子さん、ここのお菓子教室通いのこと、自分で決めたことだからって、君江さんにも打ち明けていないそうです。後々どんな迷惑が君江さんにかかるかわからないから

って」

それを聞いた桂助は、

「わかりました、安心してください」

とだけ応えた。そして、今まではこのことに関して何事もなく過ぎてきた。

「そういった事情なのに西洋種のほうれん草を差し上げたいというのは、いったいどうしたのですか？」

桂助は矛盾を突いてきた。

「実は速水家の方々に、公子さんがこちらへみえていることを知られてしまったのです。それで挨拶も兼ねて是非ともあなたとわたし、それから鋼次さんを、お屋敷に招きたいとおっしゃっています。公子さんから招待の文が昨日届きました。わたしはそれには及ばないとお断りを申し上げるつもりで、ほうれん草をお届けする旨をお伝えしたのです。すると今度はお教室の日でもないのに公子さん自らが今日おいでになると。この先、いったいどうなるのか——公子さん、大丈夫なのかしら？」

志保は落ち着かない様子でいた。

「俺もかよ」

鋼次は満更でもない様子で、

「でも、まあ、大大お大尽《だいじん》の速水万之助がもてなしたいっていうんだから、そりゃあ、それでいいんじゃねえ？　こんなこと滅多にあることじゃないしさ」

気楽な口調で言ってのけたが、

「速水屋さんとわたしたちの問題は、もてなされる理由がこちらに全く見当たらないということです」

桂助はやや厳しい表情になった。

二

ほどなく公子は君江を伴って〈いしゃ・は・くち〉の戸口に立った。公子は通ってくる時とは異なる、盛装に近い薄桃色の総レースのドレス姿で、同色で羽飾りのついた帽子を被《かぶ》っている。

「君江です」

名乗った君江は一糸乱れぬ結髪《けっぱつ》に、襟の詰まった紺色のドレスを身につけていた。公子も君江も共に若く美しかった。公子はほのぼのとした優しく繊細な雰囲気を醸し出していて、君江は知性を秘めたきりっとした端整な顔立ちの持ち主であった。

待合室の患者たちの目が釘付《くぎづ》けになった。桂助の治療は終わっていたから、鋼次の虫歯削りの患者たちである。このところ虫歯削りの治療を望む患者の数は増えている。

患者たちは、

「別嬪《べっぴん》さんたちだねえ」

「どこの誰なんだい？」

「一度見かけたことある。あんまり綺麗《きれい》なんで覚えてんだ。速水の屋敷の若奥さんとお付きの女だよ。若奥さんは京都のお公家《くげ》さんのお姫様で、お付きと一緒に速水んとこに嫁入ったって話だぜ」

などと言い合って見惚《みと》れている。

「どうぞ、こちらへ」

桂助は二人を応接間に案内し、志保は台所で茶の支度をはじめた。

やがて志保は紅茶とバニラやチョコレート、ナッツやジャムなどの入ったクッキーを盛った菓子盆をテーブルに置くと、桂助の隣の椅子に腰を下ろし、公子と君江に向かい合った。

「ご無理なお願いで申しわけございません」

まずは君江が頭《こうべ》を垂れ、公子が倣った。

「こちらはそちら様の意に添って、川瀬美津子様とお菓子作りを楽しんでいます。ですから速水様にお招きいただくようなことはないように思います」

志保は断りを重ねた。

すると、

「義父《ちち》が、義父がどうしてもときかないのです」

公子は取り乱して青ざめている。

「おそらく大旦那様、速水万之助様はこちらの桂助先生と、虫歯削りの名手だというもう一人のお方とお近づきになりたいのだと思います」

君江は緊張こそしていたが平静そのものであった。

「わたしたちに何を話されたいのか、見当がつきませんが——」

桂助は消極的な断りを示した。

「どうでしょう？　こちらは若奥様の公子様の他に、医学校に勤めておられる宗太郎先生、お二人の間のお子様である五歳の和子《やすこ》様、何年も前に奥様を亡くして以来お独りの大旦那の万之助様がおられます。この方々の口中調べをしていただくというのは？」

君江が切り出し、

「そうは言っても、たいていの方々は痛みもしていない虫歯や、ひどくなると抜くしかない歯草《はくさ》のあるなしなどの調べはお嫌いです。速水家の方々は調べを受けてくれるのでしょうか？　正直むずかしいのではないかと思いますが」

桂助は率直に切り返した。

「いいえ、そんなことはありません。大旦那の万之助様は、早く見つかりさえすれば虫歯は抜かずとも済むという、アメリカ流の治療と虫歯削り機にたいそう信頼を寄せておられるようですから――」

君江は挫《くじ》けず、

「ならばご家族の口中調べということでお訪ねしましょう。往診ならお引き受けいたします」

桂助は承知した。

「ありがとうございます。これで大旦那様に叱られずに済みます」

君江は初めて微笑み、

「ほんとうに――ほんとうに――すみません、ごめんなさい」

公子は繰り返し詫《わ》びて君江と帰って行った。

翌日、速水家全員が揃《そろ》う日時が書かれた手紙が届いた。

「午後ですね」

志保は困惑顔で呟《つぶや》いた。口中調べの後に粗餐《そさん》を用意してあると書き添えられている。

「晩餐となると――」

文明開化のリーダー的存在の富裕層はこぞって洋館を建て、豪華な西洋料理をふるまう晩餐会を催している。速水家も例外ではない。晩餐会に招かれた客は男女とも、迎える主人側の服装に釣り合う、それなりの装いをしていなければ礼を欠くことになる。志保の胸を咄嗟《とっさ》にその心配がよぎった。アメリカから持ち帰ったドレスでは胸元が開きすぎていて、帰国当時はともかく、今この日本で着るにはいささか気恥ずかしかった。

桂助は、

「まいりましたね。でもこちらの主な目的は往診なので、往診ということで乗り切りましょう」

あっさりと常に着ている往診用の背広に決めた。

さんざん迷った志保は、母の形見の一着である桜色の総絞りの訪問着を着ることにした。絞りはたとえ贅沢《ぜいたく》な総絞りであっても、絵羽柄《えばがら》がないと正装とは言えないが、ドレスの代わりと考えれば晩餐会に不向きではなかった。

　ところが当日、

「ちょっと帰って支度してくらあ」

治療終了後、帰宅し、戻ってきた鋼次の姿は驚くべきものであった。ワイシャツにネクタイを締め、チョッキとズボンに裾が長いフロックコートを重ねてシルクハットを被《かぶ》っている。

「何だか鋼さん、アメリカにいた時よりもずっと立派なお支度だわ」

　志保が目を瞠《みは》ると、

「速水んちへ招かれてるって言ったら、美鈴《みすず》がこりゃあ大変だって大騒ぎして実家《さと》へ飛んでって、揃えてもらってきたんだよ。この着方が今の男服の一番流行《はや》りらしいぜ。これで何とか見劣りしねえといいけどな」

　鋼次は照れ笑いした。

　美鈴の実家の芳田屋《よしだや》は御一新の追い風に乗って商いを広げ、人も羨む暮らしぶりであった。

「桂さんたちの着替えはこれから？」

鋼次は往診用の背広姿の桂助と着物を着ている志保の方を見た。

「わたしたちはこの形《なり》です。鋼さんが洋装してくれたので助かりました」

と桂助は言い、

「これで晩餐を振舞ってくださる先方へ多少の礼は尽くしたことになります。ありがとう」

志保は安堵《あんど》の表情になった。

手土産は昨日、志保が渡し損ねたほうれん草を今朝また収穫して籠に入れた。

「美鈴が手土産はこれなんかどうかって」

鋼次は美鈴の両親が調達してくれたという、磁器製の西洋人形が入った箱を持参してきていた。

「ドイツの王様が長い時をかけて造り続けてきたっていう、特別な土と窯《かま》のものらしい」

蓋を開けるとさまざまな美しい色で可愛《かわい》らしい少女の姿が色付けされている。

「喜ぶでしょうね、公子さんの娘さん」

これでは自分たちのほうれん草が見劣る気もしたがさすがに志保は口にしなかった。

まさかと思ってはいたが速水邸から馬車が迎えに来た。

「昨日は突然、お邪魔しました」

初老の御者は礼儀正しかった。

「また馬車だ」

中島喜兵衛《なかじまきへえ》の用向きで帰国して久々に馬車に乗った鋼次ははしゃぎ気味に、

「あの爺さんのより立派だよな、この馬車」

と洩らして、

「まあまあ、鋼さん」

桂助は宥《なだ》めた。

速水邸の赤レンガでできた門から屋敷までは馬車で進む。松林を背に立っているその屋敷は、アメリカで見たブラウン邸のような建物を想《おも》わせる。一瞬、志保は渡米した頃に戻ったような気がした。

もっとも、速水屋敷の玄関に並んでいる奉公人たちの男たちこそ、颯爽《さっそう》と洋服を着こんでいたものの、女たちは皆粗末な木綿のお仕着せ姿だった。

「よくいらしてくださいました」

昨日と変わらぬ姿の君江が迎えてくれた。

「さあ、どうぞ。お待ちかねです」

君江に案内されて三人は広い応接室へと通された。応接室は大きな革のソファーさえなければ展示室と見紛《みまが》うほど、世界各国から収集したさまざまな品物で溢《あふ》れていた。大理石の女神像や西欧のさまざまな風景が描かれた油彩画の数々、抜けるような青空を想わせる瑠璃《るり》やトルコ石の大きな彫刻、変わったところでは頭を押すとブランデーが滴る白鳥のリキュール瓶、さらに、

「まあ、綺麗」

思わず志保が見惚れたガラスと異なるきらきらとした輝きを続けている一輪挿しには、赤いバラが一本活《い》けられていて、

「それならダイヤですよ。ダイヤが散りばめてある花器を、今年の公子の誕生日にわたしが贈りました」

すでに待ち受けていた速水宗太郎が笑顔で説明した。

速水宗太郎は年齢《とし》の頃、四十近くで中肉中背の一見は凡庸な印象を受けるものの、穏和そのものの様子や物腰には大人の男の寛容さが感じられる。公子の伴侶には申し分のない相手なのだと志保は思った。片や隣には緊張しつつも、そわそわと不安な様子の、いつまでも少女っぽさの抜けきらない公子が座っている。〝志保先生、どうしよう。どうしたらいいの？　これから何が起きるの？　大丈夫なの？〟と公子の目は

志保に向けて必死に訴えているようだった。

三

「申しわけありません。父は帰宅が遅れておりますので、どうか皆様今しばらくお寛《くつろ》ぎください」

　宗太郎は応接間のテーブルの上に置かれている、三段のケーキスタンドの方を見た。志保には一番上の段にあるのがサンドウイッチだとはわかったものの、後のものは西洋菓子であろうとしか見当がつかない。

　すぐに、鋼次は、

「アメリカで食べてたものはこの倍の大きさだったたっけ」

などと洩らして小型のサンドウイッチをぱくりと一口で食べた。

「あとのはわかんねえなあ。とりあえずこれいくか」

二段目の丸いクッキーに大幅な厚みが加わったようなものを取り上げた。

「それなら、こうしていただくと美味しいです」

公子がケーキ皿とイチゴジャム、白いクリームがそれぞれ入ってスプーンが添えられている小鉢を鋼次の前に置いた。

「これはスコーンと言われているもので、英国人が朝食と晩餐の中間で楽しむ、アフタヌーンティーの時に食されているパンに近い菓子です。アフタヌーンティーの風習はそう古いものではなく、三十年ほど前、アンナ・ラッセル侯爵《こうしゃく》夫人がオペラなどの観劇の後、夜八時をすぎる晩餐までの間、小腹を満たすために工夫したものです。スコーンは甘味を控えて焼かれているのでジャムやクロテッドクリームが欠かせません。クロテッドクリームというのは、バターと生クリームの間の濃度に調整されたクリームでわたしはジャムよりこちらが好みです」

宗太郎がスコーンの説明をした。

「たしかにねえ」

鋼次はクロテッドクリームを載せたスコーンを三つほど腹に収めた。

「何とも面白い形でわたしはこれが気になります」

桂助は下段にあるぷっくりと膨れた狐《きつね》色の西洋菓子を見ていた。

「それはシュー・ア・ラ・クレーム、フランス語でキャベツという意味の菓子です。フランスに伝えられたのは古く、十六世紀初頭、イタリアはフィレンツェの大富豪メディチ家のカトリーヌが時のフランス王に嫁いだ折に伝えたものとされています。バターと卵黄、小麦粉を混ぜて使うと、膨れて焼きあがるシュー皮ができます。これをこのままうっかり焼き続けていって、焦げる直前に皮が破れて穴が空いてしまい、そこからクリームを詰め込むことを思いついて、仕上がったのがこの菓子だったとも言われています。当家では横浜の菓子屋からもとめています。そこは居留地の菓子職人だったフランス人サミュエル・ピエールの愛弟子《まなでし》の店です。見かけはご覧の通りですが、たいそう美味で病みつきになります。本来、アフタヌーンティーは上段から順に召し上がっていただくのがマナーなのですが、どうかそれには拘《こだわ》らず是非、このシュー・ア・ラ・クレームを口になさってみてください」

宗太郎に熱心に勧められて桂助と志保、もちろん鋼次も手を伸ばした。スコーンと同じ要領で大口でパクリとやったとたん、鋼次の口からクリームが溢れた。志保は慌ててハンカチを鋼次に渡した。

「うーん、こいつは大福や饅頭《まんじゅう》と違って中身が緩いんだな。でも美味《うま》い」

口元を拭った鋼次は二つ目を手に取った。桂助と志保はともに少しずつ慎重に食べたので、クリームはシュー皮とともに何事もなくおさまった。

応接間の扉が叩《たた》かれて、

「入れ」

宗太郎が応えると切り花のバラを抱えた青年が入ってきた。

「書生です」

宗太郎の言葉に、

「東川秀行《ひがしかわひでゆき》と申します」

端整で涼しい目をした青年は丁寧に頭を下げた。青年は年齢の頃、二十一、二で背がすらりと高く背広姿がよく似合っている。

「書生さんなのに背広なのですね」

志保はつい思ったことを口にしてしまい、

「ごめんなさい、余計なことを申してしまいました」

すぐに目を伏せた。

「いいのですよ、かまいません」

宗太郎は微笑んで、

「たしかに書生の多くは絣《かすり》の小袖からメリヤスの肌着を覗《のぞ》かせ、袴《はかま》をつけて下駄《げた》履きという形《なり》です。しかし、これでは旧時代の侍の姿とあまり変わりません。節約もあって旧時代が残した着物や袴を使っているのでしょうが、これからの日本を背負って立つ若者たちに旧時代の形をさせているのはいかがなものかとわたしは思っています。

それで東川君にはせめて家にいる時ぐらいはと、わたしが理想とする形にしてもらっているのです」

そう言い切り、

「どうだろう、公子、志保先生にバラ園や温室を案内してさしあげては？」

と切り出した。

秋咲きのさまざまな色のバラの花束を東川から受け取ろうとしていた公子は、

「奥様、それはわたくしにお任せください」

君江の言葉に、

「ありがとう。よかったわ」

安堵した様子で、

「ご案内いたしましょう」

志保を伴って庭へと出た。

「バラ園までは少し歩きます」

個人の庭とは思えないほどの広さであった。

「広いお庭ですね。お屋敷も広いけれどもお庭はもっと――。きっと毎日のお散歩が楽しみでしょう？」

「ええ、まあ」

公子は言葉を濁した。

「あら、立派な温室」

途中、見たこともないほど大きな温室の前にさしかかった。

「先にランをご覧になりますか？」

公子がそう願っているように感じた志保は、

「そうしましょうか」

頷《うなず》いた。

晩秋の午後は外気が冷たかったが扉を開けた温室の中は、晩春から初夏の陽気で汗ばむほどだった。鉢植えのランの花が白、薄桃色、濃桃色、薄紫、濃紫、薄黄色、黄色など艶《あで》やかに咲き誇っている。

「凄《すご》い数ですね。まさに百花繚乱《ひゃっかりょうらん》とはこのことですね」

「ランは義父の趣味なのです。それはそれは熱心で新しいものは必ず外国から取り寄せますし、日本古来のランも野生のものまで探させているほどなのです」

「公子さんはランをお好きですか？」

志保の問いに、

「以前は好きでした。京都の実家にも代々受け継いできたランがありました。寒い時は家の中に入れなければなりませんでしたが、普段は外で育てていました。地味で小さくて花付きもここにあるもののようではありませんでしたが、我が家の家宝だったのです。今でも家を継いだ兄が守ってくれています。実家のなつかしいランは大好きです」

「どうしてここにあるランがお好きではないのでしょう？」

「わたしとかけ離れているからです」

常になく公子はきっぱりと言い切った。

「わたしはここの嫁でいるだけでいいと義父は申します。授かった和子が公家——今は華族というのでしたね——華族の血筋であるというだけで満足だとも申しています。わたしはここでは置物にすぎません。置物はじっとそこにあるべきで、意志は持たなくていいというお考えです。外に出ての習い事も決められてきました。今、もっとも義父に熱心に勧められているのはダンスです。今後、政府のお偉い方々が外国のお客様方を招いての会をなさるようになるとのことで、その際、わたしは宗太郎さんの妻としてお客様方のお相手をする役目があるというのです。わたしはずっと従ってきましたが、このところダンスのレッスンが嫌で嫌でたまらなくなりました。それで口実をつけて志保先生のところへ伺っています」

公子は思い詰めていた。

「あなたのお悩みをご主人様に相談はされたのですか?」

志保は思わず訊《き》いた。

「いいえ。主人は絶対に義父に逆らえません。ご自分のお力でここまで来られた義父を尊敬、畏怖しておりますから、口答えなどできないのです。それと医学校で語学を教えている主人は薄給です。義父の援助がなければ、好きなバラ園や西洋料理を食することもできないのです」

「お義父様はラン好き、ご主人はバラ好きなのですね」

「ランを好かず、バラを主人が好むのは義父へのせめてもの抵抗なのかもしれません。義父は棘のあるバラが好きではありません」

「公子さん、あなたはバラをお好きではないのですか?」

志保は訊かずにはいられなかった。

すると公子はバラにまつわる話を始めた。

四

「野に出かけた際、採ってきた野バラが実家で根付いて、毎年、小さな可愛い花を咲かせます。実家のバラはやはりラン同様大好きです。でも、このところは実家へは行っておりません。実家の窮迫ゆえに速水家に嫁いだという噂《うわさ》が元公家たちの間に広まっているからです。これはやはり元公家たる者の恥です。元公家とはいえ、代々、庭を耕して青物を作るなどして、わたしたち貧乏公家はずっと糊口《ここう》を凌《しの》いできたのです。そしてそれさえもう無理で算段が一切つかなくなったところへ、主人との縁談が持ち込まれました。わたしが速水家にいる限り、実家へ月々のものが送り届けられるという条件でした。これは誰もがそう思っていることですので、わたしが実家を訪れたりしたら、またいろいろ蒸し返されて実家に迷惑がかかります。ですからもう、わたしは実家のランや野バラを見ることはできないのです」

公子の目に涙が溢れた。

「わたし、先ほどから珍しく素晴らしいお菓子をいただいていて、どうして、公子さんはわたしがアメリカで見様見真似《みようみまね》で作っていた家庭菓子など習いにいらしていたのか、不思議でなりませんでした。でも今のお言葉をうかがってわかったような気がします。公子さんは子どもの頃から慣れ親しんだものにお心がずっとおありなのですね。公家風とか、開化の最先端とかとは関わりなく――」

志保のこの言葉に、

「でも速水家の人たちは見るもの、着るもの、使うもの、食べるもの、すべてに高額で珍しい西欧からの物品に取り囲まれて、それに見合った優雅な西洋貴族のような暮らしぶりを望んでいるのです。わたしの価値は公家の出であるということにすぎません。ここではわたしは人とは見られていません。娘のためにもこんな日々でいいのかと自問自答しても、実家がこちらのお世話を受けている以上、もうどうにもならないのです」

公子は唇を嚙《か》みしめて、

「そんなわたしにとって、どんな美味しい立派な西洋菓子も砂を嚙んでいるのと同じです」

と続けた。

「バラ園を見せてくださいな」

志保たちは温室を出てバラ園へと向かった。志保は植木職人でも庭師でもなかったが、長く〈いしゃ・は・くち〉の薬草園に携わり、アメリカでは花壇に四季折々の花を咲かせてきたこともあって、その庭を見れば作り手の想いを感じることができる。宗太郎のその想いが家族にも向いていることを志保は祈った。たとえば家族揃ってのバラの観賞とか、バラ園にテーブルと椅子を持ち込み、ティーカップやレモネードの入ったグラスを手にしての団欒《だんらん》や語らいとか――。

宗太郎のバラ園はアメリカでも目にしたことがないほど品種が揃っていて色も多彩だった。万之助のランのコレクション同様、手入れが完璧に行き届いていて枯れた葉一枚、アブラムシ一匹ついていない。ただただ圧倒されるばかりであった。

「バラの宿敵の夜盗虫《よとうむし》の駆除のためにあの東川さん、感心なことに、特に春は寝ずの番なのですよ」

夜盗虫は成虫同様、植物を食い荒らす夜行性の蛾《が》の幼虫たちの総称であった。

「たしかに綺麗な花をずっと綺麗なままに愛《め》で続けたい気持ちはわかります。さぞかし素敵だろうと思うのですけれど、そういうの、ずーっと続いて見ていると寛《くつろ》げません、わたしなら――。公子さんがほっとできる花、お実家のランや野菊の他にもあるような気がします。空いてるところいっぱいあるじゃないですか」

志保は本音を口にした。

「志保先生はここにどんな花を植えたら、わたしがほっとできると思われますか？」

「ここは広いですから丈がかなりあっても大丈夫ですよね。でしたら絶対ベルガモットハーブがよろしいかと。アールグレーの紅茶に欠かせない柑橘《かんきつ》類の実のベルガモットシトリンに、香りがとっても似ているので、この名が付いたのです。ベルガモットハーブの中で真紅のタイマツバナと言われてるのがアールグレーの匂い、ピンクのワイルドベルガモットハーブはミント、紫色のレモンベルガモットハーブはその名の通りです。アメリカは広いからこうした野生種ベルガモットの群生がどこまでも続いていて、風がいい香りを運んできてくれるのです」

「いいですね、それ。風のご馳走。庭の散歩がずっと楽しくなりそうだわ」

「この花や葉でティーを楽しむこともできますよ。わざわざアールグレイなんて取り寄せたりしなくても。そうそう、ベルガモットハーブの種ならうちにあります」

「少し気が晴れてきました。そのベルガモットハーブの庭、わたしだけの庭を持てるかもしれないと思うと——。家の中でばかり遊ばされている和子もきっと庭仕事を喜ぶでしょうし。ああ、夢が広がってきました——」

公子の表情が多少明るくなったところで、

「こちらでしたか、お客様、奥様、大旦那様がお帰りになりました」

息を切らして走って来た東川に声を掛けられた。

「あら、大変、ご機嫌を損じてしまう――」

打って変わって青ざめた公子を、

「急ぎましょう」

促した志保は急ぎ足で屋敷の玄関へと向かった。

応接間では、小袖姿の速水万之助が専用の一人掛けソファーに両肘を預けて座っていた。

「お待ちいたしましたよ」

待たせたのは自分の方であるにもかかわらず、慣れているのだろう、万之助はさらりと傲岸な挨拶をした。万之助は小柄だがよく肥えて恰幅《かっぷく》がよく、顔立ちこそ宗太郎と似てはいたが、よく手入れのされた立派な髭《ひげ》をたくわえ、つやつやとした肌つやの良さは息子に優《まさ》っていた。

宗太郎と客である桂助、鋼次は万之助の上座のソファーから見下ろされる形で横長のソファーに並んで座っていた。

「奥様方はこちらへ」

公子と志保は万之助の位置からは近いものの、向かい合ってはいない背もたれのない長椅子を東川から勧められた。東川と君江は立ったままでいる。

「え、もう晩餐会?」

鋼次が思わず口走ったのは逆三角形型に開いたカクテルグラスに入った飲み物と、薄く切った花札ほどの大きさのパンに合わせて、チーズや蒸し鶏《どり》、ローストビーフ、スモークサーモンなどのご馳走が載せられている皿が運ばれてきたからであった。

「その前に口中調べをさせてください」

「そんなことはもう――」

万之助は身を引きかけたが、

「そのお約束で伺ったのですから」

桂助はソファーから立ち上がった。

「ま、いいでしょう。せっかく先生方にお運びいただいたのですから、お手並みを拝見するのもよろしいでしょう」

万之助は泰然とした様子で桂助の口中調べを待つ姿勢になった。

その言葉に志保と鋼次も倣う。往診鞄《かばん》を志保が開いて、口中を診《み》る道具を取り出し、鋼次は手燭《てしょく》をランプに替えて、口中を照らすことに集中した。

　こうして万之助、宗太郎、公子、三人の口中調べを終えた。

　桂助は、

「どなたもよく口中が清められていて虫歯も歯草も見当たりません。特にお年齢《とし》を重ねた万之助様の口中は文句のつけようがありません。立派な手入れぶりです。感心いたしました。ただし、宗太郎様、奥様の全体の歯が年齢にしては磨《す》り減りが早いのが気になりました。何か、ご心配事でもおありで歯を噛みしめることが多いのでは？」

　桂助は二人に訊いたつもりだったが、

「心配事などあるはずもない」

　万之助が言い切り、

「娘の和子も磨り減りが酷いんです」

　公子は志保に囁《ささや》いた。

「さあ、もう、先生方のお手並みは拝見いたしましたので、早速おもてなしに入るよう、宗太郎、説明しなさい」

　万之助は強引に進行させた。

「正式な晩餐の前にカナッペを摘《つ》まみながらアペリティフ、食前酒を楽しんでいただく趣向です。食前酒はミモザ、シャンパンベースのカクテルでオレンジジュースを加えて、南フランスの春を告げる黄色いミモザの花の色を模しています。秋はそこはかとない寂しさが付きものですのでやはり、もう今から春が待たれます。ご婦人方でも酔うほど強くはないのでどうか志保先生も召し上がってください。肴《さかな》はカナッペです。イギリスではアフタヌーンティーが主流ですが、イタリアやフランスでは貴族たちが観劇などを楽しんだ後、正餐の前の小さな食事がこのカクテルタイムなのです」

宗太郎の説明が終わるか、終わらないうちに、

「ともあれ、お集まりいただき感謝いたします」

万之助は立ち上がると、慣れた手つきでグラスをかざし、乾杯の音頭を取った。慌てて座っている全員が同じ仕草を倣った。

「ね。義父はいつもこうですの」

公子が志保の耳元で囁いた。

「おや」

グラスを飲み干した万之助は、

「可愛い孫の和子はどこだ？」

公子に厳しい目を向けた。

「和子様はもう、お寝《やす》みになっておられます」

公子に代わって君江が応えた。

五

「わしの出迎えもせずにか？」

万之助の顔から張りつかせている取り繕いの笑みが消えた。

「本日はもう八時を過ぎておりますから。お客様に幼子がご挨拶するのは、西洋では夕方までと聞いております。このお屋敷でも常はそうでございましょう」

君江は理の通った言い分を口にした。

「まあ、仕方あるまい」

じろりと君江を見据えた万之助の目は刃《やいば》のように鋭かった。

ソファーに腰掛けた万之助は笑みを取り戻すと、

「藤屋桂助先生、鋼次さんという、当代一の口中医とそのお仲間の方に、こうしてお目にかかれたのはこの速水万之助、一世一代の幸甚と、引き合わせてくれた嫁の公子にも感謝です」

まずは過剰なまでに持ち上げて、

「実はあなた様方、いや、手伝われているアメリカ仕込みの奥様の志保先生を含む〈いしゃ・は・くち〉にどうか、この速水屋のために一肌脱いでいただきたいのです。お願いです、この通りです」

深々と頭を下げた。

「〈いしゃ・は・くち〉は従来の痛くない歯抜きと、アメリカで学んだ、抜かない虫歯治療のための虫歯削りをしているだけのただの町医者にすぎませんが――」

桂助は万之助の意図が摑《つか》めなかった。

「とはいえ、そちらには入院の設備がおありだ」

「それは〈いしゃ・は・くち〉が歯と歯茎以外にも、舌癌《ぜつがん》や歯肉癌などの口中の病をも治療しているからです」

桂助が応えると、

「おわかりにならないのか。歯抜きも抜かなくていい虫歯治療のみならず、命に関わる口中の病まで治すことができる医者は、東京中を探してもいません。素晴らしい。〈いしゃ・は・くち〉は実に素晴らしい。湯島で限られた患者たちだけがこの恩恵を受けているだけでは勿体《もったい》ない、それでは世のため人のためにならないと思いませんか？」

万之助は熱気の籠もった口調で問いかけてきた。

「わたしは医療とは目の前の患者のために精一杯力を尽くすものだと思っています。たとえその数に限りがあったとしても、こればかりは人が人に行う施術が医療ゆえ許されることではないかと――」

桂助は思った通りのことを口にした。

「だから勿体ないと申し上げたのです。わしが力をお貸ししてもっと人が集まる場所に大きく開業の旗を上げさえすれば、東京中で〈いしゃ・は・くち〉を知らない者はいなくなり、日々、限りなく門前に列が続くことは間違いありません」

この万之助の言葉に、

「ちょっと、俺、いいですか？」

はじめて鋼次が口を挟んだ。

「どうぞ、どうぞ。鋼次さん、あなたもこの先の大切な〈いしゃ・は・くち〉の一員ですから、聞くところによるとあなたの虫歯削りの腕は桂助先生に勝るとも劣らないとか――。どうか何なりと意見をおっしゃってください」

万之助は喜色満面で促した。

「あのさ、抜かなくていい虫歯治療って言ったたって、そう沢山患者さん、来てはくれないんですよ。虫歯削り機がおっかないとか、音がきりきりして嫌だとか、それに何より、麻酔は別料金なんで我慢する人が多いですけど、歯を削るって痛いんですよね。だったら抜かなければならなくなるまで放っておこう。痛いのは一回でいいなんて言ってる人たち、結構多いんですよ。知ってました？」

鋼次は身をもって知っている虫歯治療の広まりの悪さを説明した。

すると相手は、

「もちろん存じていますよ。でもそれは抜かなくていい虫歯治療がどれだけ、歯無し、歯ありで差が出る寿命と関わっているか、大々的に報《しら》せていないからですよ。〈いしや・は・くち〉の今後をわたしに任せてくれるのなら、速水屋がまず新聞に広告をうったり、チラシを東京中にまいたりして、こんなにいいことだ、歯の治療はもう抜くことじゃなく、虫歯削りなんだと報せます。それと削る時の痛み取りに使い勝手がいい麻酔だって、大量に仕入れれば他よりも安く治療に使えて喜ばれます。その他にも新しい時代の新しい歯科治療に欠かせない、薬品や詰め物のアマルガムや入れ歯の床になるゴムなんかもね、虫歯削りに人気が出れば、治療に欠かせない歯科材料もどんどん天井知らずに必要になってくるんですよ。そうなればもう、こちらもそちらも左団扇《うちわ》だ。とにかく歯を悪くしない輩《やから》なんて、わしたちみたいによほど気をつけてない限り、まずこの世にいやしません。これから歯科ってやつは、そこそこの暮らしをしてる人の数だけ儲《もう》かるんですよ。こんな先が確実に見通せる事業なんて滅多にあるもんじゃない。嫁が当てた大穴ですよ、これは」

公子の方を見て大袈裟《おおげさ》に微笑み、

「将来的にわしは桂助先生には手術の必要な口中の難病を、鋼次さんには虫歯削りを専門にお願いしたいですね。あなたには虫歯科医長なんていう役職が似合いそうです。医長になって沢山の後身を導くのです。それに医長の椅子はきっと座り心地がいいでしょうよ」

鋼次を見る目を細めた。

「俺が虫歯科医長かあ――」

志保は鋼次の目が輝くのを見逃さなかった。そうなれば売れ行きが昔ほどではなくなっている房楊枝《ふさようじ》作りをする必要も、美鈴の実家への気兼ねもなくなる――。

「鉄は熱いうちに打てといいますから、これはもう今年中に突き進まねばなりません。何せさもないと医業開業試験なぞという厄介なものに先を立ち塞がれてしまいます。窮理《きゅうり》なんていう、たいそう難解な試験科目が課せられるそうですからね。腕だけじゃなく、こんな得体のしれない学問が試されるなんて、鋼次さんには不服でしょう？」

「そりゃあ、そうですよ。そのための腕磨き、アメリカくんだりまで行ってしてきたんですから」

鋼次はあからさまにむくれた。

万之助は続ける。

「それと荒稼ぎにこの国を訪れて、虫歯削りの指導という名目で日本人医師の指導を行い、いずれは黒幕になろうとしているアメリカ人歯科医たちにも気をつけなければなりません。どちらにせよ、急がないと鋼次さんの虫歯科医長就任も危なくなる。さあ契約ですよ、契約——」

再び立ち上がりかけた万之助の意気込みに、

「お父さん、それはいくら何でも性急すぎますよ」

宗太郎が宥《なだ》めるように小声で洩らすと、

「馬鹿者っ」

万之助は激昂《げっこう》して、

「誰のためにここに先生方をお招きしてお話を聞いていただいているというのだ？全てはおまえのためなのだぞ。おまえに〈いしゃ・は・くち〉を経営させるためではないか。東川君ならわかっているだろう。なあ、東川君」

立ったままの東川を名指しした。

「君からも一言お願いする」

指名された東川は、

「わたしは徳川様のご親戚筋である親藩《しんぱん》のお大名に仕えていた口中医の孫です。御一新前に父は亡くなり、御一新の年に遮二無二勉学に励んで医学校に入りました。医学校に入れば医業開業が試験制になっても、無試験で医者になれると思ったからです。それほど難しい試験になるだろうという噂でした。現にわたしにできるのは父から教えられてきた、歯抜きやそこまでに到《いた》る痛みを緩和させるための秘伝の口中治療法です。あるいは入れ歯ですがこれはもう市井の入れ歯師たちに敵《かな》う腕は持ち合わせていません。わたしも大旦那様のおっしゃる通り、これからはアメリカ仕込みの虫歯削りが主流で、いずれは誰しもがこの機械とその技を受け入れる日が来ることは間違いありません。大旦那様の提案なさっている口中、歯科事業の前途は明るいと思います。ただし、それには〈いしゃ・は・くち〉の皆様のような高度な技を持ち合わせている方のご指南、ご協力が必要です。実はこちらのご家族の虫歯予防を任されているのはわたしなのです。しかし、若旦那様、奥様の歯の磨り減りや理由を見逃してしまっていたわたしではとても——」

背中を丸めて頭を垂れた。

「己の力をわきまえているのはよいことだ」

万之助はうんうんと満足げに頷いて、

「それに比べて情けない」

息子である宗太郎を見据えた。

宗太郎は、

「たしかに。わたしだって父上の意向で医学校は出たものの、教えられるのは語学だけです。他の優秀と言われている学友たちも医学は齧《かじ》っただけで、できるのは語学のみの者ばかりです。わたしは経営にはもとより向いていませんし、院長になどなれるはずもないのです」

やや声を張りつつ目を伏せた。

「困った奴ですよ」

万之助はしかめっ面をして見せたが声は荒らげなかった。代わりに、

「人のいいのが取り柄《こ》です。そこのところを認めてやってほしいものです」

と桂助たちに媚びるような眼差《まなざ》しを向けた。

鋼次は、

「へえ、驚いた。大きくなっちゃうと、〈いしゃ・は・くち〉は桂さんが院長でなくなるんだね」

　小声で桂助に耳打ちした。

六

「それが利益を第一にもとめる事業家の目的なのでしょうから。但《ただ》し、それはこの話を受ければのことですよ」

　桂助は普段の声で返して、

「ありがたいお話ですが考えさせてください。それとわたしがお目にかかったウエストレーキ先生と話に聞くエリオット先生はともにご優秀なだけではなく、人格者でもいらっしゃるので、アメリカ人歯科医全員が荒稼ぎしているというお話は当たっていません。わたしのまだ知らない第二、第三のウエストレーキ、エリオット先生はきっとおいででしょう。人の在り方は人種とは関わりなくそれぞれなのです」

　と礼を欠くことなく、極めて穏和な口調で万之助に反論した。

　するとその様子を悪くない旗色と受け取ったのか、

「条件なら譲歩しますよ。あなたが院長という役職に就きたいというのなら、それはそれで形だけのこととしてもかまいません、もちろん一部なら経営参加も歓迎です」

万之助はまたまた笑みを顔いっぱいに広げて、

「それでは詰めは後日ということで、これから本格的な晩餐としましょう。宗太郎、いじけてばかりいないでおまえの得意な晩餐の話を聞いていただきなさい」

父が息子を諭す口調になっていた。

「それでは」

宗太郎は今夜の晩餐についての話をはじめた。

「今夜の晩餐は東京、いや西洋料理店やホテルのある神戸、横浜を探し歩いても、決して見つけること、味わうことのできない格別なものです」

宗太郎は胸を張って先を続けた。

「西洋の国々が主賓をもてなす料理はフランス料理が正式です。そしてフランス料理は最も洗練された芸術の一端です。こうした世界一のフランス料理を創始したのがアントナン・カレームという料理人で、〝シェフの帝王中の帝王〟と称されてきました。親に捨てられたカレームは自分の舌だけで外交官の料理人に認められた後、イギリス、ロシア、オーストリアの王室の料理人を経てあのパリの銀行家で大富豪のロスチャイルド家で職歴を終えています。カレームの出発点はパティシエ、菓子職人で、砂糖を使って、パリの町並みやノートルダム寺院、エッフェル塔、古代遺跡を模した、ピエスモンテと言われる工芸菓子の手法を確立させ、やがて料理に使う四種のソースの分類を明確にしました。まさにフランス料理は菓子から生まれたのです」

ここまで宗太郎が話すと、

「そこまででいいだろう」

万之助は説明を終わらせようとしたが、

「いや、まだ聞いてほしい話があります。何とわたしたち、わたしと東川君はこのカレームの菓子から料理への精神に触れて、今宵《こよい》はわたしたちの逸品をお届けしようと思っているのです。題して〝カレームの心〟というものでこれは東川君から説明してもらうことにします」

宗太郎は止《や》めなかった。

「そうか」

万之助があえて反対しなかったのは、東川が自分の提案した歯科事業を讃《たた》えていたゆえのようであった。味方だと見做《みな》している。

「カレームは常に菓子を作るかのごとく、料理を作っていたように思います。甘い料理を考案するのではなく、菓子のように料理も美しく自然の移ろいや愛らしい動物を模してこそ、充足感、幸福感がよりもたらされるはずだと。そこで宗太郎先生とわたしはカレームにちなみ、以下のような献立を考えておもてなしすることにしました。〝ロスチャイルド邸に響く親子のさえずり〟のポタージュ、〝愛の泉ヴォ・ロ・ヴァン〟の鱈《たら》のグリル、〝アントナンのお気に入り〟のラム酒の口直しゼリー、〝ピエスモンテの栄華〟である牛のフィレ肉料理、〝英国ブライトンの厨《くりや》〟と名づけた鴨《かも》の胸肉薄切り料理、〝至高のマリアージュ〟としたいブリーの熟成チーズ、そしてお得意中のお得意であるデザートは〝一八一七年　宴《うたげ》のデセール〟とアントナンの日記にある、リンゴのメレンゲとチョコレートでハリネズミを模したものです。それとまず見ていただきたいのはこれ、アントナンを語りその芸術的な美味を味わう上で欠かせないピエスモンテです」

この後、東川はしずしずと一本足の大きな台に載っているピエスモンテを運んできた。

「このピエスモンテはアントナンが生み出したエクレアの胴体に白、桃色、薄青のトラジエ（マーブルチョコレート）を飾り、その上に赤と黄色の大輪のバラを咲かせ、その周りにリンゴ、洋ナシ、レモンといった果実を配してみましたが、これは全て砂糖菓子の飴《あめ》です。これでアントナンの菓子への想いがお伝えできるといいのですが――」

そう言って東川は献立についての話を締めくくった。

「結構、結構」

万之助は大袈裟に手を叩くと、

「さあ、それでは皆さん、いよいよ待ちに待った晩餐といたしましょう」

正餐が用意されている部屋へと万之助は皆を誘《いざな》った。部屋にはランが描かれた大きな油画が掛けられていた。

「無理を言ってあのルドゥーテのランの画を取り寄せたのですよ。ルドゥーテのランは世界にこれ一枚きりという話もあります」

万之助は自慢げに言い、宗太郎は不快感を隠すために俯《うつむ》いた。

公子は隣にいた志保に、

「主人の書斎はルドゥーテのバラの画でいっぱいよ」

素早く囁いた。

ピエール・ジョゼフ・ルドゥーテはフランス革命前夜に生きた花の画家で、ナポレオン一世の皇后ジョゼフィーヌの好むバラを主に描いたことからバラの宮廷画家とも言われている。

「花がランなら美酒はこれに限ります」

万之助はテーブルの上の赤ワインを愛《いと》おしそうにながめた。

赤ワインはコルク栓を抜いてから、しばらくそのまま常温に置いて、外気の中で息をさせてから飲用する。

「そろそろいいでしょうな」

万之助は東川にワインを人数分のグラスに注《つ》ぎ分けるように命じた。

東川が、各々の席に用意されている広口の専用グラスに飲み頃になっている赤ワインを注いでいく。

「それでは今夜の出逢《であ》いと美食を祝して」

ワイングラスをかざした万之助は、

「まことに極上の赤ワイン、何ともよい香りですな」

しばしワイングラスに鼻を近づけている。

「まさにこれは父の赤ワインに対する思い入れそのものです。皆さんもご遠慮なくご堪能《たんのう》ください」

宗太郎は微笑みながらそう告げて、手にしているワイングラスを口に運んだ。

「これは負けてはおられん」

万之助は、

「しかし、勿体なくて一気にはとてもいけない」

惜しみ惜しみ一口二口啜った。

惨事はこの時に起きた。

宗太郎がううっと呻《うめ》いて顔面蒼白になりその場に倒れたのである。

「先生」

「あなた」

東川と公子が駆け寄った。

「速水さん」

桂助はもう一啜りしようとしている万之助に飛びかかった。

「何をするっ」

万之助は強くワイングラスを握りしめていたが、

「飲んでは駄目です」

桂助がグラスを奪い取ったのと、うーっと叫んだ万之助が倒れたのはほとんど同時であった。

「鋼さん」

呼ぶまでもなく、鋼次は桂助が万之助の身体《からだ》を床に横たえるのを手伝った。

「吐かせましょう、お願いします。東川さん、宗太郎さんを左を下にして寝かせ、牛乳か水を無理にでも飲ませ、わたしのやり方を真似して、指を宗太郎さんの口中に入れて吐かせてください」

「はい、誰か、牛乳か水」

桂助から矢継早に言われて、東川が叫んだ。

桂助は万之助をうつ伏せにした。鋼次がその背中に乗った。桂助は万之助の顔を抱えると右手の三本の指を喉へと挿し入れた。背中の鋼次は胃の腑《ふ》がある辺りを押していく。

「う、げっ、げほっ。げほっ」

万之助が吐き出した。ミモザのカクテルと一緒にあれやこれやとカナッペを摘まんでいたのが幸いして、まだ形のある蒸し鶏や海老《えび》が赤いワインの色に染まっている。

「げえ、げえ、げえ」

洗面器が間に合わず、万之助は床に向かって吐き続けた。

今度は東川が桂助の指示通り、先ほど桂助が万之助にしたのを真似て指を宗太郎の口中に挿し入れている。

万之助が吐き終えると、志保が素早く口元を拭い、

「寝室にお連れいたしましょう」

君江が言うと、

「応接間でいい」

万之助は拒んだ。

鋼次は志保と二人で万之助を応接間まで運んで横長のソファーに寝かせた。

「寒い」

「仕方ねえな」

鋼次は新調したばかりのフロックコートを着せかけた。

東川は公子が運んできた水を宗太郎に無理やり飲ませ、再び口中に指を入れ、吐かせていた。

吐いたところで、宗太郎は東川に抱きかかえられて夫婦の寝室へ行った。

この間に桂助は手指を洗ってから、宗太郎の加減を診《み》に夫婦の寝室を訪れた。

「先生、先生。しっかりしてください」

東川は眠り続けている宗太郎に付き添って名を呼んでいる。公子の方は熾《お》こしたばかりの暖炉の火の前に火搔《ひか》き棒を手にして立っていた。

「どうしてこんなことが——」

公子は茫然《ぼうぜん》自失の状態であった。

「診せてください」

桂助は宗太郎の顔色と脈を診た。

「顔色はよろしくありませんが、脈は今のところ、しっかりしておられます」

「ワインに毒が入っていたんですね。でもいったい誰が——」

東川は言い出しにくそうに口にした。

七

「おそらくそうだと思います。猛毒でなかったことが救いです。ご容態はいかがですか？　あのあとすぐ吐かれていましたが——」

桂助が案じると、

「吐かせましたが、それでお疲れになったのか眠られました」

東川は様子を告げた。

「お若いので何とか急性の胃腸炎で済んでしまうことを願うばかりです。他の臓器まで傷めてしまうと厄介ですから」

「大旦那様は？」

東川は万之助の容態を訊いた。

「万之助さんは一気にグラスを飲み干された宗太郎さんほど、飲まれていなかったし、食されたものと一緒にほとんど吐き出されたので命に別状はありません。ですので今は正直、宗太郎さんの方が案じられます。東川さんが吐かせてくださったので大丈夫だとは思いますが、飲まれた量が多いので心配です。この後、下痢をするかもしれませんが、そうなると、胃腸が毒で弱っている証《あかし》ですからこの先、悪さをするかもしれないので、案じています」

桂助は淡々と父子の病状の違いを語った。

廊下を走ってくる音がして宗太郎の部屋の扉が開いた。

「和子様がお部屋にいらっしゃいません。お屋敷中、お探ししましたがおいでにならないのです」

君江の顔は蒼白であった。

「そ、そんなこと――」

倒れかけた公子を君江が支えた。

「もしかして、これは誘拐事件？」

東川の推量に、

「それでは今頃、和子は――」

公子はあまりの衝撃に気を失いかけ、

「しっかりなさいませ。お嬢様はこの君江が命に代えてもお探しいたしますから、大丈夫、大丈夫でございます」

君江はひしと抱きしめ続けた後、公子を傍らのロココ調の二人掛けの椅子に座らせ、

「和子様は夜の庭は怖がっておいでなので決して一人ではお出にならないはずなのですが――、でも、もしやとは思うのでこれから探してみます」

君江が出て行こうとすると、

「それなら庭をよく知っているわたしが探します」

東川が買って出た。

娘の名を聞いて目を覚ました宗太郎は、

「東川君、よろしく頼む」

と苦しげな声で頼んだ。

桂助は宗太郎の看護役になった君江に、

「ここはよろしくお願いします」

と言い置いて、先に庭へと探しに出て行った東川の後を追った。

勝手知ったる庭とあって暗闇の中をかなりの速さで東川は見廻《みまわ》っていく。桂助の頼りは足音のほかはなかった。

東川はバラ園でわりに長く留まった。特にバラ栽培に必要なものが置いてある道具小屋には長かった。

そして、再び宗太郎の部屋へと戻っていく東川の後ろ姿を見送った桂助は万之助がソファーに横たわっている応接間へと向かった。

「君江さんから何かお聞きになりましたか？」

緊迫した桂助の口調に、

「いいや、何も。宗太郎に何かあったのか？」

万之助は異常な事態に感づいた。

「先ほどのことが大事なかったので申し上げます」

桂助は思い切って和子の失踪とそれが拉致、誘拐であるかもしれない可能性を話した。

「屋敷や庭の探しが足りないのではないか。よし、わしに任せておけ」

万之助は立ち上がって緩めた帯を締め直して羽織をはおったものの、歩き出そうとして足がよろけた。ソファーの上に崩れ落ち、

「やはり、金目的の誘拐よな、これは。こうなったら敵が金を出せと言ってくるのを待つほかはあるまい。それにしてもここに忍び込んで、わしと宗太郎に毒を盛って殺そうとした挙げ句、和子を誘拐するとは何とも酷い悪事だ、卑劣な悪党よ」

歯噛みしつつ呟いた。

「そこが、わたしはよくわからないのです。お孫さんの和子さんが外部の賊にお金目当てで誘拐されたのだとしたら、わざわざ忍び込んで、万之助さんや宗太郎さんに毒を盛って殺す必要がどこにあります？　お二人、特に速水屋の長である万之助さんだけではなく、資産を受け継ぐ立場にいる宗太郎さんまで亡くなってしまったら、身代金の都合は誰がなさるのでしょう？」

桂助は率直な疑問を万之助にぶつけた。

「あなたはまるで、わしたち父子に毒を盛って、わしが目に入れても痛くない和子を

掠《さら》ったのは、この家の中の者だとでもいわんばかりだ」

万之助は怒りを露《あら》わにした。

「その可能性もあります。それからあなたほどの方なら商売敵も少なくはないでしょうから、それらの人たちの誰かが刺客を放ったとも考えられます。ただしこれは父子のワイングラスに仕込んだ毒についてのことです。先ほども申し上げたようにお金目当ての誘拐とあなた方の毒殺計画とは、どうしても結びつかないのです。別々の者の仕業であるのかもしれません。それといなくなった和子さんは真に誘拐されたのかという疑問も出てきます。何しろまだ金を要求する文は届いていませんからね」

「そのうち届くだろうが」

「だとよろしいのですが――」

「どういう意味だ？」

「お金目当てではないかもしれないということです」

「ま、まさか、速水屋の血縁を皆殺しにしようという企《たくら》みなのか？　わしと宗太郎、和子は速水屋の直系だ。どこの誰がそんなことを――」

万之助はさらに青ざめ、目を血走らせた。

「落ち着いて考えてみてください。かつての大名家の御家騒動のような親戚筋に思い当たるふしでもおありですか？」

桂助の問いに、

「いや、速水屋の分家は皆、わしの恩恵を受けている。わしがいなくなって損はしても得はしない。わしらは身分や格で暮らしが成り立っていたお武家などではなく、金を得てこそお天道様を拝める商人だからな」

万之助はやや穏やかな声になって、

「だが、今は皆、堂々と胸を張って成功を誇れる時代だ。毒を盛られたことと和子がいなくなったことが別の事件であっても、そうでなくても、この家の中に下手人がいる可能性はある、そうでしょう？」

桂助に念を押して頷くのを待つと、

「あなたは警察に届けるべきだというお考えでしょうな」

「ええ。命を狙われた上に幼子の失踪も起きているのでそれが妥当かと思います。それとあなたは毒を身体に取り込みかけたというのに、少しもお休みにならず、気持ちが高ぶっておいでです。このままでは心の臓が疲れてしまうので、弱い鎮静剤を処方しますのでそれを飲んでお休みになってください」

桂助は応えた。

すると相手は、

「わかりました。ですがその前にたってのお願いがあります。さっきも言いましたが、誰もが、堂々と胸を張って成功を誇れる時代です。ですから商人にも以前のお武家様がそうだったように家名が大事です。そのために高い月々の仕送りを払ってまで公家から嫁を迎えました。そもそも速水屋はこのところ増えている成り上がりの商人ではありません。家の中から下手人を出せば末代まで世間の誹《そし》りを受けましょう。ですから、下手人探しは口中治療同様お得意のあなたにお願いしたい。あなたが以前から下手人探しを手伝ってきたこともわしは知っているのですよ」

願いというより半ば脅すような物言いをした。

「下手人を探した後の始末をご自分でなさるおつもりならお断りします。たしかにこのお屋敷も広大な敷地も莫大《ばくだい》な富を持つ速水屋もあなたのものでしょう。けれどその速水屋とあなたは日本という国家の一員なのです。人の罪は国家が裁くもので、勝手な復讐《ふくしゅう》は許されるべきものではありません」

桂助はきっぱりと言い切って、

「おそらくあなたはお疲れが過ぎています。どうかしばらくお休みになられてください」

さっと鎮静剤の入った注射を万之助の二の腕に施した。

まぶたが垂れてきた万之助は、

「何のこれしき」

と襲ってきた眠気に耐えて、

「先生、警察を呼んだりしたら、わしはこれは先生方の共謀だと言い張りますよ。先生はわしが事業を持ちかけたことにいい顔はしていなかった。儲《もう》けなんてどうでもいいから、時流に逆らってでも自分流を通したいようだった。そのくらいのことは承知してましたよ。なのでごり押しを断りたい一心で、煩わしいわしや息子を毒で殺したという筋書きは通ります。警察は町医者よりわしらのような政府と結んでいる商人大尽を信じますからね。これだけだって疑われれば、厳しい取り調べを受けて、まだ孫が見つからなければ、毒を入れるのを見られたからとか、騒いだとかの理由で、殺して埋めたってことになって、先生たちは奥さんまで皆、死罪ですよ、まちがいなく」

淀《よど》みなく話し終えたところでがくりと首を垂れて寝入ってしまった。

八

「つたく、何だよ、こいつ。この期に及んでぺらぺらと言いたい放題どころじゃねえ、こりゃあ、脅しじゃねえかよ。そもそも桂さんがいなかったら、死んでたっていうのによ。恩義の欠片《かけら》も持ち合わせてねえんだからさ。完全に金の化け物だぜ。叩き上げで金持ちになった中島の爺《じい》さんの方がずっとましだった。御一新前から何代もお大尽を続けてて、もっとお大尽になった商人ってえのはどんだけ、自分たちのこと偉いと思ってんのか底が知れねえ。桂さん、こんな奴助けなきゃよかったんだよ」

鋼次は湧き上がってきた怒りを一気に吐き出した。

「そうは行きません。わたしたちは医術に関わっているのですから」

桂助は言い切った。

「でも、このままでは目が覚めた万之助さんの気持ちが変わらなければ、わたしたちは毒殺を実行したことになってしまいます。今のところ宗太郎さんの容態は安定していますが、もし急変でもしたら――」

「その時は桂さんは万之助に逆らってでも警察を呼ぶんだろうな」

鋼次は舌打ちしたが、

「それは当然よ」

志保が桂助の代わりに応えた。

「この万之助の奴に下手人にされちまうぜ」

「でしたら、疑いを晴らすよう、これからこの家にいる真の下手人を探し出せばいいのですよ。かくたる証を揃えて下手人だと断定できれば警察だって、万之助さんの世《よ》迷言《まいごと》に耳を貸しません」

桂助はさらりと言ってのけた。

「その通りよ」

志保は大きく頷いた。

「桂さんはそうやっていつも急場を乗り越えてきたけど、今度ばかりはなあ——。見当もつかない」

鋼次は半信半疑であったものの、

「俺にできることがあったら言ってくれ」

勢いよく応えた。

「少々危険ですよ」

「見損なっちゃ困るよ。これでも正真正銘の江戸っ子なんだから、こちとら、昨日今日東京に来て威張ってる薩長の芋侍とは違うぜ」

「それでは鋼さんは手燭《とも》を点してここの広い庭をゆっくりと一回りしてください」

「え、それだけ？」

「前後には充分に気を配ること。襲われそうになったら、やり返して捕らえてかまいません」

「こっちがやられたら？」

「だから危険だと言ったでしょう」

「わかった。これでも俺はガキの頃から喧嘩《けんか》に負けたことなど一度もねえんだからな。来るならきてみろいっ」

鋼次はぶるんと武者震いを一つすると、部屋を出て行った。

「大丈夫ですよね」

後ろ姿を見守った志保に、

「あの鋼さんのことですから、是非そうであってほしいです」

桂助は力強く言って、

「それでは早速、あの時のグラスを比べてみましょう」

志保を促した。

「グラスはここにあります」

志保は着物の両袖から各々二つのワイングラスを出した。万之助と宗太郎はこれらを飲んで死にかけている。どちらも赤ワインの滴がまだ、グラスの底に何滴かこびりついていた。

「ずっと気になっていたんですけど、こっちのグラスは妙に臭うんです」

志保の言葉に桂助はまず、宗太郎が飲み干したグラスを手にして鼻を近づけた。

「たしかに――」

そのグラスからは強めのつんとくる臭いがする。

「これはクスノキから採る樟脳《しょうのう》の臭いです」

桂助は言い当てた。樟脳は薩摩では百年以上続く家庭の常備薬で、皮膚の血行促進や鎮痛、消炎の他にかゆみ止めの効能があった。

「もう、一つからは何も――」

志保は万之助が口をつけて桂助が奪い取った方を差し出した。

「そうですね――」

こちらからは何の臭いもしていない。

「どういうことなんでしょう？　樟脳が毒になるなんてことあるんですか？」

志保に訊かれた桂助は、

「飲めば毒にはなります。発作を起こしたり、精神錯乱となったり、神経や筋肉が障害を受けたりします。大量に飲めば亡くなるという例もあるようですが——」

ここで一度言葉を切って、

「東川さんにここへ来てもらってください」

志保に頼んだ。

桂助は部屋に入ってきた東川と向かい合った。

「あなたは宗太郎さんのバラ園の世話を任されていて、夜盗虫の出る時季には寝ずの番も厭《いと》わないと聞いています。樟脳の入った殺虫剤に心当たりはありませんか？」

桂助は単刀直入に訊いた。西洋では樟脳は頼もしい殺虫防虫剤として知られていて、南方で育つクスノキから採った精油の輸出が産業化しつつあった。

「ええ。樟脳液、牽牛花《けんぎゅうか》とも言うアサガオの砕いた種、明礬《みょうばん》、樹脂、それにほんの僅《わず》かなトリカブトを用いた防虫薬なら、バラ園の傍《そば》の道具小屋に常備しています」

「それが人の口に入るとどうなりますか？」

「僅かな量で致死を招くのはトリカブトなので、時に命が奪われることもなくはないと思います」

「その他に心当たりのある殺虫剤は？」

桂助は鋭く追及した。

「速水家ではそれしか使っていません」

東川の顔が硬直した。

「しかし、それだけで旺盛な食欲のまま振る舞う夜盗虫を駆除できますか？」

「それは猛毒のトリカブトの量の加減で何とかなります」

はきはきと答えた東川は、

「トリカブトの根は漢方では附子《ぶし》と言って薬にも毒にもなるのです」

と続けた。

「では最後に、あなたは道具小屋以外で他の殺虫剤、たとえば石見《いわみ》銀山鼠捕《ぎんざんねずみと》りを見てはいませんか？」

「まさか、そんな古くさいもの――」

東川は首を横に振った。

その東川が出て行った後、

「あなたは宗太郎さんのグラスにはバラのための樟脳、トリカブト入りの防虫殺虫剤が入れられていて、万之助さんの方には石見銀山鼠捕りが混ぜられていたと考えているのですね」

志保は桂助に念を押して、

「まさか、東川さんが手を下したと？」

「動機がなくはないでしょう」

「お祖父《じい》様が偉い口中医だったのに、今は商人の口中医兼書生の身分になってしまったからですか？」

「息子さんにもあのような物言いをする万之助さんは、奉公人の一人と見做している東川さんにも散々言いたい放題だったでしょうから。この手の屈辱は堪《こら》えていると一気に爆発することもありますよ」

「それはわかりますが、宗太郎さんは東川さんに全幅の信頼を置いているように見えました。バラの花束を持って入ってきた東川さんに宗太郎さんが微笑まれた時は、バラの美しさに見惚れながらで、師弟愛のようなものも感じました」

「なるほど。あなたの観察が細かなのには驚かされました。見たことは決して忘れない、金五さんのとは別であるだけに素晴らしいです」

「速水家の人たちのことでわたしが感じていることをもう少しお話ししてよろしいですか？　実はどうしたものかと気になっているのです」

「もちろんです。東川さんへの疑いはひとまず棚に上げておいて伺います」

「公子さんのことです。わたし宗太郎さんに勧められて公子さんにお庭の案内をしていただいたでしょう。その時に速水家に嫁《か》して以来のお辛《つら》い気持ちを伺ったのです」

「先ほど万之助さんが、実家への仕送りが条件の嫁取りだったと露骨におっしゃっていましたね」

「根っ子にはそれがまずおありなのでしょう。とにかく華族から嫁を迎えたことが万之助さんは自慢でならず、計り知れない価値を持つ置物のように見せびらかしたいようなのです。それで先々政府高官の方々が主催されるであろう、舞踏会の花にしたいと考えていて、公子さんに社交ダンスのレッスンを強いるのだそうです。それが公子さんは嫌で嫌でならず、レッスンの数を偽ってわたしのところへいらしてくれていたんだとか。万之助さんはあの通りの方なので不審に感じて、不運にもとうとう、〈いしゃ・は・くち〉に行き着いてしまわれたのですけれど——」

「そうなると公子さんが舅《しゅうと》の万之助さんを殺害する動機は充分あります」

桂助は告げた。

九

「でも、公子さんの苦しみはそれだけではなかったんです。宗太郎さん、お優しい素敵な旦那様には見えますけれど――」

志保は口籠もった。

すると桂助は、

「宗太郎さんは公子さんが置物にされて苦しんでいるのに気がつかなかったのでしょうか？　万之助さんにとっては高価な置物でも、宗太郎さんには子まで生《な》した大事な奥様でしょう？　社交ダンスといえば相手は男性です。男と女が手を取り合って踊る、しかも万之助さんの命令でその練習に通わせられている、そして妻はそれを嫌で嫌でならないと感じている、そのくらいのことは夫ならわかるはずです。このわたしだって、もしあなたがそんな萎《しお》れきった様子をしていたら絶対わかりますから」

やや強い語気になった。

「まあ――」

一瞬、志保は顔を赤らめかけたが、

「万之助さんが怖くて知らぬ顔をしているのだと公子さんはおっしゃっていました」

「そうでしょうか？　それなら、なぜ宗太郎さんは万之助さんが言い出した歯科事業に自身の力不足を理由に賛成しなかったのでしょうか？　東川さんは上手《うま》く万之助さんを持ち上げていましたよ」

「それは宗太郎さんが何事につけても謙虚で繊細な神経をお持ちだからではないかと。この手の男性は優しいように見えて優柔不断、妻や家庭を庇《かば》いきることができない弱虫です」

言い切ってしまった志保はあっと気がついて、

「わたし、何ていうことを。言い過ぎました」

慌てて両手を自分の口に当てた。

「なるほど」

桂助は真顔で頷いて、

「あなたの話で公子さんにも二人に毒を盛る動機は充分あることがわかりました。公子さんを呼んでください。話を伺いたいです」

「わかりました」

応接間を出た志保は、寝室の前でしゃがみ込んでいる公子を見つけた。

「どうなさいました？」

慌てて志保も座って寄り添うと、

「わたしはもう――」

胸の辺りを押さえた。

「どこか苦しいのですか？」

「いいえ、そうではありません。でも、不安で不安で立っていられなくなって」

「そうなのでしたら、部屋に入られて、旦那様のお隣で休まれていればよろしいのでは？」

志保はしごく自然な説得をしたつもりだったのだが、

「わたし、宗太郎さんの様子を見ているのが辛くて、もう、この部屋にはいられないんです――」

声を詰まらせた。

すると部屋の扉が開いて、

「まあ、公子様、まだそこにおいでだったのですか」

君江が駆け寄った。志保が桂助が公子を呼んでいることを告げると、

「大旦那様のお申し付けでは本来は従うのが筋ですが、公子様のこのご様子ではお身体に障ってもしものことがあってはと案じられます。とにかく生まれながらの高貴なお方ですから、庶民の女たちと公子様は違います。奥様とのお話は後にさせていただきます」

アーチ型の見事な描き眉をきりりと上げて君江は言い切った。

「でも、それでは困ります。これだけのことが起きているんですよ。お二人は何とか難を逃れつつはありますが、和子さんはまだ見つかっていません。下手人の意図がこの家への恨みならば、またしてもお二人を含む皆様にも危険が及びかねません」

君江の語気の強さと迫力にたじろいだものの志保は一矢報いた。

するとと君江は一瞬ふんと鼻で笑ったかのように見えたが、

「桂助先生へのお話は公子様に代わって、わたしが致しますので、どうか応接間でお待ちください。わたしは決して逃げたりはいたしませんから」

挑むように言い放つと、公子を抱きかかえるようにして部屋に入った。

しばらくして、君江は乱れかけていた結髪のまま桂助の前に座った。

「宗太郎さんと公子さんのご夫婦には齟齬《そご》があり、原因は万之助さんにあることは公子さんの口から妻が聞いています。そこで君江さん、あなたに改めて伺いたいのです。公子さんは長い間仕えてきた君江さんに、止むにやまれぬ今回の毒殺計画を打ち明けていたのではありませんか？」

　桂助の誘導に、

「大旦那様と旦那様に毒を盛ったのはこのわたしです」

　君江は声一つ震わせずに言った。

「えっ」

　志保は心臓が止まりそうになるほど驚いたが、

「たしかにこの家の勝手を知っている、あなたならできることだとは思います。ですが目的はいったい何なのでしょう？」

　桂助は淡々と核心に迫った。

「わたしは旦那様、宗太郎様をお慕いしていたんです」

「長年お仕えになっていらした、公子さんの旦那様をですか？」

　志保は思わず会話に割り込んでいた。

「ええ、わたくしとて女でございますから。魅力的な男性には心が動いても不思議はございませんでしょう？　奥様が桂助先生を慕われて夫婦になられたように」

君江はちらりと志保の顔を見て意味ありげに微笑んだ。

「でしたら、なぜ公子さんに毒を盛らなかったのですか？」

桂助は首を傾げた。

「わたしは自分の分はわきまえております。公子様が亡くなられても大旦那様がご存命な以上、公子様の付き女《びと》のわたしなど後添《のちぞ》えに選ばれるはずもありません。また同じような縁組みが行われてわたしはここを追い出されてしまいますから」

君江の応えに、

「それは大旦那様、万之助さん殺しの理由にはなりますが、宗太郎さんに毒を盛る理由にはなっていません。そもそもあなたは宗太郎さんを慕っていて、駆け落ちをしてでも一緒になりたかったのでは？」

桂助は首を傾げたままである。

「駆け落ちは旦那様にその気があってのことでございましょう。これでもいろいろ女としての媚態《びたい》はお見せしたつもりでした。その点、無邪気というか、少女のまま母親になった公子様の目を盗むのはたやすいことでした。主への裏切りだとはわかっていましたが、抑えきれない想いでした。ところが、あの方はまるで気がついてくださいませんでした。わたしの旦那様への想いは、当の旦那様には少しも伝わってはいなかったのです。媚態の限りを尽くして誘っても駄目だとわかり、旦那様のお心は公子様にもなく、ご趣味を兼ねた西洋料理研究とバラの花だけだと改めて知りました。そうなるとあんなにお慕いしていた旦那様が無性に憎くて憎くてならなくなりました。それで旦那様が亡くなっても、和子様をお産みになった公子様がここを出て行かなくていいよう、わたしもお傍にいて今まで通りの暮らしが続けられるよう、大旦那様もろとも毒で殺そうとしたんです。罪を問われて死罪になっても後悔はしていません。人生で最初で最後の恋でございますから」

時折、涙を見せながらではあったが君江は淡々と殺害に到る心の裡《うち》を語った。

「堪《たま》らなかったお気持ちの程はよくわかりました」

大きく頷いた桂助は、

「ただし、殺したいという激しいお気持ちと、実際に手を下すこととの間には大きな隔たりがあるのではないかとわたしは思います。毒はどこでどのように入手されたのですか？」

盛られた毒についての問いを投げた。

「それは道具小屋の棚にあった石見銀山鼠捕りです」

「ほう、あの鼠捕りですか。先ほど東川さんは石見銀山など速水家では使っていないとおっしゃっていましたが――」

桂助は君江を見据えた。

「そんなはずはありません。道具小屋の棚にあった石見銀山鼠捕りの入った袋から、要り用を盗み出したのはたしかにこのわたしなのですから。この家は猫嫌いの大旦那様が鼠退治の猫を飼われないので、あの御者も兼ねる香川佐吉《かがわさきち》さんが石見銀山を管理していて、鼠の出る要所要所に毒餌を仕掛けているのですから。東川さんはバラの殺虫用に渡されている石見銀山の袋を、うっかりどこかに置き忘れでもして、そんな苦しい言い訳をしているのです。屋敷内であれだけの猛毒の在処《ありか》がわからなくなったら、敵が多く、常に用心されている大旦那様の怒りに触れて責任が問われますからね。ましてや先生が東川さんにお尋ねになられたのは、わたしが毒をお二人に盛った直後でしたでしょうから」

君江には少しも臆する風がなかった。

十

「石見銀山鼠捕りのことをもう一度東川さんに伺ってみたいです。志保さん、ここをお願いします。君江さん、一緒に来てください」

「ええ、もちろん」

桂助は君江と共に宗太郎の寝室へと向かい、中に入った。

横になっている宗太郎の傍には東川が跪《ひざまず》いていている。

「ご容態はいかがですか？」

桂助が話しかけると、はっとして振り返った東川は、

「多少熱が出てきています。胃の腑などの具合を悪くされたのでしょう」

と応えた。

そこで桂助は、

「東川さんに伺いたいことがあるのです」

と言い置いてから、

「君江さん、先ほどわたしにお話しいただいたことをもう一度ここでお願いします」

君江にもう一度告白を促した。

君江はぺらぺらと同じことを繰り返し、桂助は、

「東川さんは和子さんを探して庭を廻っている時、バラ園の道具小屋に立ち寄って少し長く時を過ごしていました。後を尾行《つけ》たわたしは、あなたが何のためにそんなこと

をしていたのかが気になっていたのです」

その行為の真意を問うた。

「それは――」

青ざめた東川は言葉に詰まった。

「わたしのしたことを隠そうとしてくれたんでしょ。まさか、あなたがわたしに気があるなんて思ってもみなかったわ。あなたと夫婦《めおと》になれる道があったのなら、あんな馬鹿げたこと、しやしなかったかもしれない、皮肉なものねえ――」

君江はふふふと口だけで笑った。

「もう一度東川さんに伺います。道具小屋に石見銀山鼠捕りはあったのですね」

桂助が念を押すと、

「ありました。あの樟脳入りの防虫剤では大量発生する夜盗虫はやっつけられませんから」

東川は認めた。

「それでは道具小屋からなくなった石見銀山鼠捕りは今、どこにあるのです？」

桂助はもう一押しした。

「おそらく、用心のために香川さんが持ち去ったのではないかと思います。毎年、夜盗虫の時季が過ぎると香川さんのところに戻していたんですが、今年はついうっかりしてしまって――」

東川は項垂《うなだ》れ、

「そのうっかりがわたしには好都合だったわけね」

君江はにっとやはり唇の端だけで笑った。

「でも、まさか、香川さんがあんなことをするなんて――」

東川のこの呟きを聞いた桂助が、

「やはり、そうでしたか。ならば急がなくては。実は庭での見廻りを頼んだ相棒がいっこうに戻って来ないのです」

宗太郎の部屋を出ようとすると、

「それは大変」

緊張した面持ちの君江は、

「庭ならわたしも詳しいです」

と告げた。

「道具小屋までお願いします」

桂助は手燭を持った君江の案内で道具小屋までの近道を走った。

道具小屋に鍵はかけられていなかった。ただし君江の手燭の光が当たった先には、荒縄でぐるぐる巻きにされた上、口に手拭いを嚙まされて、木箱を守るかのように覆い被さっている鋼次の姿があった。近くには御者として出迎えた香川が呆然《ぼうぜん》と突っ立っていて、

「こうなるのなら、鍵をかけておけばよかった」

呻くように呟いた。

君江が素早く鋼次の縄を解いて自由にした。

「俺、突然、よくわかんねえ臭いにおい、嗅がされちゃってさ、うーっと吐き気がきたもんだから、手も足も出なくなってて気がついたら、この始末さ。この爺さんときたら、やたら死にたがっててさ、言葉じゃ止められねえ。梁《はり》から紐《ひも》垂らして首括《くく》ろうとするんだよ、けどな、そんなもんに敵わねえ俺じゃあねえ。見くびってもらっちゃ困るぜ。こうなったら意地じゃねえ、石だ。転がってる石になったつもりで、首括りに欠かせない踏み台を、ぐるぐる巻きの縄付きのこの身体で爺さんから取り上げてたところだよ」

そう話しつつ鋼次がふーっと吐き出した息のにおいを嗅いだ桂助は、

「鋼さんに吐き気をもよおわせたのははたぶん、樟脳の入ったバラの防虫剤だったんで

しょう」

　と指摘し、

「そういうこともあるんなら前もって俺に言っといてくれよな。桂さんなら知ってたんだろ」

　呟いた当人は首の冷や汗を拭いながらさらに恨み言を洩らした。

「ほんとはもう少し、助けに来てくれるのが遅かったら、この爺さんに石になった気でいた俺、踏み台から跳ね飛ばされてた。そして幽霊と同じくらい怖い首括りの骸、見せつけられるとこだったんだぜ。敵わねえよ、もう勘弁だよ、桂さん」

　一方の香川佐吉は、

「お話を伺いたいです」

と桂助が切り出すと黙って、御者の制服の上着の中に隠していた、袋入りの石見銀山鼠捕りと一通の手紙を取り出して渡してきた。

　その手紙には以下のようにあった。


　主家である速水万之助様とご子息の宗太郎様に毒を盛って亡き者にしようとしたのはわたし、香川佐吉に間違いありません。

常日頃から速水万之助様の荒い人遣いに恨みを抱いておりました。

特に若い頃から忠勤を励んだ我が身の老後について、〝身体が動かなくなって、働けなくなる時が来たら即刻出て行け〟と言われたのは堪りませんでした。歴代の速水家では白ねずみと称された、独り身の番頭格は寝ついても世話が受けられると聞いていたからです。

変わってしまったのは金第一になった時代だけではなく、家長である万之助様のお人柄ゆえだとわたしは思います。殺害は成し遂げられませんでしたが、主殺しは大罪でございますゆえ、死を以《もっ》て償わせていただきます。

和子お嬢様は今はもう使われていない向島《むこうじま》の速水屋の寮にお連れしてあります。生まれたばかりの頃お世話をした乳母《めのと》の実家も向島にあり、久々の対面に乳母も和子様もたいそう喜ばれているはずです。

香川佐吉

警視庁大警視　川路利良様

「どうかこれを大旦那様に」

佐吉は毅然《きぜん》とした面持ちで言い切ると、庭道具が並んでいる壁を一押しした。するとするりと壁が廻り、戻ると佐吉の姿はなかった。

「爺が逃げた」

鋼次が叫んで追おうと、一瞬壁に体当たりしたが、道具が音を立てて床に落ちただけで壁はびくともしなかった。

「逃がさないぞ」

なおも表から出て相手を追いかけようとしたが、佐吉の姿はもうどこにも見えなかった。

「無理でしょう。どこに何があって、外の道とどうつながっているか、佐吉さんほどこの庭のことを知り尽くしている人はいませんから。早く誰か警察へ報せてください」

無表情の君江が呟いた。

応接間に戻り、桂助は佐吉の手紙を目を覚ました万之助に見せた。

「下手人だと名乗り出た人からのものです」

すると万之助の顔がみるみる赤い怒気で染まった。佐吉の手紙を破り捨てた後、

「こ、このおぅ、恩知らず者が、何という恩知らず——。今すぐ、ここへ、ここへ呼

べ。この手で縊《くび》り殺してやるぞ」

両手でそこにいない相手を絞め殺す仕草をしてみせた。

「残念ながら今はもういません」

桂助が告げると、

「なにおぅ、なにおぅ、なにおぅ――」

と繰り返して、あううっと呻いてばったりと倒れてしまった。

慌てて桂助は屈《かが》み込んで手当てを施したが、両目に針の穴ほどの出血が見られた。

「卒中ですね」

こうして万之助はまた眠り続け、翌朝、目覚めた時には、

「ここはどこだ？　俺は誰なんだ？」

と付き添っていた桂助たちに聞いてきた。

桂助は、

「とにかくあなたはここでゆっくりなさっていてください」

と優しく告げ、当面の介護は志保と君江に任せて宗太郎の寝室へと向かった。

桂助は佐吉の遺《のこ》した手紙の内容を恢復《かいふく》してきている宗太郎と東川に伝えた。

「やはり――」

東川は合点して、

「それではすぐに和子様を迎えに行かねばなりません。本当にご無事かどうか――。何しろ香川は万之助様だけではなく、宗太郎先生の命まで奪おうとした悪人なのですから。和子様は香川にとっては憎き速水家の血筋でもあるし。これからわたしは臨時の御者を探してきます」

と言って部屋を出て行った。

十一

「香川さんが和子を傷つけるようなことは決してありません」

ベッドの背にもたれている宗太郎は目を伏せながらはっきりと言った。

「これが証ですね」

桂助は封の開いていない石見銀山鼠捕りの袋を手にしていた。

「香川さんが遺書と共にわたしに差し出したものです。使われていないのは夜盗虫退治の時季に配った石見銀山鼠捕りの残りは、既に回収していたからでしょう。香川さんは常に石見銀山鼠捕りの管理を厳しくしていたと、東川さんは強弁なさっていましたが、わたしにはそうは思えません。香川さんはあなたと東川さんの関係を知っていて、とにかくこの毒から遠ざけたかったのではないでしょうか？」

「どうしてわたしと東川君のことがおわかりになったのですか？」

宗太郎はまだ目は伏せていたがその声は落ち着いていた。

「当初はあなたと東川さんのバラと西洋料理への圧倒されるような情熱に驚かされました。同好が師弟愛を超えているような――。確信したのはつい先ほど道具小屋に入った時です。香川さんは庭道具の並んでいる壁を一押しして逃げてしまった。あれほど巧みな隠し戸は素人の仕事ではありません。あなたなら夜半、こっそり相応の腕のある大工に造らせることができたはずです。そしてそのことを東川さんだけでなく香川さんも知っていた。それは香川さんがあなたの実の父親だからです」

桂助は明言した。

「わたしと香川さんが実の親子であると気づかれたのは、わたしが口中調べを受けた時ですか？」

宗太郎はさほど熱心ではなかったが医学の勉強は積んできている。

「歯と歯の間が空いている、いわゆるすきっ歯は親から子へ伝わりやすいものです。迎えに来てくれた時の香川さんは下の前歯四本に隙間がありました。おそらくあなたの口中調べをしなければ気がつくはずもなかったでしょう。あなたの前歯四本の隙間は象牙の歯が差されていました。入念に色合わせがされていて高度な技と見受けましたが、麻酔が今のようではなかった頃は、歯抜きよりも痛みの強い酷な施術だったはずです」

桂助も知らずと目を伏せていた。

「大人の歯に生えそろった頃、万之助に強いられてのことです。施したのは出入りの口中医で東川君の養父でした。金に聡《さと》い人でしたので大枚をはたく万之助の頼みには一も二もなく応じたのです。秘伝中の秘伝とのことでしたが、歯肉を裂き歯骨に穴を開ける、あの凄《すさ》まじい痛みは今でも忘れられません。その時、父だという万之助は鬼でわたしは実の子ではないと悟りました。万之助がわたしに無関心で、物心ついた頃にはまだ生きていた母、実は養母がよそよそしかった理由もわかりました」

「あなたの方は香川さんのすきっ歯を見て、実の父親だと悟ったのですか？」

「あの想像を絶する痛みの施術後、そうではないかと思うようになりました。東川君の養父の口中医が術中、〝痛みで死にはせぬ、我慢なされ。これはあなたが速水屋の後継ぎに見込まれた時から定められていたことなのです〟と言っていたのを思い出し、長じて自由に使えるようになった金を積んで真相を話させました。これは東川君とこのような仲になる前のことでした。お話ししてもよろしいですか？」

「もちろん」

宗太郎はすでに顔を上げていた。続きを話したそうにも見えた。

「徳川様の頃の速水屋では男子のみが後継ぎでしたので、嫡男に男児がいない場合は次男、三男の男児が後を継ぐという決まり事があったそうです。すでに本家の家長だった万之助の待望の男児は死産、ちょうど同じ日に、奉公人だった香川のところではわたしを産み落とした母が息を引き取りました。速水の次男、三男各々はすでに元気な男の子を得ていたので、万之助は焦っていたのでしょう、香川に話してわたしと死産だった実の子を入れ替えたのでした。香川がわたしを引き渡す条件はただ一つ、この家に奉公し続けて、わたしの傍にいたいということだけだったそうです。できれば万之助は金でわたしを買い取り、香川を追い出したかったのだとか——。東川君の養父の口中医は成長してきたわたしの歯を診て、ぴんと来て万之助にわたしの出生の秘密を仄《ほの》めかし、さらに追及して以来、秘密を共有してきたようでした」

「そのようなお人が養父では東川さんもさぞかしお辛かったことでしょう」

「そうです。それでわたしたちはいつしか今のようになったのです。そもそもわたしにとって女性は遠い、不可解な存在でした。生みの母の顔を知らず、病弱な養母は部屋に籠もっていることが多く、遊びの相手をしてもらった記憶がありません。それで女性よりも華麗なバラや複雑な味が豪華に醸し出される西洋料理に惹《ひ》かれました。そして同じような境遇で惹かれるものまで同じの東川君こそ、わたしの傍にいてほしい相手だとわかり、愛するようになりました。他方、万之助は是非とも後継ぎにする男児が必要だと言い、わたしに妾《めかけ》を持つよう勧めてきました。東川君と道具小屋で逢瀬《おうせ》を繰り返していたわたしは、もはや女性との間に子どもをつくることなどできませんでした。万之助は一度こうと決めたことは決して諦めません。心に浮かんだ疑いについても公子がダンスの稽古と偽って、そちらに行っていることを突き留めたように徹底して調べ尽くします。いずれはわたしと東川君のことにも気がつくでしょう。あれだけ体面を重んじる人ですから、発覚すれば、少なくとも東川くんの方は殺されてしまうとわたしは真剣に危惧しました。今は徳川様の頃にも増して治安が悪いので、万之助の力を以《もっ》てすれば人ひとりぐらい、どのようにすることもできるでしょうから」

「それで切羽詰まったあなたは今回のことを思いついて、実行したのですね。あなたは樟脳が臭う少量のトリカブト入りを飲み、万之助さんには無臭で致死量の石見銀山鼠捕り入りを飲ませた」

桂助が念を押すと、

「そうです」

宗太郎は短く応えてから、

「もうそれしかないと思い詰めて逢瀬で使っている道具小屋に、東川君が外に出ている時を見計らって足を運びました。話せば東川君は手伝ってくれるとわかっていましたし、万之助への恐れと怒りは彼もわたし同様でしたが、殺人に手を染めさせることはできなかったのです」

毒殺計画について語りはじめた。

「あなたが東川さんを愛し案じたように、香川さんもあなたたちを深く案じていたのでしょう」

「いつだったか、東川君との逢瀬の後、ずっと見張っていてくれた香川の父に〝今、旦那様はお幸せですか？〟ときかれ、〝とても幸せだよ〟とわたしが応えると、〝それはとてもよかったです。わたしもうれしいです〟と香川の父は笑顔でした。あの時の父の顔は忘れられません。まだ万之助が妾を勧めてきていない頃でした。そのうち、妾はまだかまだかと急《せ》かされるようになって、これを使うしかないと足を運んだ道具小屋に香川の父が居ました」

「心配で片時もあなたたち、特にあなたから目を離していなかったのですね」

「わたしはその時、樟脳と少量トリカブトの入った方だけを、部屋に蟻《あり》が出たと言って分けてもらいました。この時、香川の父はわたしの計画を察していたのでしょう。次に訪れた時、石見銀山鼠捕りの入った袋はもうそこにありませんでした。わたしには香川の父がそんな非道は止めろと言っているのだとわかりました。あるいは悪事千里を走るというような訓戒であったのかもしれません。けれどもわたしの万之助を恐れ、憎む気持ちはもう止まりませんでした。どうしても、どうしても——ひょっとしたら今でさえも」

宗太郎は頭を抱えた。

「あなたの切り札はあれだったのですね」

桂助は部屋の隅に置かれている、飾り棚を指差した。一目で舶来品《はくらいひん》とわかる洒落《しゃれ》た三角柱で室内に向いた面にはガラスがはめられていた。

「さすが、アメリカにいらしただけのことはある」

宗太郎は薄く笑った。

「あまりに綺麗なパリスグリーンでしたので目を留めてしまいました」

するとと宗太郎は、

「先生が指差されたのはパリスグリーンの毒性が知られていない頃のアンティーク飾

り棚です。パリスグリーンは猛毒の砒素《ひそ》を多量に含んでいる顔料です。わたしは八方手を尽くして、これを入手しました。万之助の息の根を止めるためです。万之助に盛った砒素はこの飾り棚の塗料をくまなく削って得たのです。自分も殺されかけたふりをして万之助を殺そうとしたのはこのわたしです。香川の父の手紙の内容はわたしを庇おうとしてのものです。どうか警察に報せて香川の父を思い留まらせてください」

深く頭を垂れた。

午後になって、香川佐吉は大名屋敷の跡地である速水家の裏手にある古井戸の中で骸《むくろ》で見つかった。古井戸の前には畳んだ御者の制服があり、駆け付けた警察が万之助が破り捨てた佐吉の遺書を張り合わせて復元し、毒を盛ったことが発覚したがゆえの覚悟の自殺と断定した。

佐吉が記していた通り、和子は向島の別邸で乳母とその子どもたち、乳兄弟姉妹たちと楽しく時を過ごしていた。

「公子さんと君江さんが迎えに行くと、〝もっとここにいたい〟と駄々をこねたそうですよ。親しい者たちもいることだし、それではと公子さん、君江さんは隣の土地を買って、あちらを建てましし、寝たきりになっている万之助さんともども、近く移り住むことにしたそうです。向島の庭も広がるので是非とも、わたしが勧めたベルガモットの香る畑を造りたいのだとか。ご家族は別々に暮らされるのです。今のお屋敷には宗太郎さんと東川さんが住まわれて、バラ園と西洋料理の研究を極めて、いずれささやかな商いに結びつけるのだと聞きました。もちろん万之助さんがあのような状態になられたのですから、豪語されていた歯科事業は取り止めです」

と志保は桂助に告げた。

鋼次と東川は香川佐吉が下手人だと思い込んでいる。桂助は志保にも真相は話していない。

志保は、

「あんなに温和な人があんなことを。でも香川さんの遺書と自殺が決め手で、あの人の仕業ということになるのでしょうね。でも、どうして鬼になった香川さん、和子さんに毒は盛らなかったのでしょう？　芸術家肌の学者さんとはいえ、宗太郎さんは速水家、万之助さんの血筋だから殺そうとしたのでしょう？　だったら和子さんも同じでは？　ああ、でも人の心ってそんなものかもしれないわ、何より、子ども相手にはなかなか鬼にはなりきれないでしょうし」

などと疑問は口にしたものの、一応この結末に納得している。

宗太郎からは一通の手紙が届いている。そこには以下のようにあった。

志保さんより春まで、ほうれん草をお届けいただけるとのこと恐縮しております。オムレツ、キッシュ、グラタン、裏ごしてのパンなど、東川君ともども張り切ってほうれん草の洋食に励んでいます。

雌雄異株のほうれん草の奇跡を皆で大事に慈しみ育てていきたいと思います。わたしの今後の人生は父に譲られた命であると感謝して生きていくつもりです。ありがとうございました。

速水宗太郎

藤屋桂助先生

この手紙を見せられた志保は、

「あら、まあ、何と美味しそうなお料理。たかがほうれん草、されどほうれん草ね。そういえばあんな騒動があって、あのカレームさんの豪華な晩餐もいただきそびれてしまいましたっけ。でも、あれ、どんなものか、あなた、わかりました？」

まずは料理のことを口にした。

「命名はなかなかでしたが中身については九割方はわかりませんでした。それとわたしは洋風のほうれん草料理も好きですが、お浸しも好きですよ」

桂助は笑って応えた。

「わたしもです。わからないけれど、美味しいに決まってるだけにいただけなかったのは惜しいです。でもここに書いてある、雌雄異株のほうれん草の奇跡についてはわたし、わかるんですよ」

志保はやや思わせぶりな口調になった。

「さて、どういうことなのでしょう？」

「雌雄異株というのは珍しい草木です。よく知られているのは銀杏《いちょう》ですが、ほうれん草も同じだと知る人は少ないと思います。ですのでほうれん草を一粒だけ蒔いて育てたら種はできません。でもたいていは多数蒔くので雌雄異株でも風が受粉を手伝って、綿毛のような小さな小さな白い花が沢山咲いて種ができます。これがほうれん草の絶えない理由です。でも、これが縁組にうるさい人間だったとしたら？　ほうれん草のような種蒔きもされないので、なかなか男女の出会いはありません。出会っても上手くいかないのが男女では？　でもなぜか、ほんの一時でも真のご夫婦になって、宗太郎さんと公子さんの間に和子さんが生まれた――」

「なんだ、あなたもとっくに気がついていたのですね」

桂助はふっと笑った。

「わたしだって女ですからね。公子さんがどんなに殿方たちと手と手を取り合う社交ダンスが、男の先生に教わることも含めて嫌で嫌でならなかったかの理由ぐらい見当がつきました。公子さんが疑われているとわかった時、普段は冷ややかなあの君江さんらしくなく、宗太郎さんへの横恋慕を装ってまで自分がやったと嘘をまくしたてた時にも。あの方たちは普通は種を結ぶことなどできない方たちだったのです。ですから和子さんは——」

言いかけた志保の先を、

「まさに雌雄異株のほうれん草の奇跡そのものですね」

桂助が続けた。

「和子さんは多少戸惑われることもあるでしょうけれど、四人もの御両親に囲まれてお幸せに育つこと間違いなしです」

「それでは最後の〝わたしの今後の人生は父に譲られた命であると感謝して生きていくつもりです〟というくだりはどう解しますか？」

桂助は訊かずにはいらなかった。

「わたし、宗太郎さんを巻き添えにしようとしたのはよくないと思いますけど、万之助さんはたしかにあんまりなお方で、仕打ちに対する恨みで毒を盛った香川佐吉さんのこと、そう悪く思っていないんです。ですから、あんな万之助さんだというのに、宗太郎さんはなんて謙虚で愛情深いお気持ちをお持ちなのかと感心しました。やはり宗太郎さんにとって万之助さんは実の血を分けた父親で、奇跡の一人娘和子さんはその父親の孫ですものね。どちらも大事だと思われたのかも――。宗太郎さんを優柔不断だとなじったことをわたし、今は恥じています。宗太郎さんは並外れた人格者なのですから」

と志保は感極まって応え、

「そうですね」

相槌《あいづち》を打った桂助は今後も誰にも真相は話すまいと決めた。奇跡の幸せを存分に生きてほしい和子のために――。

また、宗太郎は屋敷の古井戸に心の中では終生バラを手向けて詫び続けるだろうと思うのだった。

第四話　どんぐり巡査

一

「それにしてもおかしな奴《やつ》だなあ」

鋼次《こうじ》は虫歯削りの治療が一段落したところで、志保《しほ》が変わらず世話をしている薬草園兼青物畑を手伝いながら言った。

この半月ほど、〈いしゃ・は・くち〉に珍しい患者が通ってきていた。年齢は桂助《けいすけ》や鋼次たちとほぼ同じくらいで小柄でやや童顔の痩せ型ながら、ざんぎり頭に口髭《くちひげ》とフロックコートが板についている。

「ここの痛くない歯抜きは日本一だそうですね。是非ともその処置をこちらの藤屋《ふじや》桂助先生にお願いしたい」

と言って鋭い目を向けてきたこともあれば、

「抜かなければならない歯はまだある。麻酔なしと麻酔あり、両方の抜歯を受けて違いを経験してみたい」

などとも頼み、

「実は口中や歯の医者に行ったことなどまだ生まれてから一度もない。虫歯の痛みは耐えるものと思ってきた。そのせいで虫歯は自慢するほど多い。どうか虫歯削りも麻酔ありとなしで存分にお願いしたい」

意外にも麻酔なしの虫歯削り治療に音を上げず、

「麻酔でぼんやりしてしまってよく覚えていないよりも、なしできーん、きーんと響いて痛む方がわたしは性に合っている。いつまでも続く虫歯の痛みよりはずっと短い」

にっこり笑ったりした。

「あのフロックコート野郎、名前だって言わねえしよ」

〈いしゃ・は・くち〉は患者たちに記名を強制してこなかったが、たいていは皆名乗って志保が患者帖《ちょう》に書いている。

「それにしてもここ、青物が多くなったな」

鋼次は志保にならって蓮根《れんこん》と人参《にんじん》、牛蒡《ごぼう》を抜きながら言った。

「桂助さんの話では政府は薬の新しい規制に乗り出していて、今は売薬の規制が主なのだそうですけど、そのうち栽培についても厳しくなるのではないかと。ほら、清《しん》に蔓延《まんえん》してしまって、こっちにも飛び火しかねなかった恐ろしい阿片《アヘン》禍もありますから。それでわたし、何か言われて開業を取り消されたりしては困るから、どうしても要る、猛毒だけれど鎮痛などの効能も大きい類のものは、目立たないところに移し替えてるの。これトリカブトのことよ。それとあまり使わない、薬草は抜いてしまって、代わりに青物を植えてるのよ」

志保が応えると、

「時代が変わってきてて、仕様がねえってことはわかってるつもりだけど、この国はどうにも住みにくい国になってきているって俺はしみじみ思ってる。俺ってさ、もしかして雑草に近い薬草なんじゃねえかい？　正直言って、あの速水《はやみ》の大将が〈いしゃ・は・くち〉の後ろ盾になって、俺を歯科医長ってえ、長のつくもんにするってえ話を聞かされた時はわくわくしたよ。俺のこの虫歯削りの腕、認めてもらえたの、アメリカ以来だったから。桂さんだって、ブラウン病院長にもっと大きく認められてて、厚遇されてたよね。アメリカは仕事ができる、できないでそいつの価値が決まるところで、最初は大変だったけど苦労した甲斐《かい》もあった。今の日本でそれ、あるのかな？　もしかして、ずっとこのまま？　志保さんは不満じゃないの？」

鋼次は胸中を吐き出した。

「それはわたしだって、それなりにはあるわよ」

相槌《あいづち》を打ったものの、桂助と一緒ならばどんなところにいても幸せなのだという言葉を志保は呑《の》み込んだ。

例のフロックコートの紳士は治療が八分通り終わったところで、

「実は――」

長与《ながよ》専斎《せんさい》と名乗った。

「藤屋桂助です。知らぬこととはいえ失礼いたしました」

桂助が驚くと、

「医業開業試験の試験官辞退の手紙をいただきましたが、やはりまだ諦めがつきません。さらにお願いしても見込みは薄いし、名乗れば断られるとわかっていたので、虫歯だらけの我が口中をこれ幸いと、このような形で参った次第です。よもや患者ならば無下にはされまいと。今一度膝を詰めてお話しさせていただきたいのです」

専斎は深々と頭を下げた。

「わかりました。どうぞこちらへ」

桂助は困惑の極みであったが顔には出さず、応接間で相手と向かい合った。志保が珈琲《コーヒー》に添えて栗《くり》の入ったパウンドケーキを運んでくると、

「わたしの大好物です。恐縮です」

専斎は早速ケーキ用のフォークを手にして、

「実はわたしは岩倉《いわくら》視察団の一員だったのですが、どうしてもフランスの医療制度が気になって先行して視察しました。その際、パリのカフェで啜《すす》った珈琲の味は忘れられません。あ、そうか、藤屋先生と奥様はアメリカに長くおいでになっていたのですから、珈琲はお茶代わりだったんですね、それでこのように香《かぐわ》しいのか──」

如才なく世間話をした。

「それではごゆっくり──」

志保が辞したところで、

「わたしは早世した父に代わって祖父に育てられたのですが、祖父の長与俊達《しゅんたつ》は肥前《ひぜん》大村《おおむら》家の痘医《とうい》を兼ねる藩医で、他藩の多くの痘医同様、子どもが罹《かか》って死ぬことの多い疱瘡《ほうそう》（天然痘）と闘い続けた生涯でした。西欧諸国では牛痘《ぎゅうとう》による予防法が確立していて、多くの子どもたちの命が救われているというのに、この国ではやっとそこそこ牛痘が広まってきたかの感があるだけ。牛痘を受けると牛になるという迷信がまかり通っていて、まだまだ途上です。この遅れを取り戻すにはまずは虎狼痢《コロリ》（コレラ）、窒扶斯《チフス》などをも含む疫病に対して、西洋的な知識、対処法を知る新しい医者を早急に育成することしかないのです」

専斎は死に至ることの多い疫病に対しての国家規模の対策の必要から切り出した。

「そのお考えに異論はありません」

桂助は頷《うなず》いた。

「それで医業開業試験を布告を経て近々に実施することになりました。我が国は徳川の鎖国統治が長かったせいで、医者も医療も漢方医と漢方しか公には許されず、蘭方《らんぽう》がほぼ禁止されてきました。それゆえ牛痘にしても遅れをとった恨みがあります。漢方は早急に西洋医学に切り替える必要があります。そのための医業開業試験なのです。こんなことはアメリカに長期滞在しておられて、世界最新の歯科を学ばれた藤屋先生には釈迦《しゃか》に説法とは思いますが――」

「わたしは口中歯科を含む西洋医学の素晴らしい効能は認めますが、漢方を捨て去っていいとは思っていません。両者の長所を見据えつつ、時をかけてこの国ならではの医術、医者を育てるべきだと思うのです」

桂助は率直に返した。すると、

「口中歯科とは〈いしゃ・は・くち〉のことですね。何とも良い命名だ」

専斎は命名を讃《たた》えて、

「わたしは兼ねがね、藤屋先生はただの口中医ではないとお見受けしていました。今回治療を受けて、なるほどとさらに感服いたしております。言葉が足りませんでした。ただの口中医とは町医者という意味ではありません。そもそも命に関わる身体《からだ》の病であっても、医者と名乗っている者の治療を受けられる人たちは少なく、口中ともなるとなきに等しいのが現状です。従来の口中医はほとんどが、奥医師や藩医同様、徳川や大名家、大身旗本家、一部の富裕な商人たちに代々仕えていた者たちばかりです。これをわたしはただの口中医と呼んでいます。この手の口中医たちは秘伝を武器に生きてきて高額な薬礼《やくれい》をとるので、市井の人たちは診《み》てもらえるわけもないのです。失礼ながら、〈いしゃ・は・くち〉とこうした口中医が競合したり、何らかの妨害を受けたりしたことなど今までなかったはずです」

ただの口中医の話に移った。

「それはそうですね。自然と住み分けていたのでしょうから」

「今の政府になって武士の天下ではなくなり、ずっと安泰だったただの口中医たちはこの先窮乏するのではないかという危機感に晒《さら》され、生き残りを模索しています。口中科は漢方ではないので一代限りの継承などではなく、ずっとこのままの治療を許してほしいと、薩摩《さつま》が主流の政府高官たちに掛け合う人たちもいるようです」

「その方々に虫歯削り機を熟知していただき、結果、患者さんの歯が一本でも多く抜かずに済むのであれば、それは喜ぶべきことではないでしょうか?」

「虫歯削り機の熟知、完璧な操作には相当な修練が要るでしょう。その上この機械は高額なはずです」

「それはたしかに」

「だとするとただの口中医は当分はこれでいいだろうと、徳川、大名たちという固定客がなくなってしまったためもあって、秘伝の術だけを前面に出して治療を続けるでしょう。結果、口中治療を受ける人たちはあまり増えません。日本には西欧諸国並みの歯科治療が根付かないことになります。ひいては日本の医療の近代化がここで遅れてしまいます。わたしは西欧諸国に伍《ご》すべく、とにかく今は強くならなければならないこの国の未来を見据えても、古いただの口中医などもう生き延びてほしくないのです」

専斎はきっぱりと言い切った。

二

「それで医業開業試験が実施されるのですね」

桂助は念を押した。

「その通りです。もっとも漢方医や口中医を廃する策の前に、やらなければならない売薬の規制については御一新直後から取り組んできました。規制の布告をし、取締まってきました。これについて、巷《ちまた》では文明開化の時節柄、わたしたち政府側が文明国である西欧諸国の手前、イモリの黒焼きだの、かまどの土などの民間薬を恥じていると噂《うわさ》されています。ですが違います。欲深で自分勝手な漢方医や薬屋が効能がなかったり、毒性のある薬で暴利を貪って人々を苦しめるのを防ぐためです。人々の中でも特に屈強であってほしいのは、兵士になり得る男子たちです」

「希望して陸海軍に入る男子にそれほど薬が必要とは思えませんが――」

桂助はあることを予期しつつ反論した。

「五臓六腑《ごぞうろっぷ》が達者でも歯はまた別です。誰しもが虫歯になる可能性があります。このわたしも体力任せでつっ走ってきて虫歯を増やしてしまい、時には痛みで眠れず集中力を欠くこともしばしばでした。これが兵士に起きたらどうなります？　国や家族を守るために充分な働きができなくなります。あなたがおっしゃる通り、兵士になり得る男子に必要なのは薬ではなく、歯の痛みへの速やかな治療です。わたしはどんなことをしても虫歯削り機による治療を普及させたいと思っています。その想《おも》いはあなたも同じでしょう？」

「わたしの願いと理想は人々が常から口中清掃を怠らないようになる、万人の虫歯予防です。とはいえ、これはなかなか実現しにくいものでしょうから、普及すれば兵士になり得る男子だけではなく、子どもたちや女性たち、お年寄りたちも治療を受けられるようにしたいと思っています。国の後押しによる虫歯削り機の口中医療への導入、普及には賛成です。有難いです」

桂助が応えると、

「今のお話、こちらのお願いへの承諾であると判断いたしました」

すかさず専斎は言葉を連ねた。そして、

「医業開業試験の実施の際、ただの口中医ではないあなたに歯科部門の試験官をお任せいたします。全てはあなたが第二の理想に挙げている普及のためなのですから、もう何ら問題はありません」

と言い切ると、

「それではそろそろ失礼いたします。本日は本当にありがとうございました。追ってまたご連絡さしあげます」

桂助の言葉を封じるかのように腰を上げた。

専斎が帰った後、

「長与先生からあなたが快諾してくれて何よりだったと玄関でお礼を言われてしまいました。開業試験の試験官の件、とうとう引き受けさせられてしまったのですね」

珈琲《コーヒー》を淹《い》れ替えてきた志保が案じた。

「全てではありませんが一応道理は通っています」

桂助は常よりやや沈んでいるように見えた。

「むずかしいお立場になりましたね」

「その通りです。しかし、虫歯削り機の広まりを政府が請け合ってくれるのは何よりです。望ましいことです」

「でも、そのためには医術開業試験の試験官にならねばならないのでしょう？　政府からの抜擢《ばってき》は名誉なことでしょうけれど、当然風当たりも強いはずです。わたしは心配です」

志保は今のままで充分幸せだと思いつつ、自分の気持ちを素直に口にした。そして、伝えようとしていた、先ほど交わした鋼次との会話を飲み込んだ。これ以上、桂助を悩ませるのは酷すぎると思ったからだった。

志保の心配は杞憂《きゆう》だったのか、桂助は何事もなかったかのように治療を続けた。も

うこれ以上、専斎に訪れてほしくないと志保は思っていたが、常と変わらず、

「まだ治療が終わっていないというのに、長与先生が来なくなられたのは困ったものです。まずはご自分の虫歯治しが先でしょうに——。詰め物まできっちりしなければ、虫歯がまた進むし、歯が抜けている箇所の両側に歯があると、その箇所に両側から歯が倒れてきて嚙《か》み合わせが悪くなります。ちゃんと説明したはずなのに——、まったく、呆《あき》れますね」

治療を怠ける患者への苦言を呟《つぶや》いた。

そんなある日、

「今、先生、いるよね」

金五《きんご》がやってきた。走ってきた様子で、そろそろ初冬だというのに額に汗を滲《にじ》ませている。

「お仕事ですね」

こちらの方も志保は案じている。警視庁の骸検視顧問《むくろけんしこもん》などというからには、医術開業試験の試験官同様、政府の指示での働きということになる。ただしこのお役目については、もちろん名誉職などではあり得ない。かつて徳川の時代、骸医や牢医《ろうい》のなり手がなかったように今でも敬遠される仕事である。

「何かありましたか？」

治療を終えて、自室に戻ってきたばかりの桂助が金五の声を聞きつけて玄関にきた。

試験官と骸検視顧問との違いは同じ政府のお声掛かりでも断然、こちらの方に桂助自身が乗り気だという点であった。桂助は気がついてみると謎解きにのめり込んでいることが多かった。

「あのさ、今から骸がここへ運ばれて来るんだけどな」

金五は切り出した。

「また、金五さんが見つけた人？」

志保は思わず金五の背中を見た。巡査の仕事に熱心で親切心の厚い金五は、傷ついて道に倒れているような人はいないかと常に目を配っていて、見つけると背負って〈いしゃ・は・くち〉に駆け込んでくることがある。

「そうでもないんだけど、川路《かわじ》大警視様の命令なんだよね」

川路の指示で骸が運ばれてくると聞いて志保は、

「口中医として開業している医者のところに骸なのですか」

とんだ場所違いだとため息をついたが、

「裏口から入って薬草園の道具小屋に運んでください」

桂助は言い、志保には、

「まあ、わたしは骸検視顧問に任じられているのですから仕方がありませんね」

珍しく言い訳じみた物言いをした。その目は患者さんたちに迷惑はかけませんから大丈夫と語りかけていた。

運ばれてきたのは三十歳ほどの年増《としま》の骸であった。道具小屋の床に戸板に載せられたまま置かれた。桂助は手を合わせてから、屈《かが》み込んでその骸を検《あらた》めた。頭から血を流している。きりっと整った小さな顔は美人の部類に入る。

無造作な束ね髪で、全身黒装束の袖や裾が破れている。草履や下駄《げた》などは履いておらず、泥にまみれた足は裸足《はだし》であった。

「この人の着ているものの破れは木の枝の先によるものでしょう。それから」

桂助は泥だらけの足の裏に触れて、

「肉厚であっても固すぎず、弾む力があります。ふくらはぎにもしっかりとその力がついている。この人はかなりの間、走り込んできていますね」

と言い、

「死の因《もと》は木から落ちた後、頭を地面の石にぶつけたらしいって」

金五の言葉に、

「その可能性はあります」

頭の傷を確認してから黒装束を脱がせた。

裸の腹部には男のように白い晒《さらし》が巻かれていて下腹部は褌《ふんどし》であった。

「やっぱりこの女は参《まい》り秋風《あきかぜ》なんだな」

金五は半ば感心したように呟いた。

「参り秋風とは？」

「いい女っぷりで仕事が早くて人を傷つけたりしない、かなり腕のいい女盗賊のこと。だから名づけて参り秋風。風情ある呼び名だよね。男の手下を率いてたっていうのも凄《すご》い。一度だけ捕まった時はちょうど天子様が江戸城に入った時で、これだけの盗賊だと死罪なんだけど、恩赦ってことになったんだって。参り秋風の仕事着は黒装束で上から下まで男の形《なり》だって言われてた。その通りなんだねえ。なんかおいら、なつかしい昔が戻ってきたみたいで、ぞくぞくするよ。あ、でもしくじって落ちて死んだんだから、やっぱ、参り秋風、腕落ちちまってたのかなあ。御一新で平民苗字《みょうじ》許可令が出たんで本名は田村佳代《たむらかよ》」

金五はしばし見惚《みと》れている。

その間に桂助は骸の晒と褌を外していく。晒に小さな赤い染みがあった。

「やはり、右わき腹に小さな赤い痕が二箇所ありますね。気になります。是非調べさせてください」

「調べるってどうやって？」

「すでに腑分《ふわ》け（解剖）はご法度《はっと》ではありませんから」

「でも、おいら、政府がそんなことしたって話、聞いたことないよ」

金五は困惑している。

「それでは川路大警視様に願い出ることにします。川路様とて明確な死の因をお知りになりたいでしょうから」

三

「そうだけど」

金五は目を伏せて、

「川路様は巡査の検めだけじゃなく、骸検視顧問をしてる桂助先生のお墨付きを添えたいんだと思うんだけど。参り秋風は外の栗の木を登って二階から盗みに入って箪笥《たんす》からいくらか金をせしめようとしたところを主《あるじ》に気づかれたので、咄嗟《とっさ》に主を刺し、慌てて元来たように栗の木を伝って逃げようとしたんだけど、不覚にも落っこちまってこの通り――。そういう成り行きを桂助先生の骸検めで裏付けたいんだと思う。直々においらを呼んで話した時もそんなこと言ってたよ」

言いにくそうに言葉を続けた。

「ようは川路様の見立てたことに従って骸検めを書くということですね」

「ん、まあ、そうかな」

「金五さんはそれでいいと思いますか？」

桂助の問いに、

「いろんな状況を踏まえるとおいらもそうじゃないかと思う」

金五は目を上げた。

「それではそのいろんな状況とやらを話してください」

桂助に促された金五は、

「まずこの骸が参り秋風の田村佳代だっていうのは間違いないんだ。そして、佳代が盗みに入った先はおいらの先輩の元同心で今は巡査の神山甚之助《かみやまじんのすけ》って人なんだ。謹厳実直で、謙虚と仏心を姿にしたような立派な人で、薩摩の出の川路様が是非、幕臣の中から巡査長を、って指名したんだけど、〝自分はそのような重いお役目を受ける器ではないし、年齢《とし》もいってる。これからの人に譲りたい〟って言ってきかず、ただの巡査のままでいるんだよ。巡査長になれば給金だって今よりずっと増えるのに。ね、見上げた心掛けでしょ。そんな人に対して参り秋風の田村佳代ときたら、簪《かんざし》で刺したんだから、やっぱり、落ちて死んだのは当然の報いだと思う。そもそも田村佳代って名乗って生きてこられたのも神山さんのおかげで恩人だっていうのに――。巡査仲間たちだけじゃなしに、市中でも伝説だった参り秋風がこんなこと仕出かしたなんて、信じられないけど、状況や神山さんの話を合わせるとそれしか考えられない。参り秋風、たいした恩知らずだよ」

珍しく罵る口調になった。

「恩知らずとは？」

桂助は言葉尻を聞き逃さなかった。

「参り秋風やその仲間が何とか恩赦に与《あずか》れたのも、神山さんが必死にあちこちに掛け合ったからだって。ほんとは参り秋風は首領だから恩赦から外されるとこなんだけど、そこをまだ幼い子どもがいるってことで外されずに済んだんだそうだよ。もちろん神山さんのおかげで。だからおいらはこんなぶざまな死に方をした参り秋風のこと、残念だとは思うけど哀れとは思えない」

きっぱりと言い切ったところへ、

「志保さんから話は聞いた。参り秋風とか田村佳代って聞こえてたぞ。それから元同心で巡査の神山甚之助が恩人だったてえ話も」

虫歯削りの治療を一段落させた鋼次が道具小屋に入ってきた。屈み込んで骸の顔を確かめると、

「この女《ひと》は俺と同じ長屋に娘と二人で住んでる田村さんだ。昼は臨時雇いの蕎麦《そば》屋、夜は居酒屋の追い回しで食いつないでる。まさかあの参り秋風だったとは知らなかったよ。ようやっと食ってる母娘《おやこ》に同情したうちの美鈴《みすず》が見かねて、〃実家が奉公人が足りなくて、探しているのよ。実家じゃ、すぐに縁づいて辞めちゃう、客寄せの看板代りにもなる綺麗《きれい》な若い娘《こ》じゃなくて、落ち着いて仕事を覚えてくれる人がいらしいの。働き者の佳代さん、どうかしら？　ちゃんとした勤めなら暮らしも安定する。そこらへんの若い娘より綺麗だし、大丈夫よ〃って言って、佳代さんに持ち掛けたことがあったんだ。〃有難いお話ですが〃と佳代さんは礼は言っても、〃わたしなんかじゃ駄目ですよ。そもそもご迷惑ですから〃って、受けてはくれなかったそうだ。佳代さんとしては、もし、正体がわかっちまっちゃ自分だけじゃあねえ、娘の世間まで狭くなるだろうって思ったんだろうな。やっと断った理由がわかったよ」

まずは参り秋風こと田村佳代と自分たち家族の縁を話した。

「それと今、志保さんに頼んで着替えを用意してもらってる。こんな形《なり》のままじゃ、娘のお久美《くみ》ちゃんのところへ帰せねえからな」

鋼次の言葉に、

「兄貴、それはちょっと困るんだよ。骸になっても罪人を家に帰すには上の許しが要るんだ」

金五は項垂《うなだ》れながら告げた。

「金五、おまえ、薩長の犬みたいな巡査根性が染みついてきてるぞ。佳代さんがたとえ昔、参り秋風だったとしても、また盗みを働いた上に恩人を刺したとは俺には断然思えねえ。美鈴だってそう言うだろうさ。佳代さんの娘のお久美ちゃんとよく遊んでたうちのお佳《よし》だって信じないに決まってる。感心なことにお久美ちゃんときたら、残り物で作る菜や菓子の腕がいっぱしで、母親の佳代さんが夜も働いてたからうちで夕餉《ゆうげ》作りの手伝いをして、一緒に食べてたんだ。うちのお佳の立派な姉貴分で、よくよくお佳はなついてるんだ。そんなお久美ちゃんの悲しい顔や涙を見るのは辛《つら》い。母親が盗《ぬす》っ人《と》でまた罪を犯したなんて話、金輪際できやしねえ」

さらに鋼次が怒りと当惑とをやや興奮気味に吐露した時、

「あなた」

志保が道具部屋の扉の隙間から、

「警視庁大警視様がおいでです」

川路利良《としよし》の訪れを告げた。

扉が開いて川路が入ってきた。屈み込んで骸を囲んでいた桂助、金五、鋼次の三人はぴかぴかに磨かれた川路の革靴をまぢかに見て、ぎゅっぎゅっと重々しく床を踏みしめる音を聞いた。

「知らぬ顔があるな」

川路は鋼次の顔を見ずに言った。

「虫歯削りの治療に携わっている〈いしゃ・は・くち〉の一人です」

桂助の紹介に、

「ふん」

川路は鼻を鳴らし、

「鋼次って言います。俺は付け焼刃の苗字は名乗らねえようにしてるんですよ」

鋼次の言葉に川路は無言を通した。そして、

「窃盗傷害の罪状で捕縛時死亡を確認した田村佳代、通称参り秋風の検視書を急いで

もらいたい」

　桂助に向かって声を張った。

「骸検視顧問をお受けいたしましたので、この件についての骸検書《むくろあらためがき》の提出は承知いたしております。けれども、この任は川路様が、わたし藤屋桂助の骸検めの力を見込んでのものと解しております。川路様のその信頼にお応えするには、今しばらくの時をいただきたいのです」

　応えた桂助は佳代の腹部の赤い痕を指して、

「実はここが刺された痕ではないかと気になっています」

「なにい？　そんなものどこにある？」

　立っている川路は忌々《いまいま》しそうに呟くと、牛革の靴の音を鳴らしながら骸に屈み込んだ。

「二箇所もありましょう？」

　桂助の言葉に、

「まあ、あるにはあるが虫にでも刺された痕ではないのか？　蚊とか蜂とか——」

「この時季に虫刺されですか？　それにこの痕は細長です。虫刺されのように丸くはありません」

桂助の反論に、

「それでは何の痕だというのだ？」

川路は怒声を上げた。

「今は尖端《せんたん》が細長いものだとしか申し上げられません。しかし、これらが誰かにつけられた傷痕であったとしたら、田村佳代さんは木から落下して亡くなったのではなく、この傷が内臓に達したがゆえだったということになります」

「それがどうしたというのだ？　参り秋風こと田村佳代は恩赦の幸運をもたらしてくれた、かつての恩人の神山甚之助巡査の家に盗みが目的で忍び入り、気づかれると簪で顔を刺して逃げようとして誤って木から落ちて死んだ、因果応報も同じで、罪状に変わりはないぞ」

川路は桂助を睨《にら》み据えた。

「わたしは罪状を先に決めて骸検めの辻褄《つじつま》を合わせるのはおかしなことだと思います。その結果が罪状を決める手立てになってこその骸検めであるべきです」

桂助は退《ひ》かなかった。

「田村佳代が盗みに入って落下死するまで、一部始終を見ていたのは顔を刺された神山甚之助だ。神山は多くの巡査たちから信望を得ているだけではなく、市中の子どもたちや貧しく弱い者たちの様子をいつも気にかけていて、皆に仏の甚さんと慕われている。まさかその神山が虚偽を申していると言うのではあるまいな？　田村佳代の腹の小さな傷は神山が付けたものだなどと言い出すつもりか？　今そんなことが市中に洩《も》れたら大変な騒動になるぞ。発足して間もない新政府と警視庁への信頼が揺らぐ」

ややを落とした川路のすがりつくような物言いを、

「わかりません。だからこそ、今それをはっきりさせるのが骸検めだとわたしは思っています」

桂助はきっぱりと躱《かわ》した。

四

頑として譲らない桂助の様子に、

「ならば我らの検分に文句をつける証《あかし》をことの起きた現場から探してみろ。それができてなるほどと得心できればおまえの言い分、通してやってもいい」

川路は歯嚙《はが》みしながら交換条件を出した。

「現場をもう一度検めさせていただけるのは有難いことです。加えて神山甚之助さんが田村佳代から受けたという傷を見せていただきたいのです。神山さんは手当てを受けて、現場であるお住まいにおいでになることですし——」

　これ幸いと桂助は条件を増やした。

「神山は今自分の家にはおらぬ」

　川路は渋い顔になった。

「どこにおいでです？」

「相波《あいば》という口中医の許《もと》でしばらく養生させるつもりだ。顔の傷は頬から口中に達していたので知り合いの相波に治療させたのだ」

　相波の名を聞いて鋼次は思わず、

「えっ、あの上野《うえの》の相波？」

　のけぞった。

　相波家は足利《あしかが》将軍の時代から代々、朝廷、将軍家、大名家に仕える口中医の最上位の家柄であった。卓越した口中治療の技が秘伝として何百年もの間受け継がれてきている。特に自害の失敗など、口中や喉の奥の深い傷の治療を得手としていた。

「それは真《まこと》に適切なおはからいです。よかった。それでは相波先生のところへ神山さんをお訪ねしてよろしいですね」

桂助の言葉に、

「まあ、よかろう」

川路は不承不承頷《うなず》いた。

こうして桂助と金五は三田《みた》にある今回の事件の現場、神山甚之助の家へと向かった。

庭の三丈（約九メートル）ほどの小さな栗の木が二階の窓に向かって伸びている。

「参り秋風のやり口は窓のすぐ近くに木が植えられているお大尽《だいじん》たちに目星をつけ、何度か木に登ってお宝を隠している箪笥や手文庫を見つけておき、主《あるじ》の留守を狙って盗みに入るんだって聞いてる。ほら、お金も含めて、時々取り出して、にんまりしたい大事な物って、たいてい二階があれば二階に置くだろうからさ。さんざん手間をかけるおかげで参り秋風は誰にも怪我《けが》を負わせず、やすやすと盗み出してたんだっていう話なのに――」

金五はまだ悔しいのか唇を嚙んだ。

「この顚末《てんまつ》、がっかりだよねえ」

「わかります」

相槌を打った桂助は、

「ちょっと金五さん、その栗の木に登ってみてくれませんか？」

金五に頼んだ。

「そ、そりゃあ、ちょっと」

口籠もった金五は、

「無理、無理、勘弁、勘弁、桂助先生、おいら、走りは得意だけど、高いとこは怖くて木には登れないんだよ」

金五の声は泣き声に近かった。

「それでは役割を替えましょう。金五さんは中へ入って二階で待っていてください」

「ん」

こうして桂助が栗の木に登り、金五は二階で待つことになった。

「やれやれ、子どもの頃ほどは軽々とは登れませんでした」

ほどなく桂助は栗の木を登って、金五と顔を合わせた。

「ここからこうして参り秋風は中へと入ったわけですね。わたしの役割は参り秋風、金五さんは神山甚之助さんですので、金五さん、部屋を出て踊り場に出ていてください」

金五は内心、自分の役どころが参り秋風でないことを残念に思いつつ、桂助に言われた通りにした。

桂助は木の上から見て一番先に目に入った箪笥の引き出しを開けた。折り畳まれている巡査の制服と着替えのシャツや靴下、普段着の着物や浴衣《ゆかた》の他に、琅玕《ろうかん》と呼ばれる翡翠《ひすい》の細工物が幾つかあった。手文庫にはきちんと袱紗《ふくさ》に包まれた十円ほどの金が入っていた。

「金五さん、入ってください」

桂助に呼ばれた金五は部屋に入った。

「今、参り秋風は神山さんと鉢合わせしたところです。ここで神山さんは参り秋風に襲われたということになっていますが、金五さん、あなたが神山さんなら恩赦のために奔走した参り秋風だとわかって、何か声をかけるのではありませんか？　言ってみてください」

桂助の促しに、

「うーんっ、参り秋風は黒装束だったわけだけど、そういう姿も神山さんなら知ってたはずで〝おまえ、そんな形《なり》で何をしてるんだ。取り返しのつかないことはするな。二度と子どもにも会えなくなるんだぞ。俺は見なかったことにする。盗《と》ったものをここへ置いて帰れ〟って言うかな、神山さんなら——」

金五は必死に考えた。

「わたしも神山さんはそのようなことをおっしゃるだろうと思います」

「で、参り秋風はどう返したのかな。鋼次兄貴の言ってた田村佳代なら、〝暮らしに困って母娘《おやこ》の糊口《ここう》を凌《しの》ぐためについこんなことを〟とか、〝つい、出来心でした。許してください、旦那〟とか。でも、これじゃ、神山さんを刺しもしないし、逃げて死んだりもしないよね」

「まあ、この辺りのことは神山さんに会った時に伺いましょう。さて次はいよいよ――金五さんは外に出てこの木の下にいてください」

桂助は逃げて落ちる参り秋風を演じはじめた。まずは窓から栗の木の枝に飛び移る。意外な身の軽さに、

「わ、格好いいよ、先生」

金五は歓声を上げた。

桂助はしばらく飛び乗った太目の木の枝を観察していて、

「志保さんならもっとくわしくわかるのでしょうが」

などと独り言を言いつつ、

「それでは行きます」

あろうことか、幹へ移ると少しばかり伝ったところで、さっと身を翻して地面に下

りた。

「凄いっ」

またもや金五は感嘆したが、

「仮に盗みに入り木を伝って逃げようとしたところで、木から落ちて死ぬようなことはないとわかったでしょう？　でも、摑《つか》んだ枝が折れて、落ちたとしたら、跡が残るはずですが、そんな跡は見当たりませんでした。あるいは枝を摑みそこなって落ちたのかも？　とはいえ、骸は頭から血を流していましたから、落ちた場所に、不運にもそこそこ大きな石があって、頭をぶつけたのなら辻褄は合いますけれどね」

桂助は中腰になって、地面を探した。そして、庭に出て来た金五と共に血糊《ちのり》が付いている大きな石を見つけた。

「参り秋風という異名を持つほどの者なら枝を摑みそこなったとしても危機を克服する術《すべ》が身についているはずです。そんなに簡単に落下するでしょうか？」

桂助のこの観察に、

「頭に傷があったってことは、参り秋風は頭から真っ逆さまに落ちたってわけだよね」

金五は首を傾《かし》げて、

「さっき桂助先生がやったみたいに足から飛び下りるんだったら、慣れてる参り秋風のことだから窓からでも何とかなるかもしれない。けど、窓と木の間は一間（一・八メートル）もないとして、どっちからでも、頭から真っ逆さまじゃ、助かりっこない。これって、もしかして誰かに――」

あまりのことに絶句して目を見開いた。

「上にいたのは神山さんだよね」

金五の声が震えた。

「今のところはそのようですね。ですから、ますますお話を伺う必要があるのです」

「誰かを庇《かば》ってるとか――」

「あり得ます」

こうして二人は上野にある相波邸へと向かった。

相波家本家の門を入るとまず目に付くのは大きな蔵である。そこには何百年もの間に収集した医術や草木についての漢籍や、歴代の相波家当主が書き残した翻訳書、そして秘伝書が所蔵されている。

一番弟子にして古狸《ふるだぬき》と思われる老爺《ろうや》が庭の落ち葉を丹念に掃いていた。

「警視庁大警視川路利良様のおはからいにより、ここにおられる神山甚之助様にお目にかかりたくまいりました」

桂助が訪《おとな》いを入れると、

「どなた様でございましょう」

老爺は胡散臭《うさんくさ》そうな眼差《まなざ》しを向けてきた。

「申し訳ございません。挨拶が遅れました。わたしは湯島は聖堂近くで〈いしゃ・は・くち〉を営んでいる藤屋桂助と申します。警視庁骸検視顧問の任にあります」

「巡査の金五です」

二人は深々と頭を下げた。

「少しお待ちください」

二人は庭で待たされた。

ほどなく、相波家当主と思われる、小紋柄の羽織、袴《はかま》を纏《まと》った五十歳ほどの血色のいい小柄な男が現れた。

「これはこれは」

なぜか笑顔を張りつかせている。

「よくおいでくださいました」

この歓待ぶりに桂助と金五は顔を見合わせた。従来の口中医、長与専斎いうところのただの口中医たちにとって、アメリカ仕込みで虫歯削り機を操る〈いしゃ・は・くち〉などとつきあう謂《い》われはないと拒まれ、固く門を閉ざされてしまっても不思議はなかったからである。

五

「相波家二十一代相波宗元《そうげん》でございます。よくおいでくださいましたと申し上げたのは、わたしの方からあなた様のところへ、是非とも伺わせていただきたいと思っていたからです」

「恐れ入ります」

桂助はさらにまた頭を下げた。

「神山甚之助様は大警視の川路様からの御依頼による大切な患者様です。顔の傷の治療を施した後しばらく当家にお留まりいただいています」

相波は大警視川路の名を挙げる時、やや声を張って神山甚之助との縁を説明した。

「お加減はいかがですか？」

桂助が案じる言葉を口にすると、

「まあ、顔の傷といっても口中に届く刺し傷なので、多少の痛みはあったでしょうが、鼻や目を破る傷よりもずっと治りやすいものです。一昼夜、口中で綿をお噛みいただいていたので血はもう止まっています。痕もさほど残らぬでしょう。あなたは警視庁骸検視顧問を務めておられるとのこと、川路様のお許しあってのことでしょうし、どうかごゆるりと神山様とお会いになってください。今、この北村《きたむら》に神山様がおられる離れの客間にご案内させます。北村、ご案内しなさい」

相波は笑顔を崩さずに応じた。

「北村峰行《みねゆき》です」

名乗った北村は、

「どうぞ、こちらへ」

師とは対照的に仏頂面で桂助たちを離れへと案内してくれた。離れには専用の玄関があってそこで二人は靴を脱いだ。入ったとたん賑《にぎ》やかな子どもたちの声が聞こえてきた。

「どなたかおいでですか？」

「先生のお嬢様がお子様方を連れて里帰りされているのです」

子どもの声が聞こえてきたとたん、北村の仏頂面が幾らか和らいだ。はしゃぎ声が

ある方へと廊下を歩いて行くと、

「父から患者様の神山様にお客様がおいでだと聞きました」

二十代半ばの洋装姿の女性が後を追ってきた。

「失礼します。神山様にお客様です」

北村は障子を開けて続けた。

「神山様、大警視川路様からお遣いの方がおいでになりました」

「お役目、ご苦労様です」

北村と桂助たちに声をかけた、神山と思われる男は、小袖姿で頭は白髪交じりのざんぎりである。右唇の端に丸い刺し傷はあったがすでにもう乾いていた。鰓《えら》の張ったありがちな江戸の男の顔で色は黒く、目は細く、鼻は高くない。

「お客様なのですからね。お暇《いとま》しなければ駄目ですよ」

後を追ってきた女性は相波の娘と名乗り、子どもたちを連れて行こうとしたが、

「嫌だよ、まだ。だってやっとこのおじさんと一緒に、この家の庭には落ちてない、どんぐりのいいのを、近くのクヌギ林から拾ってきたばかりなんだもん」

「そうよ。北村ときたらいつだって掃いてばかりで、この庭にはいいもの、楽しいもの、なーんにも落ちてないのよね」

子どもたちは七歳前後の男の子と女の子だった。

「ここにはクヌギなどは植えておりませんので」

北村はやや悲し気な目になった。

「すみませんが、今しばらく時をいただけませんか。昨日、相波先生のお孫さんたちと庭でお会いして約束してしまっていたことなので――どうか、お願いします」

神山が桂助たちに懇願口調で頼んできた。

「わかりました」

桂助と金五は共に頷いてこれから行われる、どんぐり独楽《ごま》遊びを見守ることにした。

「申しわけございません、すみません」

母親は重ねて詫びた。

どんぐり独楽は拾ったどんぐりの尻の中心にキリで穴を開け、竹串かごく細い枝を通して仕上げる。

「まずは拾ったどんぐりの中を吟味しましょう。大きくてもお尻が曲がっているのは駄目です。独楽にしてもよく回りません。さあ選んでみましょう」

神山の指示で子どもたちは真剣な眼差しでどんぐり選びをはじめた。

「えー、これもあれも駄目かあ」

「あたしはぜーんぶ、拾ったどんぐり、独楽になると思ったのにな」

などと言いながらやっと幾つか選び出した子どもたちに、

「それでは次にキリで穴を開けてみましょう。どんぐりのお尻の中心にまっすぐに開けるのです。くれぐれも慎重に。刃物の先に指を置くと怪我《けが》をしますよ」

と神山は言った。

「キリはどこから？」

北村が神山に向けて眉を上げた。

「庭の道具小屋からお借りしました」

神山は平然と応えた。母親は案じる顔で北村を見ている。

「子どもにキリは上手《うま》く扱えませんから、危ないです。開けるのはわたしがいたします」

北村が言い出すと、

「ここの仕切りはわたしです」

言い切った神山はキリを順番に子どもたちに持たせた。

しかし、子どもたちが選んだどんぐりは次々に尻から壊れていく。キリが上手くどんぐりの中央を貫けないのだ。

「また拾ってくる」

「あたしも。いいでしょ、おじさん」

子どもたちは神山に許しを乞おうとした。

「それはいけません。どんぐりを駄目にするばかりですから。キリ使いなどもう少し大きくなって慣れれば必ずできます。それとどんぐりを糧にしている、林や森の生きものたちのことを考えれば無駄にはできません。ここは北村さんに開けていただきましょう」

神山のこの言葉に今までふてくされ顔だった北村は、

「なるほど」

と得心した表情になってキリを子どもたちのどんぐりに使った。

どんぐり独楽ができあがると、

「どんぐり独楽作りはこれで仕舞いです。廻して遊ぶのは明日にしましょう。上手くなると、独楽をひっくり返し、通した木の軸を下にしてくるくると廻して遊ぶこともできるようになります」

神山は告げ、子どもたちは母親や北村と一緒に、大事そうにどんぐり独楽を手にして部屋を出て行った。

「それでは、どうぞ」

神山は居住まいを正した。

「お尋ねしたいことが幾つかございます。まずは黒装束の田村佳代とご自宅の二階で出くわした時のことです。何か、言葉は交わされましたか？」

桂助は切り出した。

「いいえ。あっという間の出来事でした。突然、顔を刺されて痛みを感じたことしか覚えていません」

応えた神山に、

「田村佳代は窓から真っ逆さまに落ちたものと考えられます。その時、何かお気づきになったことはありませんでしたか？」

桂助がさらに問い、

「他に誰がいたとか？」

金五が一言添えた。

「いいえ」

神山は首を横に振った。

「このわたし一人です」

「だとすると参り秋風は自ら川にでも飛び込むかのように落ちたと？」

桂助は追及を緩めない。

「骸と現状がそのようなことを示しているのであれば、そうなのだと思います。とにかく顔を刺されたのですっかり取り乱してしまって——。年齢《とし》ですかね、これでも巡査だというのに恥ずかしい話です」

神山は目を伏せた。

「ほんとに何も話はしてないのですか？」

金五は思い切って最大の疑問をぶつけて、

「だって参り秋風の田村佳代を恩赦で助けるのに神山さんは懸命だったんでしょ。佳代の方だって大恩人だって思ってたはずですよね」

てらいのない言葉を続けた。

「御一新の後の激変の六年間は長いからわたしは覚えていても、佳代の方は忘れてしまっていたのかもしれないと思い、咄嗟に言葉が出なかった。刺されたわたしは庭で骸になっている佳代を見るまでは、もしやとは思ったが断定はしたくなかったのです。必死に助けた相手に狙われたとは信じたくなかったのですよ。佳代は偶然、わたしのところを狙ったのではなく、助けたわたしを恨んでいたのかもしれないとも思いました。考えてみればこのわたしのところなど、参り秋風がいつも狙うお大尽の家とはかけ離れていますから」

神山は佳代に言葉をかけられなかった理由を話して、

「よかれと思ってやったことでも徒《あだ》になることはままあります。参り秋風の佳代にも恩赦の身で生きていては、所詮は罪人扱いされる、肯《が》じ得《えん》ない現実が多々あったはずだ。そうは思ってもわたしは、何かこう、どうしようもない想いに今も見舞われている。それでつい、ここのお孫さんたちに声をかけて遊びに誘ってしまったのです。何を隠そう、わたしが子どもたちに遊んでもらっていたのですよ」

寂しい微笑を浮かべた。

六

「この画《え》は？」

桂助は床の間に掛けてある画に目を留めた。葉がほとんど枯れ落ちて幹と枝だけになった木の画であった。

「わたしが描きました。このお宅にある栗の木です。ここへ治療養生でお世話になることになった時、筆や絵具は持参したのですが、うっかり肝心の画帖《がじょう》は忘れてきてしまいました。写生が趣味ですので。日々、何か描いていないと落ち着きません。そこで紙をいただいて庭に出てこの栗の木を描いていて、相波先生のお孫さんたちと出会ったのです」

神山の応えに、

「うちにも栗の木があるのでそれとわかりました。葉の落ちかけている栗の木を描かれるとは珍しい」

桂助はじっとその画に見入った。先ほどの神山の微笑に似た寂しい画だった。

「お孫さんたちに〝おじさん、何？　そんな画描いてちゃ、楽しくないでしょ〟なぞと言われてしまいました。まさにその通りかもしれません」

神山は苦笑した。

「栗の木を描かれたのは特別な思い入れがあるからですか？」

桂助がさらに聞いた。相波家の庭園には菰《こも》で冬支度をさせられた五葉松《ごようまつ》が圧倒的に多かった。

「とりたてては何も」

応えた相手に、

「ご無理を申し上げてよろしいでしょうか？」

桂助は前置きして、

「この画を拝借できないものかと」

と乞うた。

「調べに必要ですか？」

「ええ」

「では、どうぞ。ああ、わかった。あなたも調べでうちの栗の木をご覧になったのですね。この栗の木はうちの栗の木に似ていなくもない——」

そう言って立ち上がった神山は床の間に掛けてある画を桂助に渡した。座っていたのでわからなかったが神山の背丈は鴨居《かもい》近くまであった。

「随分とお背が高い」

桂助の言葉に、

「無駄に高いだけですよ」

ここでもまた神山は苦笑した。

相波家を辞する際、驚いたことに二十一代当主が見送りの挨拶に恭しく出てきた。

「口中医仲間の中にはあなたのところの虫歯削り機を、とやかくいう向きもありますが、わたしは時代が運んできた風だと思っていますし、わたしたちもその風を捉えるべきだと思っています。特に、藤屋先生は川路様お声掛かりの警視庁骸検視顧問で、今後ますます上へ上へと進んでいかれるお方です。羨ましい限りです。どうか、同じ口中医であるわたしたちをお忘れなく、おとりはからいくださいますようお願いします。この通りです」

深々と頭を下げたせいで、相波のつくり笑顔が見えなくなった。

帰り道、桂助と金五は神山甚之助について話し合った。

「評判通りの人だったね、神山さん。子ども好きで遊びを通しての教えも深くて感心した。参り秋風の田村佳代に出くわしての想いもああやって話してくれたから、よくわかった。最後の一手さえなけりゃ、おいら、ほら、やっぱりと川路様の言う通りでいいんじゃないかって、桂助先生を説き伏せてたと思う」

金五が切り出すと、

「わかりましたね」

桂助は微笑《ほほえ》んだ。

「うん。田村佳代は小柄で並んで立ったら、大男の神山さんの胸の辺りまでしか背が届かない。まるで子どもと大人。だとすると簪を振り上げても顔は刺せないでしょ。

せいぜいが首まで。跳んで刺したってことも可能性としてはあるけど、どうして跳ぶ必要があったの？　首までは届くんだから刺すんなら首でいいよね。恨みなら致命傷、負わせるだろうしさ。ところが刺し通してるのは右唇の端から口中まで。おいら、ちょっとやってみるね」

金五は落ちていた五寸（約十五センチ）ぐらいの小枝を拾うと、簪代りにして右頬を何箇所が軽くつついて、右唇の端でぴたりと止めた。

「自分で自分の顔を刺す場合、ここいらを突くのが、力が入れられて簡単なんだよね」

「その通りです」

「けど、どうして、神山さんはそんなことしたんだろう？　自分が刺されたふりなんてすることないでしょ」

「実は金五さんに話しそびれていたことが一つありました。神山さんの簞笥の引き出しには琅玕の細工物、手文庫には手つかずのままでお金が残っていました。参り秋風の佳代さんの目的が恨みを込めての盗みだとしたら、これらの金品を見逃すわけなどないのです」

「じゃあ、どうして佳代は参り秋風の姿になって、忍び込んだの？」

「それがわかればこの一件の全貌も明らかになります。まだまだ何かが足りません」

「そうだね」

桂助と金五は同時に自分の頭を掻《か》きむしっていた。くしゃくしゃになったざんぎり頭を互いに見て、

「先生の頭」

「えっ、ああそうですね」

桂助は髪を手でなでつけながら、

「金五さんもくしゃくしゃですよ。でも重要なのはどうして田村佳代は不可解な傷がついた身体で窓から落ちたのか？　ということ――」

「そして、なぜ神山さんは自分で自分を刺さなければならなかったか？　だよね」

髪を手で押さえつつ金五が続けた。


二人が帰り着いた〈いしゃ・は・くち〉ではちょっとした騒動が起きていた。

「ただいま」

玄関で声をかけたが誰も出て来ない。何やら大声が飛び交っている先は離れだった。

桂助と金五は離れの声がする部屋を開けた。

白装束に着替えさせられた田村佳代が布団の上で北枕で横たわっている。志保が丹精している花壇の花が華やかに手向けられ、線香の紫色の煙がその香りと共に流れていた。通夜の準備が行われつつあった。

「身内みたいな知り合いだったんだ。その女の通夜をやろうってえのに何が悪いんだよ。くだらない因縁つけやがって。東京が江戸の頃だって、そのくらいの融通はつけてくれたぜ。たてまえは駄目でも願えばこっそり叶《かな》えてくれた。それが人情ってえもんじゃないかよ。新しい政府に慈悲心はねえのか」

鋼次がしきりに嚙みついている。

「田村佳代は盗みと殺傷の罪を犯して死に至った。決まりではその手の罪人の引き取りは許されていない。他の処刑された罪人たちと共に塚に葬られることになっている。例外は認められない」

相手は川路の部下であった。

「申しわけございません。すみません、すみません」

志保は詫び言こそ口にしていながら佳代に死化粧を施している。

「鋼さんは長く住んでて親しみのあるところの方がいいって頑張ってたんですよ。でも、長屋の木戸の前は巡査の見張りがあって、仏様は運び入れられそうにないってわかって。仏様を奪われてお通夜も何もなく、罪人のまま葬られてしまったら大変。それで〈いしゃ・は・くち〉でお弔いすることにしたのです。もうすぐ、美鈴さんが娘さんのお久美ちゃんを連れて来ます。それまでに見送るお母さんを綺麗にしておいてあげたいのです」

志保は桂助の耳元で囁《ささや》いた。

「どうだ？　調べの方は？」

川路が部屋に入ってきた。

「どうもすみません。いらしたのに気がつきませんで」

志保は形だけ頭を下げた。

「幾つか、お話ししたいことがあります」

桂助の言葉に、

「よし、わかった。聞こう」

川路は強張《こわば》った表情になり、金五も含めた三人は桂助の書斎に移ってテーブルを囲んだ。


桂助の調べとその見解を聞き終えた川路は、

「それではあの神山甚之助の刺された傷は自作自演で、参り秋風の田村佳代を突き落としたのも神山だというのか？」

吐責する時のような大声を出した。

「今のところの調べではそういうことになります。ただしその理由は不明です。これを明らかにするにはさらなる調べが要ります。その一環として、まずは骸に付いた二つの傷痕についての解明、部分腑分けをお許しください」

「これだけの調べで許せるわけはない」

言い切った川路は、

「骸の傷などに頼らず、さらなる調べとやらで示せ。刻限は通夜の終わる夜の十二時まで。刻限を過ぎて調べが及ばぬ場合は即刻、参り秋風の田村佳代の骸をこちらへ引き渡してもらう。そして不手際で我ら警視庁を愚弄したものとして、藤屋桂助、おまえの骸検視顧問を解任する。巡査の金五も同様だ。覚悟して今後の調べに当たるように。よいな」

眉間に皺《しわ》を寄せてきっぱりと言い切った。

七

「やれやれ」

川路を廊下へ見送った桂助がため息をつくと、

「おいら、お役御免になったらこれからどうなるの？　おいらの生き甲斐なんだよね、この仕事。新政府の下で巡査してるわけだから、今まで誰にも言ったことないけど、こんなことならよっぽど徳川様の頃の方がよかった。たとえ下っ引きでもお払い箱って突然言われなかったし、白狐《しろぎつね》の恰好《かっこう》をして飴《あめ》売ってれば何とか食えたし。貧乏でも、のどかだったもん」

金五は愚痴めいた物言いをした。

「まあ、今のわたしたちは窮地に立っていますが、満更、希望がないわけではありません。さらなる調べ、まだ当たっていない大事な人たちがいますから」

「そんな人、見当つかないよ」

「亡くなった佳代さんと神山さん。この二人の周辺がまだ調べられていません」

「神山さんはずっと独り身だよ。神山さん、元同心たちからも、巡査になってから知り合った人たちからも皆に慕われてた。おいらだって尊敬していたよ。だけどとりわけ、この人っていう無二の友達っていうか、相棒みたいのはいないみたい」

「他人《ひと》と自分との間に一定の距離を置く方だったわけですね。たしかに先ほどもそんな印象は受けましたが、罪人たちの恩赦に奔走した時は少し違っていたのではないかと——」

「根は熱い人だと思うよ」

「自分の熱さに疲れてしまったと」

「そんな感じ」

「何が神山さんから、その時の熱さを奪ったのでしょうか？」

「それは本人も言ってた通り、こっちがよかれと思ってやったことでも、相手がそう思わないどころか、恨まれたりするからじゃない？　さっき、参り秋風の田村佳代の死装束見たけど、もうこの世の者じゃないから当たり前なんだけど、天女みたいに綺麗だった。おいら、もしかして、これを佳代は願ってたんじゃないかっていう気もしたもんね、参り秋風らしく死ぬのも——」

悪くないかもしれないという金五の言葉を、

「それは違います」

遮って桂助は否定した。

「死んで花実は咲きませんから。佳代さんにはお久美ちゃんという娘さんがいることを忘れないでください。それゆえ、あの時、神山さんはその子のためにもと熱く恩赦を願い出たはずです」

「これは想像なんだけどその――佳代と神山さんがずっと前から理《わり》ない仲で、お久美ちゃんは二人の大事な一粒種だったなんてことはあり得るかも――。だから恩赦にもあれほど熱心だった。一応辻褄合うでしょ」

「そうだとしたらなぜ夫婦になっていないのです？」

「昔も今もこれはちょっと許されないよ。同心や巡査してたら盗っ人なんかと一緒にはなれないでしょ」

「神山さんは家族より巡査の自分の仕事を優先させる人でしたか？　たしか巡査長への昇格も断っていましたね」

「たしかに。そういう事情ならあの男《ひと》なら、巡査に拘《こだわ》らずに別の仕事を見つけるだろうな」

「ということは残念ながら金五さんの想像は当たっていない可能性が高い」

「そうだね、その通り」

金五は頭を抱えて長すぎる首を亀のように引っ込めて、

「桂助先生も何か一案出してよ」

すがるように言った。

「聞いたら一笑に付すでしょう」

「勿体《もったい》つけないで早く言ってよ」

「わたしが話を聞こうと思っているのは、今こちらへ向かっているお久美ちゃんです」

「お久美ちゃんってまだ子どもでしょ。子どもってちゃんと話とかできるの？」

「二十一代相波様のお孫さんの一人は女の子で七歳ぐらい。しっかりいろいろ話してましたよね。あのくらいの子は大人より覚えがよかったりするものです。佳代さんの娘のお久美ちゃんもそのくらいの年齢《とし》のはずです」

「まあ、お役御免になるにしても、できることは何でもやってからにしたい。このままでは悔しいもん」

「その意気ですよ。そこで一つ、是非とも、金五さんに頼まれてほしいことがあるのです」

「わかった。おいら、諦めないで頑張る、何でも頼んで」

「金五さんは神山さんについてもう少しくわしい話を巡査仲間から集めてください。若い頃からずっと独り身だったのかとか、あれだけ子ども好きなのに子どもはいなかったのかとか——」

「うん、わかった。皆、神山さんのこと、あの恩赦のこともあって、凄い人だ、仏の神山だなんてもてはやしてるけど、その他のことは言わない。たしかに気になるね。聞いてくるよ」

「よろしくお願いします。互いの調べを持ち寄る場所はここにしましょう」

金五が出て行って、ほどなく鋼次の妻の美鈴と娘のお佳、母親を失ったお久美が〈いしゃ・は・くち〉に着いた。

「母がお世話になります」

率先して挨拶したのはお久美で、お佳はおっとり気味に頭を下げた。お久美は大人びていた。

美鈴は挨拶代わりに涙声で、

「佳代さん、今時分のこれ、好きだったのよね。長屋の庭に食べられる菊を植えてたほど。お久美ちゃんが作るのを手伝ってくれたの。菊の黄色が鮮やかで綺麗でしょ」

菊ちらしが入った大きな飯台を志保に渡した。

とにかく時がなく、大急ぎで通夜振舞いの握り飯と味噌汁《みそしる》を用意しただけの志保は、

「ありがたいわ」

と洩らし、家族を待っていた鋼次は、

「酒の方は俺が酒屋まで一っ走りしてきた。これから酒樽《さかだる》が届くよ。佳代さん、酒、強くてさ。いい飲みっぷりだったんだぜ。さすが――」

さすが参り秋風だと続けかけて止《や》めた。娘のお久美がその場にいたからである。

「それとさ、ちょっと桂さんに話しときたいことがあるんだ。な、美鈴」

夫に相槌を求められた美鈴は、

「こんなこと黙って受け入れられない。それと桂助さんだけにはわかっておいてほしいことなの」

と言った。

「それじゃ、わたしは子どもたちとクッキーとミルクをいただくことにします。さあ、あちらへ行きましょう。用意を手伝ってね」

察した志保がお佳とお久美を台所へと連れて行った。

「お久美ちゃん、おっかさんが死んだって聞いても、たいして泣きもせず、あんなに

しっかり気丈に振舞ってる。あのままじゃ、あんなに一所懸命、汗して働いてた佳代さん、実は恩赦の有難味を忘れた女盗賊参り秋風だったたってことになるんでしょ。おつかさんが亡くなったというだけで悲しいのに、そのうえ、罪人だの罪人の娘だのっていう後ろ指、お久美ちゃんがこれ以上酷い目に遭うの、あたしたち堪《た》えられないんですよ。佳代さんは絶対、罪人に戻ったりなんかしてません。あたしたちがこの目で見てきました。ですから、お願いです。桂助さんの力で佳代さんを罪人にしないでください」

美鈴は泣きながら訴えた。

「そのためには佳代さんが、鋼さん家族のほかにどんな人たちとつきあいがあったかを是非知りたいです、是非」

桂助は言葉に力を込めた。

「佳代さん、聞き上手で自分からはあまり話さない人だったものねえ。あたし、うちの人とか実家《さと》のこととか、ずいぶんいろいろ聞いてもらってた。佳代さん、うんうんって聞いてるだけ。一度、ちょっとそれが不満で、〝どうしていつもうんうんなの〟って言ったら、〝わたしは他人様《ひとさま》にどうこう言える立場じゃないから〟って。それでもその後もずっとうるさがりもせずに〝うんうん〟って聞いてくれてた。でも親しかったのはこのあたしだけじゃ、あまり役に立たないわよね」

美鈴は落胆のため息をついた。

「実は――」

片や鋼次は慎重に切り出した。

「美鈴と俺って似た者同士でとかく愚痴っぽいんだよね。だから俺も佳代さんに聞いてもらったことがあった。言っとくけど俺は美鈴ほどしょっちゅうじゃねえぞ」

珍しく美鈴をじろりと一睨みした後、

「そん時の俺の愚痴は〝どうして、俺ってまだこんなご時世に房楊枝作って売らなきゃなんねえんだろう〟とか、〝虫歯を抜くよりいいに決まってる夢みたいなこの治療、虫歯削り機の患者がなかなか増えねえんだろう〟とか、〝虫歯削り師なんていねえし、医者でもねえ俺みたいな中途半端な者、これからどうなるんだろう〟とかだよ。この時の佳代さんは凄かったよ。あの叱りはずしんときたね」

苦虫を嚙み潰したような顔になって続けた。

八

「佳代さんは〝あんたは欲張りすぎる〟って俺の愚痴を一刀両断。〝いい家族に恵まれている上、奥さんのお実家《さと》がお大尽なのが気に入らないっていうのも、今の自分の仕事や身分に不安を感じてるっていうのも同じこと。いいこと尽《ず》くめで欲張りになりすぎてる〟ってさ。それでも俺が〝そんなことない、人の悩みはそれぞれ人によって違う〟って屁理屈《へりくつ》こねたら、こんな人の話をしてくれた」

「こんな人の話とは？」

桂助は思わず身を乗り出した。

佳代から聞いた知り合いの話とは以下のようなものだった。

市中に誰もが知るお大尽がいた。が、息子の放蕩《ほうとう》が祟《たた》って蔵の中のお宝や金子《きんす》が減り続けた結果、屋台骨が傾きかけていた。しかし、主は世間体を取り繕って奉公人には暇を出さず、欠かせない行事の折には、近所や親戚たちに、そこそこの振舞いをするなど見栄を張ってきた。それが代々の家訓でもあり、店の華やぎにもつながってきていた。

放蕩息子がやっと目を覚まして稼業に精を出し始めた時、店は開業以来最大の不運に見舞われた。蔵破りの盗賊に遭ってただでさえ減ってきていた蔵の中身が根こそぎ奪われてしまった。

「そのせいで主は重い口中の病、たぶん悪い出来物だろうけど、それに罹《かか》ったんだと。相波は口中の出来物の名医として知られてるんで、何としてもあの相波先生にかかりたいんだが先立つものがない。困り果てた息子はとうとう自分を責めて大川に身を投げちまったんだと。最後に佳代さんは〝これまでの主の中にも若い頃、放蕩者だった人はいたでしょう。でもこれではいけないと目が覚めて仕事に精を出して稼業をつないできてた。だから今回、不運を運んできた悪は盗賊よ。これに比べれば鋼次さんは本当に幸運なのよ〟って。たしかにねえ、人って自分だけが酷い目に遭ってるって思い込んじゃうと、きりがねえもんだなって恥ずかしくなったよ」

しみじみと告げた鋼次は、

「あの時は自分のことで精一杯で気が回らなかったけど、今になってみるとあんな話を俺にした佳代さんが、参り秋風に舞い戻ったなんてまるっきし考えられねえよ。

〝不運を運んできた悪は盗賊よ〟って言った時の佳代さん、真から盗賊を憎んでるように見えたし」

合点がいかない顔をした。

「今の話に出てきた店は老舗《しにせ》の骨董屋《こっとうや》の飛鳥堂《あすかどう》さんですね。ご子息が亡くなられたことは新聞で読んで知っています。そうなると佳代さんは飛鳥堂さんと懇意だったことになりますが、何か心当たりはありませんか？　飛鳥堂から出てくるのを見た人がいるとか——」

桂助は美鈴の方を見た。

「そんな話、聞いたことない。あたしも佳代さんに叱ってほしかったわよ」

美鈴らしい物言いで首を横に振った。

次に桂助は応接間でお久美と向かい合った。佳代によく似た端整な顔立ちに落ち着きがあった。

「お佳ちゃんのおばさん、おじさん、あたしにとっても気を遣ってくれてるんですけど、おっかさんのことならあたし、何でも知ってるんで大丈夫です。おっかさんだけじゃなく、おとっつぁんも盗賊だったたってことも」

お久美は桂助を切れ長の目でじっと見つめている。勝気な様子が見てとれる。

「差し支えがなければ、その話をもう少しくわしく話してください」

桂助の言葉に、

「お佳ちゃんのおばさん、おじさんはいい人でその二人が太鼓判を押してる、桂助先生って人もいい人だって、あたし、信じて話します」

お久美は意を決したように
「おっかさんもおとっつぁんも気がついたら、盗賊だったそうです。拐《かどわ》かされたか買われたかして盗賊にさせられたんだろうって。だろうっていうのは、二人とも実のおっかさん、おとっつぁんの顔を知らないし、大きくなってそういう子たちを見てきたからたぶん、そうなんだろうってことでした」

と告げた。

「お父さんはどうされました？」

「おっかさんの話ではあたしがまだおっかさんのお腹《なか》にいる時、やるか、やられるかで競い合ってる盗賊がいて、仲間に裏切られておとっつぁんは殺されたそうです。だからおとっつぁんもあたしの顔知らないんです」

そこでお久美はしんみりした。

「お母さんはお父さんのことをどのように話していましたか？」

「幼馴染《おさななじ》みだったんで年頃になると自然と想い、想われる仲になったんだそうです。おとっつぁんが命を懸けてた仕事だったから、死んでしまった跡を継いで頭《かしら》になることにしたんだって。おっかさん。おとっつぁんへの想いは深かったけど、今度生まれてくる時は互いに盗賊に拐かされたり売られたりしないで会いたいもんだって、おとっつぁんの話をするたびに言ってました。もちろん、二度と盗みはしない、盗賊は世の中の毒だとも」

「あなたはお母さんが恩人の家に盗みに入ったとはとても思えないのですね」

「はいっ、絶対、そんなことあり得ません。どんなに貧しく辛くても汗水垂らして真っ当に生きていくのが人の道なんだって、あたしはいつもおっかさんから言われてました」

「神山甚之助さんのことは？」

「大恩人だって。今こうして生きてられるのは神山様のおかげだって。時々、神山様って人の家の方へ向けて手を合わせてました。ただ――」

「神山さんのことで気になることでも？」

「二月ほど前、おっかさんのところへ若い男の人が訪ねてきて、おっかさんはその若い男の人と出かけて行ったんです。あたし、何となく気に掛かっておっかさんの後を尾行《つけ》ました。おっかさんが入っていったのが神社だったんで、隠れるところもあって、あたしは二人の話を立ち聞きできました。気が気ではなかったんです。その男は〝地獄の苦しみを味わっている人もいます。こんなことを続けていたらいずれ神山様だって――〟と言ったのが聞こえましたが、その後は聞き取れませんでした。特に用心深いおっかさんの声は一言も聞けませんでした。何が何だか、わからないものの、ぴんと張りつめた様子は伝わってきていて、その時のあたしは悪いことが起きないように神様にお願いしたんです。それなのに――」

お久美はとうとう堪《こら》えていた涙の堰《せき》が切れてわっと泣き出した。

「よく話してくれました。本当にありがとう」

桂助が礼を言ったところで書斎のドアが開き、

「お久美ちゃん、ミルクとクッキーのお代わりはいかが？」

入ってきた志保は、

「いいのよ、泣いても。こんな時はいっぱい泣いていいの。それが一番なんだから」

泣きながら震えているお久美の背中をさすり続けた。

しばらくして夕闇がかかる頃、桂助は戻ってきた金五と書斎に入った。

「大収穫。いろいろ聞き込んできたよ」

金五は興奮状態である。

「話してください」

「まずね、巡査になってた元同心の人たちが、神山さんをあんな風に神様みたいに崇め奉ってたのには理由《わけ》があった。神山さんには恋女房と一人娘がいたんだけど、女房の方は赤子を遺《のこ》して流行病《はやりやまい》で逝っちゃってた。これはまだ同心の頃だよ。その後は神山さんが男手一つで育てた自慢の娘さんが、御一新の後、神隠しみたいに行方知れずになっているんだ。こんなに長い間、罪人にまで情をかけながら、ひたむきに仕事に励んできた人に、この仕打ちは神様もあんまり酷すぎるってわけで、周囲はこの話には金輪際触れず、ただただ神山さんを漠と崇めてたんだろうって。端で見てるのが辛すぎるから神様扱いにしたんだろうってその人は言ってたよ」

「その人とは？」

「話してくれたのは神山さんの元先輩で上川善右衛門《かみかわぜんえもん》さん。御一新の時はもう年齢が来てて、家作もそこそこあったから、悠々自適の隠居暮らしを続けてる。善右衛門さんの楽しみは居酒屋廻りだったもんだから、はじめて入ったその店で追い回しをしてた田村佳代とばったり遭ったんだって。この人は神山さんと関わってたから当然、佳代の顔を知ってた。佳代の方は別段困った顔も怯《おび》えもしないで、〝旦那の口でも誰のでも、人の口に戸は立てられないっていいますから、元の稼業がわかってここを辞めさせられても仕方ありません。わたしは恨みませんよ。なに、この市中に食物屋と追い回しの仕事は数限りなくあるんですから大丈夫〟なんて、さばさばしたもんで善右衛門さんは、――この女は滅多にないことだが堅気になりきれる――と感心したそうだよ」

「善右衛門さんもなかなかの方なのですね」

「ん。それでしばしばその店に通うようになり、佳代さんといろいろ話もするようになったんだって。やっぱり、桂助先生の言う通り、人づきあいの調べは肝だったよ」

金五はここからが本番だといわんばかりに太く息をついた。

九

金五は先を続ける。

「善右衛門さんは佳代さんに神山さんがどうしているかと訊かれて、神山さんの娘さんの神隠しのことを話した。それを聞いた佳代さんは、自分にも娘がいることもあって胸を突かれた様子だったたって。そもそも神山さんがあれだけ熱心に恩赦を願い出てくれたのも、自分が子持ちだったからであり、掌中の珠を失った神山さんのお力落としはいかばかりだろうかと佳代さんは案じて、よほど応えていたろうって。〝他所《よそ》の、いや罪人の子どものことさえ気になるほど、子ども好きの恩人の今が気になってならなかったんだろう。その後、佳代が神山の家の前を行ったり来たりしている姿を何度か見かけた〟と善右衛門さんは言ってた」

「善右衛門さんは佳代さんのその姿を参り秋風の探りとは見做していなかったのでしょうか？」

「それについて善右衛門さんはこう言っていた。〝正直、新聞の記事を信じるならば、佳代は再び参り秋風になって神山のところを探っていて狙ったことになろうとは思う。一応の辻褄は合う。この経緯《いきさつ》さえなければ――〟って」

「この経緯というのは？」

「善右衛門さんが佳代さんと出会った後、自分を訪ねて来た、若い男がいたんだって」

「それはもしかして、〝地獄の苦しみを味わっている人もいます。こんなことを続けていたらいずれ神山様だって――〟というような内容の話ではありませんか?」

ここで桂助はお久美から聞いた話をした。

「盗賊に根こそぎ蔵をやられてしまい、地獄の苦しみを味わわされてるのは、老舗骨董屋の飛鳥堂さんだよね。巡査仲間が言うには実はこういう不運、盗賊にやられた後、医者にもかかれず、滋養もろくに摂《と》れないほど窮してる元お大尽、他にも結構いるんだって。けど世間体を憚《はばか》ってか、厳しい盗賊詮議をしてた火盗改《かとうあらため》なんてとっくの昔になくなってるから、届け出ても無駄だとわかって諦めてしまい、なかなか表に出てこないらしい。あの店がっていう徳川様の頃の大店《おおだな》が潰れて、ああそうだったかって合点するんだって」

「その盗賊というのは根こそぎ奪う手口から見て、行き当たりばったりで集まった烏《う》合《ごう》の衆とは思えません。いったいどんな筋なのでしょう? たしか、参り秋風と一緒に手下たちも恩赦になりましたね。まさか――」

「そのまさかなんだよ。このところ、恩赦になった参り秋風の手下たちが仲間内で喧《けん》嘩《か》して殺し合ってるんだそうだ」

「その話、金五さん知っていましたか?」

「知らないよ。新聞は喧嘩なんか小さくしか記事にしないから載っていなかった。他の巡査たちだって知らないと思う」

「川路様はいかがでしょう？」

「あの人は知ってるよ、警視庁大警視なんだから」

「川路様は手下たちの殺し合いは伏せて伝えず、参り秋風のことは大々的に新聞が書くよう仕向けて、何が何でも、恩知らずの大悪党が報いを受けて死んだことを強調したがっているように見受けられます」

「じゃあ、その後で、元お大尽たちを狙った盗賊たちの殺し合いについて明らかにすれば、黒幕の参り秋風が最後の仕上げに復讐心《ふくしゅうしん》から神山さんを襲撃、盗みに失敗、神山さんは辛くも大手柄を立てたことになり、これで一件落着ってことになるんだね」

「わたしはそれで終わるとは思えません」

「善右衛門さんはね、自分を訪ねてきてた若い男についてこうも話していたよ。〝そいつは大工見習の山下享吉《やましたきょうきち》って奴で、参り秋風と一緒に恩赦になった後、一番若かったこともあり、身寄りもないんで気にかかった神山さんが自分のところで預かったんだ。俺も一緒に鍋なんかをつついたこともある。この男も佳代同様、一途《いちず》な澄んだ目をしていたから、堅気の道は外すまいと俺は思ってる。神山もそう思って見込みのある若者の前途に邪魔など入らぬよう、きっと手元に置いたのだろう。これは享吉が俺に言ってたんだが、――自分が一方的に神山様の娘さんの桃代《ももよ》さんに想いを抱いたわけではありません。桃代さんもわたしを想ってくれていたんです――と。俺はこれも信じている。だから、この享吉が桃代と一緒に駆け落ちするしかないと思い詰めていたことは意外だった。今まで享吉は黙り通してきたんだそうだが、――神山様はわたしたちのことを決してお許しにはなりませんでした――と。たしかに巡査の役職にある者として思うことと、父親として願うことは違ったりするものだ〟と」

「で、お二人は駆け落ちしたのですか」

桂助の問に金五は首を横に振った。

「桃代さんが享吉さんとの駆け落ちの約束を違《たが》えたのですね」

「うん。どんなに享吉さんが必死に探しても、桃代さんの行方は杳《よう》としてわからなかったんだって。そこで、享吉は以前の頭の佳代に会い、話をするようになったって、善右衛門さんに話したそうだよ」

「それで享吉さんは善右衛門さんを訪ねたわけですね。でも、それは、はたして桃代さんのことだけだったのでしょうか？　もっと案じられることが別にあったのでは？」

「その通り。享吉は恩赦で助かった参り秋風の手下だった自分たちの行く末と、世の中に与える悪を心配していたんだって。善右衛門さんほどになれば、欲に取り憑《つ》かれやすい者たちには無理だってわかるんだろうけど、享吉の若さではこれ以上、一つ釜の飯を分け合った仲間たち同士での殺し合いは見ていられない、それ以上に罪もない人たちを地獄に落とすのは止めたいって思ったんだって。善右衛門さんだけではなく元の頭の佳代にも話すくらい強く強く思った——。おいらもわかるよ、それ」

「なるほど。それで〝地獄の苦しみを味わっている人もいます。こんなことを続けていたらいずれ神山様だって——〟という言葉につながるのですね」

「それにしても、堅気になれなかった参り秋風の元手下たち、喧嘩ばかりしてるっていうのに、いったいどうやって、どこのお大尽のところは蔵を破りやすいとか、二階にお宝があって木を伝って入りやすいなんてこと調べたんだろう？」

「たしかその人たちが狙い打ちしていたのは徳川様の頃からのお大尽ばかりでしたね」

桂助のこの言葉に、

「まさかっ」

金五は叫んだ。

「調べてみなければ断定はできませんが、盗みに入られたのは神山さんと懇意にしてきた店ではないかと思います」

と桂助は言い、

「でも、まだこれだけでは確たる証にはなりません。金五さん、もうそう時がありません。もう一度神山さんの家を探しましょう」

金五を促して立ち上がった。


二人は通夜の読経を待たず焼香を済ませるとすぐに神山の家へと並んで走って向かった。

「おいら、ちょっと思いついたことがあるんだけど」

「読経よりも先にお焼香したことと関わってでしょう？」

「先生も同じだったんだ」

「今回は読経の終わるのを待っていたら、神山さんの家を調べて真実の証を掴み取ることができないので、お焼香を先にさせていただきましたが、その時、ふと思い込んでいると見えてこないことがあると気がつきました」

「そうそう。思いついたのは佳代が神山さんを刺したっていう簪、あれまだ出てきてない。自作自演だとしたら佳代が落としたのを神山さんが拾ったことになるよね。いったいどこにあるんだろう？」

「それと骸に二つの傷痕を付けたのは何だったのかも思い浮かびました。大工道具や庭道具等、如何《いか》にもの物ばかり考えていたのは愚かでした。あれはもっと手近にあったもので、おそらく今も簪同様、あの家のどこかにあるはずです」

二人は神山の家へ着くと、まっしぐらに二階へと上がった。桂助は箪笥を開けて琅玕細工の簪を手に取った。

「最初に気がついていれば調べたでしょう。高価なものでもあり、黒装束の佳代さんの髪には挿してありませんでしたし、神山さんが大事にしているお母さんの形見かと思い込んでしまっていました」

「たしかに骸を調べた時、佳代の髪、簪なんて挿してなかったよね」

簪に付いた血痕を二人はじっと見た。

「しかしこれだけでは、神山さんが自分で顔に傷を付けたという証にはなりません。佳代さんが盗んだこれで襲ってきた際、落としていった簪をここに納めておいただけだと言い逃れることができてしまいますから。ここはやはりあれです、刺すと長四角の穴が空くもの、あれがないと」

桂助は丸火鉢の近くの炭入れを見た。

十

「炭挟みが見当たりませんね。探しましょう」

「たしかに炭挟みなら先が四角いよね」

二人は階下へ下りて勝手口の炭置き場を探した。大きな炭俵の上に目当ての炭挟みが載っている。手に取った金五は仔細《しさい》に見て、

「これの先にもちょっとだけど血が付いてるよ。簪にも付いてるからどっちがどっちの血だかはわかんない」

「いえ、簪の先の傷と炭挟みによる傷の違いは比べればわかります。これは川路様に納得いただける証になります」

桂助はきっぱりと言い切った。

「それにしても簪まで神山さんのものだったなんて。どうして、こんなよくわかんないでっちあげをしたんだろう。もっとわかんないのは助けた佳代を今になってどうして炭挟みで突いて、下に落として殺したのか？　おいら、もう、さっぱりだよ」

金五は頭を抱えた。

一方の桂助は、

「気になっていることがあるのです」

階段を上って二階に戻ると部屋の押し入れを開けた。

「何っ、これ？」

百冊を超える画帖が積み上げられていた。描かれているのはどれも庭の栗の木であった。各々一冊に描かれている栗の木はほぼ同じように見えた。それでも何冊かあると春の芽吹き、夏の葉の茂った様、秋の枯れた葉交じり、冬の裸木と変化は見てとれる。まだ苗木で庭に植え替えていない鉢植えの時の写生も出てきた。

「いったい何枚、描いたのか、画帖の葉数と冊数を数えて掛算してみましょう」

神山甚之助が描いた栗の木の画は千枚をゆうに超えていた。

「神山さん、栗の木の苗木を育てはじめてからずっと毎日、これ、描き続けてたってわけ？　まるで子どもを育てるみたいに大事に大事に見守って描いてた――」

呟いた後、金五に桂助は黙って頷いた。

「もう、あんまり時がないよ」

「急ぎましょう」

二人は警視庁へ向かって走った。川路はほとんど家に帰らず、特にこのような重大事と関わっている際には大警視室で夜を明かすのが常であった。

「昔の同心や与力の旦那はここまで仕事に根は詰めてなかった。だから、おいら、川路様の根性、凄いって思うよ。ただ言ってることが明けても暮れても警察の威信、ひいては国家、天子様の御威光だっていうのは、正直、うんざりしてるけど」

と話す金五に、

「昔だったら参り秋風は死んだ罪人とあっさり断じられてしまったでしょうが、今はうるさがられながらもこうして、調べを許してくださっている。新しくなってよくなったこともわたしはあると思います」

桂助は言った。

「それじゃ、佳代の身体の傷がどうして付いたか、桂助先生に調べさせてくれるっていうの？」

首を傾げた金五に、

「はて、それはどうだかわかりません」

桂助は頷かなかった。

大警視室にいたのは川路だけではなかった。神山甚之助が床の上に座って項垂れている。その様子は罪人であるかのように見えた。

「椅子に掛けろと言っているのだがどうしてもきかないのだ」

川路はとかく専横的な物言いの常とは違っておろおろと困惑している。

「わたしは自首いたしました。すでに罪人です。ふさわしいのは牢でここではありません」

神山はしごく落ち着いていた。

「調べはつきましたか？」

神山は桂助の方を見た。

「はい、充分に」

応えると、

「それではお聞かせください」

神山は微笑んだ。

桂助と金五が交替で話し終えると、

「しかし、炭挟みなどどこにでもある。付いていた血は神山のもので佳代がどこかで付けてきたものかもしれぬ。そこまでは骸の傷をくわしく調べねばわかるまい。そのための腑分けは許さぬ」

呆然としているかのようだった川路は思い出したかのように憤り、

「今、お話しくださったことは全て真実です。殺したのはわたしです。わたしが田村佳代を手に掛けました」

神山はきっぱりと言い切った。

「なぜだよ、なぜ殺したんだよ」

金五は追及せずにはいられなかった。

「自分でもわかりません。ある時からわたしは元の自分ではなくなっているのです。栗の木を苗木の頃から毎日、描かずにはいられなくなってしまったのです。そのある時というのは一人娘の桃代を手に掛けた時でした。佳代の部下に山下享吉という若者がいました。わたしは享吉を佳代同様、この若者もきっと堅気になれるだろうと見込んでいました。それで他の盗賊崩れの仲間に引きずりこまれないよう、うちで世話をすることに決めました。享吉もわたしによくなついてくれていました。ところが享吉と娘桃代が想い合う仲になったと伝えられると、わたしは身体中の血が一度凍ってから、熱くたぎるかのような怒りを感じました。あれほど罪人たちの立ち直りを願っていたというのに、享吉はわたしの期待に添った働きぶりをしていたというのに、どうしても、どうしても、わたしは二人の仲を許せませんでした。盗っ人になんかと添わせるために娘を育ててきたんじゃないと何度も呟きました。そして、とうとう桃代は享吉と駆け落ちしようとしたのです。わたしは何としても止めようとし、桃代はわたしから逃れようとしているうちに、勢い余って壁に思い切り強く頭をぶつけました。死んでしまったのです。わたしは桃代の骸をわたしの部屋の窓の下に埋めました」

そこで一度神山は言葉を切った。

「あの時、自首して裁かれていたなら佳代まで手に掛けることも、わたしのせいで地獄の苦しみを味わう人もいなかったはずです。でもわたしにはできませんでした。庭に娘の骸を埋めたことで、そばにずっとまだいるような気がしてきました。娘の好物は栗でしたので栗の木を育てることを思いつきました。苗木を買い、日々写生していると、娘が生きているという想いはさらに募りました。栗が実ったら栗飯にしようなどとも思いましたが、花は咲くのにまだ実はなりません。そんなわたしの前に現れたのが盗賊崩れの一人でした。わたしはもはや以前のわたしではありません。困窮を訴えられるとそれが罪になるとわかっていても、狙いやすいお大尽たちの名を明かしました。こうしてわたしの罪は広がり続けたのです。これにはわたしもその連中もたいした違いはないという自嘲が混じっていました。そしてとうとう佳代まで殺すことになったのです」

「やはり佳代さんはあなたに話しかけていたのですね」

桂助の言葉に、

「ええ、もちろん。家の二階で出くわした佳代は享吉からわたしのしていることを聞いたと言い、地獄の苦しみから飛鳥堂さんを救ってほしい、それでここへ参り秋風の形《なり》で入り、せめてもの治療代をいただいていこうとしたのだと言いました。どうして直《じか》にわたしを訪ねて言ってくれなかったのかと言うと、〃今の旦那に聞き入れていただけるとは思えなかったからです〃と告げて、わたしを見つめました。わたしは蔑まれていると感じて頭にかっと血が上りました。お察しの通り、炭挟みと母親の形見で桃代が受け継ぐはずだった琅玕の簪を無我夢中で使いました。自分の罪を隠し通したいという一念でした。佳代が言ったことは図星でわたしが教えたばかりに、盗賊崩れたちに地獄へ落とされたのは飛鳥堂さんだけではなく、大勢いたはずです。そしてわたしにその人たちのことを案じる気持ちは残っていませんでした。その時にもうわたしは元同心でも巡査でもなくなっていたのです。わたしは盗賊崩れたちと同じ、いえそれ以上に悪い罪人です。どうか厳しいお裁きを」

と神山は応えた。

ここまでの自供が揃っても川路は神山を入牢させることを、

「市中に神山あり、と聞こえたこともある巡査を罪人にはできない」

と言い通し、相波家へと戻して見張りをつけた。桂助は佳代の骸の傷痕の真相を突き止めたいと願い続けたが、

「その件は神山がそうだと言っているのだからもうよい。それとこちらは全ては神山が娘の死を苦にしてのことだと見做している。神山の娘の死はただの事故で、佳代のことは、黒装束も禍《わざわい》してのあの始末となったのであろう。ん、これで問題ない」

勝手な理屈を言い放ち、

「これに文句があれば藤屋桂助の骸検視顧問の職を解く。この職に就きたがっている者は他にもいる。たしか二十一代相波もそう申していたな。あやつはわきまえもあって我ら新政府に好意的でよい」

などとも脅し文句を連ねた。

一月ほど過ぎて神山甚之助はとうとう収監されることもなく、心の臓の発作で亡くなった。手紙を二通遺していた。

新しき良き治安の維持を信じてお言葉通りにいたしてまいりましたが、以下のお約束はどうかお守りください。

渡しください。

我が家の箪笥の中のものは、どうか病で苦しんでいる飛鳥堂さんの治療費にお下げ渡しください。

申し添えますが、これらの僅かばかりの貯《たくわ》えは、月々の巡査の給金から残したもので、わたしが加担してしまった盗みとは一切関わりのないものです。

神山甚之助

川路利良大警視様

相波邸にてあなたに栗の画を評された時、その鋭い眼力に感服いたし、覚悟を決めておりました。

それとどんぐりはクヌギの実だけをいうのではありません。狭義にはカシ、シナ、カシワ等を含むコナラの仲間をいうのですが、広義には栗もどんぐりに入ります。

調べで我が家にお運びいただいたようなので、今後、栗が実をつけるようなことがございましたら是非報せてください。楽しみに待っております。桃代はわたしと一緒によく栗林へ出向き、拾った栗で作る栗の甘煮を楽しみにしてくれました。また作ってやりたいと思うのです。

神山甚之助

藤屋桂助様

「神山さん、心の臓の発作だったっていうから、きっとずっと抱えてた心の重荷が身体に障ったんだよね。でも、あっちへ行けば神山さんと娘さん、また父娘で会えるんだもん、これでよかったっていう気もする」

神山の家の庭に埋められていた娘の骸は、掘り起こされて供養され、神山家の菩提《ぼだい》寺《じ》に神山と共に葬られた。栗の木は〈いしゃ・は・くち〉で引き取った。

おおよその事情を知らされていた志保は、

「栗って食べて美味しいだけじゃなしに、ほんの五、六個でご飯代わりになるから、食欲のあまりない病後の人や歯の生え始めた赤ちゃんも潰してあげると大喜び。冷えにも最強なんですよ。ちょうど一本欲しかったんです。今年はまだ駄目だったみたいだけど、来年はきっと。元気に根付いて実がつくのが楽しみです」

うれしそうに洩らしつつ、植え替えの済んだ栗の木に向かって丁寧に手を合わせた。

お久美は鋼次一家が引き取り、さすがに佳代の骸がもう罪人扱いされることはなく、美鈴の実家の菩提寺に田村家の墓が建てられて弔われた。

秋がますます深まって、窓辺からの眺めが枯れ葉一色で被われているかのように見えてきた頃、庭には枯れ葉の下に潜む虫をついばむ鳥の数が増えた。そんなある日、ある一通の文が桂助宛てに届いた。福沢諭吉からのものであった。

吉報を長与専斎君より聞きました。あなたが医術開業試験の試験官を引き受けてくれるのは何よりです。

ついては一つお願いを兼ねてお耳にお入れしたきことがあってこの手紙を書きました。

実は中津《なかつ》（大分県中津市）の同郷にして盟友小幡篤次郎《おばたとくじろう》の甥《おい》、小幡英之助《えいのすけ》が歯科医のセント・ジョージ・エリオット医師と共に上海で修業をしています。エリオット医師はウエストレーキ医師ともども知と技に長《た》けた素晴らしい歯科医です。滅多に弟子をとらないことで知られていただけに、エリオット医師の眼鏡に適《かな》った英之助は、まさに期待の星だと叔父《おじ》の篤次郎もその成長を楽しみにしています。英之助は次々に新しい知識を吸収する柔軟な頭と、人並みはずれた手先の器用さを持ち合わせているということでした。ただし気性は一本気の暴れ者であるとか――。

それでわたしももちろん篤次郎も英之助に医術開業試験を勧めていて、当人もすっかりその気になっているようです。

英之助は試験前には戻ってくるとのことですが、口中科で受験することを断固拒み、歯科で受けたいと言い張っています。

これを聞いた専斎君が頭を悩ましていると聞きました。追って専斎君からも相談があるとは思いますが、同郷の者のことですので、まずは小幡英之助の名をお報せさせていただいた次第です。

福沢諭吉

藤屋桂助先生

これを読んだ志保は、

「西洋医学一色にするための医術開業試験ならば、口中科ではない、歯科と明言しての受験者は長与先生とて、むしろ有難いのではありませんか？」

と言い、

「たしかにそうです」

桂助は複雑な思いで相槌を打った。神山から届いた金子で二十一代相波にかかった飛鳥堂の主が、恢復《かいふく》してきていると耳にしたばかりだったからである。従来の口中医たちが積み上げてきた技や知識には侮りがたいものもあるのだから――。

参考文献

『ビジュアル・ワイド　明治時代館』（小学館）
橋本鉱市「近代日本における専門職と資格試験制度―医術開業試験を中心として」、「教育社会学研究」第51集
『氷の歴史③　天然氷の販売』（北陸冷蔵株式会社）
イアン・ケリー『宮廷料理人アントナン・カレーム』村上彩訳（ランダムハウス講談社）
いわさゆうこ・大滝玲子『ひろってうれしい知ってたのしい　どんぐりノート』（文化出版局）

和田はつ子「口中医桂助事件帖」シリーズ（全十六巻）

将軍後継をめぐる陰謀の鍵を握る名歯科医が、仲間とともに大活躍！

好評発売中！

『南天うさぎ』……シリーズ第1巻

長崎仕込みの知識で、虫歯に悩む者たちを次々と救う口中医・藤屋桂助。その回りでは、さまざまな事件が。幼なじみで薬草の知識を持つ志保と、房楊枝職人の鋼次とともに、大奥まで巻き込んだ事件の真相を突き止めていく。

ISBN4-09-408056-2

『手鞠花おゆう』……シリーズ第2巻

女手一つで呉服屋を切り盛りする、あでやかな美女・おゆうが、火事の下手人として捕えられる。治療に訪れていた彼女に好意を寄せる桂助は、それを心配する鋼次や志保とともに、おゆうの嫌疑を晴らすために動くのだが……。

ISBN4-09-408072-4

『花びら葵』……シリーズ第3巻

桂助の患者だった廻船問屋のお八重の突然の死をきっかけに、橘屋は店を畳んだ。背後に岩田屋の存在が浮上する。そして、将軍家の未来をも左右する桂助の出生の秘密が明かされ、それを知った岩田屋が桂助の前にあらわれた！

ISBN4-09-408089-9

『葉桜慕情』

……シリーズ第4巻

桂助の名を騙った者に治療をされたせいで、子供と妻を亡くした武士があらわれた。表乾一郎と名乗る男はそれが別人だと納得したが、被害はさらに広がり、桂助は捕らわれた。その表から熱心に求婚された、志保の心は揺れ動く。

ISBN4-09-408123-2

『すみれ便り』

……シリーズ第5巻

永久歯が生えてこないという娘は、桂助と長崎で学んだ斎藤久善の患者で、桂助の見立ても同じだった。よい入れ歯師を捜すことになった桂助の回りで、次々と事件が起きる！　新たに仲間に加わることになる、入れ歯師が登場。

ISBN978-4-09-408177-0

『想いやなぎ』

……シリーズ第6巻

鋼次の身に危険が迫り、志保や妹のお房も狙われた。背後には、桂助の出生の秘密を知り、自らの権力拡大のため、桂助に口中医を辞めさせようとする者の存在があった。一方、桂助は将軍家定の歯の治療を直々に行うことに。

ISBN978-4-09-408228-9

『菜の花しぐれ』

……シリーズ第7巻

紬屋太吉の父と養父長右衛門との間には、お絹をめぐる知られざる過去が。その二人が行方不明になり、容疑者として長右衛門が捕らわれる。そこには桂助をめぐる岩田屋の卑劣な陰謀が。養父を守るために桂助に残された道は？

ISBN978-4-09-408382-8

『末期葵』……シリーズ第8巻

岩田屋が仕組んだ罠により捕らえられた長右衛門。側用人の岸田が襲われ、さらには叔母とその孫も連れ去られ、桂助は出生の証である〝花びら葵〟を差し出すことを決意する。岩田屋の野望は結実するのか？　長年の因縁に決着が。

ISBN978-4-09-408385-9

『幽霊蕨』……シリーズ第9巻

岡っ引きの岩蔵が気にする御金蔵破りの黒幕。桂助を訪ねてきたおまちの婚約者の失踪。全焼した屋敷跡には、岩田屋勘助の幽霊が出るという。幽霊の正体は？　事件の真相は？　一橋慶喜と、桂助は権力の動きを突き止めていく。

ISBN978-4-09-408448-1

『淀君の黒ゆり』……シリーズ第10巻

両手足には五寸釘が打ち込まれ、歯にはお歯黒が塗られて、堀井家江戸留守居役の金井が殺害された。毒殺された女性の亡骸と白いゆり、『絵本太閤記』に記された黒ゆり……。闇に葬られた藩の不祥事の真相に桂助が迫っていく！

ISBN978-4-09-408490-0

『かたみ薔薇』……シリーズ第11巻

側用人の岸田正二郎の指示で、旗本田島宗則の娘の行方を桂助は追う。岡っ引き金五の恩人の喜八、手習塾の女師匠ゆりえが次々と殺害され、志保の父、佐竹道順にも魔の手が忍び寄る。さらなる敵を予感させる、新展開の一作。

ISBN978-4-09-408614-0

『江戸菊美人』……シリーズ第12巻

志保が桂助の元を訪れなくなって半年、〈いしゃ・は・くち〉に新たな依頼が舞い込む。廻船問屋・湊屋松右衛門の後添えを約束されていたお菊が死体で発見された。町娘の純粋な想いが招いた悲劇を桂助は追う。表題作他全四編。

ISBN978-4-09-408665-2

『春告げ花』……シリーズ第13巻

〝呉服橋のお美〟と呼ばれる評判娘は、実は美鈴と言った。美鈴は、鋼次と二人で忙しくしていた桂助の治療所に手伝いに通ってくる。名前を偽っていた美鈴に鋼次は厳しい目を向けていたが、桂助は美鈴の想いに気付くのだった。

ISBN978-4-09-408889-2

『恋文の樹』……シリーズ第14巻

桂助が知遇を得た女医の田辺成緒の元に脅迫状が届けられ、さらには飼い猫が殺害された。調べを進めると、華岡青洲流の麻酔薬「通仙散」に関わる陰謀が浮上し、桂助が狙われていた。犯行に及んだ者の驚くべき正体とは！

ISBN978-4-09-406271-7

『毒花伝《どっか》』……シリーズ第15巻

投げ込み寺で見つかった多数の不審死体には、歯が無かった。虫歯によって歯無しになった人々が、生きる希望を失ってしまうことに心を痛める桂助。事件の真相に迫ると、歯無しの人々を騙した某藩の恐るべき計画が明らかに！

ISBN978-4-09-406511-4

※この作品はフィクションであり、登場する人物・団体・事件等は、すべて架空のものです。

―――本書のプロフィール―――

本書は、小学館文庫のために書き下ろされた作品です。

小学館文庫

新《しん》・口中《こうちゅう》医《い》桂《けい》助《すけ》事《じ》件帖《けんちょう》
ほうれん草《そう》異《い》聞《ぶん》

著者　和田《わだ》はつ子《こ》

二〇二四年十月九日　初版第一刷発行

発行人　庄野　樹
発行所　株式会社　小学館
〒一〇一-八〇〇一
東京都千代田区一ツ橋二-三-一
電話　編集〇三-三二三〇-五九五九
　　　販売〇三-五二八一-三五五五
印刷所――――大日本印刷株式会社

この文庫の詳しい内容はインターネットで24時間ご覧になれます。
小学館公式ホームページ　https://www.shogakukan.co.jp

ISBN978-4-09-407393-5